DONNA LEON

MORTE E JULGAMENTO

Tradução:
LUIZ ARAÚJO

COMPANHIA DAS LETRAS

Título original:
Death and judgment

Projeto gráfico da capa:
João Baptista da Costa Aguiar

Foto da capa:
Edu Marin Kessedjian

Preparação:
Gissela Mate

Revisão:
Isabel Jorge Cury
Marise S. Leal

Dados Internacionais de Catalogação na Publicação (CIP)
(Câmara Brasileira do Livro, SP, Brasil)

Leon, Donna
Morte e julgamento / Donna Leon ; tradução Luiz Araújo. — São Paulo : Companhia das Letras, 2008.

Título original: Death and judgment
ISBN 978-85-359-1163-3

1. Brunetti, Guido (Personagem fictício) - Ficção 2. Ficção policial e de mistério (Literatura norte-americana) 3. Polícia - Itália - Veneza - Ficção 4. Veneza (Itália) - Ficção I. Título.

07-10071 CDD-813.0872

Índice para catálogo sistemático:
1. Ficção policial e de mistério : Literatura norte-americana 813.0872

2008

EDITORA SCHWARCZ LTDA.
Rua Bandeira Paulista, 702, cj. 32
04532-002 — São Paulo — SP
Telefone: (11) 3707-3500
Fax: (11) 3707-3501
www.companhiadasletras.com.br

Para Toni Sepeda e Craig Manley

Questo è il fin di chi fa mal!
E de' perfidi la morte
Alla vita è sempre ugual.

Eis o fim de quem faz mal;
E dos pérfidos a morte
À vida é sempre igual.

Mozart, *Don Giovanni*

1

Na última terça-feira de setembro, nevou pela primeira vez nas montanhas entre o norte da Itália e a Áustria, mais de um mês antes do que é de costume. A nevasca chegou de repente, no bojo de nuvens abundantes que surgiam do nada e sem aviso. Em meia hora, as estradas do desfiladeiro próximo de Tarvisio ficaram escorregadias e letais. Fazia um mês que não chovia, de modo que a primeira neve caiu em pistas já recobertas por lustrosa camada de óleo e graxa.

A combinação foi fatal para um caminhão de dezesseis rodas com placas romenas, que, segundo a fatura, transportava noventa metros cúbicos de tábuas de pinho. Ao norte de Tarvisio, numa curva que dava acesso à *autostrada* e, portanto, às rodovias bem mais quentes e seguras da Itália, o motorista freou bruscamente e perdeu o controle do pesado veículo, saindo da pista a cerca de cinqüenta quilômetros por hora. As rodas talharam sulcos profundos na terra ainda não congelada, enquanto a carroceria ceifava diversas árvores, partindo-as, lançando-as longe e abrindo um longo corredor até o fundo da ribanceira, onde o caminhão acabou se chocando contra o flanco rochoso de um morro, arrebentando-se e espalhando a carga por um amplo raio.

Os motoristas de outros caminhões pesados foram os primeiros a chegar ao local, e não hesitaram em parar a fim de socorrer o colega, indo direto para a cabine do veículo acidentado; mas não houve como salvar o caminhoneiro, que pendia do cinto de segurança, semi-suspenso na cabine, a têmpora afundada pelo galho que arrancou a porta do lado esquerdo quando o caminhão caiu declive abaixo. Um chofer que transportava porcos para abate na Itália subiu no que restava do capô e espiou pelo pára-brisa quebrado para ver se havia outro motorista. Como o banco estava vazio, o grupo que já se aglomerava nas imediações começou a procurar a segunda vítima, talvez arremessada do veículo.

Os condutores de quatro caminhões de diferentes tamanhos desceram a encosta aos tropeções, deixando um quinto na estrada, encarregado de ligar o pisca-alerta e chamar a *polizia stradale* pelo rádio. Continuava nevando intensamente, de modo que demorou um pouco para que um deles distinguisse o vulto retorcido quase no fim da ladeira. Dois correram para lá na esperança de que pelo menos aquela vítima tivesse sobrevivido ao acidente.

Escorregando e às vezes até caindo, ambos lutavam com a neve em que o caminhão se precipitara com tanta facilidade. O primeiro se ajoelhou junto ao corpo inerte, deitado de costas, e retirou a fina camada branca que o cobria, na esperança de que ainda respirasse. Roçou os dedos no cabelo comprido e, ao remover a neve do rosto, deparou com os ossos inconfundivelmente delicados de uma mulher.

Ouviu o outro caminhoneiro gritar mais abaixo. Voltando-se na neve que continuava caindo, viu o colega ajoelhado perto de algo estendido a alguns metros à esquerda da cicatriz aberta pelo caminhão antes de despencar.

"O que é?", perguntou ao mesmo tempo que tocava delicadamente o pescoço da moça para ver se sentia alguma pulsação naquele corpo tão estranhamente posicionado.

"É mulher", gritou o segundo. E então, ao sentir a imobilidade absoluta na garganta da jovem a sua frente, o outro acrescentou: "Está morta".

Posteriormente, o primeiro motorista que examinou a traseira do caminhão contou que ao vê-las chegou a pensar que se tratasse de uma carga de manequins, sabe, aquelas mulheres de plástico que ficam nas vitrines das lojas. Havia pelo menos meia dúzia delas espalhadas na neve atrás das portas arrebentadas dos fundos do veículo. Uma até parecia ter sido esmagada pela madeira jogada para todos os lados lá dentro, e estava meio pendurada na plataforma traseira, as pernas presas sob a pilha de tábuas, todas tão bem amarradas que nem mesmo o impacto com o morro conseguiu separá-las umas das outras. Mas quem ia vestir casaco em manequins, ele chegou a se perguntar. E por que a neve estava toda tingida de vermelho?

2

A *polizia stradale* tardou mais de meia hora a atender ao chamado, e quando finalmente chegou ao local do acidente foi obrigada a acender luzes de emergência e a administrar o congestionamento quilométrico nos dois sentidos da pista, pois os motoristas, já bastante cautelosos devido às condições da rodovia, diminuíam ainda mais a velocidade a fim de aproveitar o enorme buraco no *guard-rail* para ver o caminhão tombado no fundo da ribanceira. Cercado de cadáveres.

Ao deparar com os corpos espalhados ao redor das ferragens e sem entender o que os caminhoneiros tentavam lhe dizer aos berros, o primeiro policial tornou a subir o barranco para se comunicar por rádio com o posto de *carabinieri* de Tarvisio. Seu pedido foi atendido prontamente, e em pouco tempo o congestionamento piorou ainda mais com a chegada de duas radiopatrulhas com seis *carabinieri* de farda preta. Deixando as viaturas estacionadas no acostamento, eles desceram com cuidado até o caminhão. E quando descobriram que a mulher presa nas tábuas estava viva, perderam totalmente o interesse que porventura tivessem pelo trânsito.

Seguiu-se uma cena tão confusa que teria sido engraçada, não fosse trágica. As pilhas de tábuas que prendiam as pernas da mulher no fundo do baú tinham no mínimo dois metros de altura; seriam facilmente retiradas por um guindaste, mas não havia nenhum capaz de descer aquela ribanceira. Sem dúvida, um grupo de homens conseguiria deslocá-las, mas para isso teriam de subir nas pilhas e andar sobre elas, aumentando o peso.

O policial mais jovem se agachou junto à traseira do caminhão, tremendo de frio no entardecer alpino. Tinha coberto com a parca da farda a parte visível do corpo da mulher presa no assoalho do baú. Suas pernas desapareciam à altura das coxas, totalmente travadas sob a pesada pilha de tábuas, lembrando um excêntrico Magritte.

Viu que ela era jovem e loira, mas que também ficava cada vez mais pálida. Estava deitada de lado, com o rosto comprimido no assoalho cheio de sulcos. Embora de olhos fechados, ainda parecia respirar.

Ele ouviu um baque seco às suas costas, uma coisa pesada caindo no chão do caminhão. Os outros cinco oficiais engatinhavam em fila indiana junto às laterais da pilha de madeira, puxando e empurrando os fardos de tábuas e vigas bem amarrados, tratando de retirar primeiro os superiores. Cada vez que pescavam um dos fundos, afastavam-se dando um salto, erguiam-no e o levavam para fora, passando pela moça e pelo jovem Monelli.

E cada vez que passavam por Monelli, viam que a poça de sangue que escorria por baixo da madeira estava mais perto de seus joelhos; e continuaram tirando as tábuas, ferindo as mãos ao carregá-las, temporariamente enlouquecidos pela necessidade de libertar a garota. Mesmo depois que Monelli cobriu o rosto dela com a parca e se levantou, dois dos oficiais continuavam retirando as tábuas da pilha e jogando-as na escuridão cada vez mais densa. E o fizeram até que o sargento se aproximasse de cada um e, pousando a mão em seu ombro, avisasse que já podiam parar. Então eles se acalmaram e retomaram o exame rotineiro do local do sinistro. Quando terminaram o trabalho e ligaram para Tarvisio pedindo ambulâncias que removessem os mortos, tinha nevado mais, anoitecera de vez e o trânsito estava totalmente parado até a fronteira austríaca.

Não se podia fazer mais nada até o dia seguinte, mas

os *carabinieri* tiveram o cuidado de postar dois guardas no local, sabendo do fascínio que muita gente sente pelo lócus da morte e temendo que os indícios fossem destruídos caso as ferragens passassem a noite sem vigilância.

Como era freqüente naquela época do ano, o dia seguinte amanheceu ensolarado e, às dez horas, a neve não passava de uma lembrança. Mas o caminhão destruído continuava lá, assim como as cicatrizes profundas que levavam a ele. Durante o dia, descarregaram a madeira e a dispuseram em pilhas baixas a uma boa distância das ferragens. Enquanto os *carabinieri* trabalhavam, praguejando por causa do peso, das farpas e da lama em que suas botas afundavam, uma equipe de peritos iniciou um exame minucioso da cabine do caminhão, colhendo impressões digitais nas superfícies e guardando papéis e objetos em sacos plásticos meticulosamente etiquetados e numerados. O banco do motorista tinha sido quase totalmente arrancado pela força do último impacto; os dois homens encarregados da cabine acabaram de soltá-lo e retiraram o forro de plástico e tecido, à procura de algo que não encontraram. Tampouco acharam algo suspeito atrás do revestimento da cabine.

Foi apenas no baú que depararam com uma coisa sumamente inusitada: oito sacolas plásticas, como as de supermercado, cada qual com uma muda de roupa de mulher e, em uma delas, um livrinho de orações em um idioma que um dos técnicos identificou como romeno. Todas as etiquetas tinham sido retiradas das roupas nas sacolas, assim como daquelas que as oito mulheres mortas no acidente vestiam.

Os documentos encontrados no caminhão eram exatamente os que lá deviam estar: o passaporte e a carta de habilitação do motorista, guias do seguro, papéis da aduana, a nota fiscal da carga e uma fatura com o nome do cliente para quem a mercadoria seria entregue. Os documentos do motorista eram romenos, a papelada da alfândega estava em ordem, e a madeira se destinava a uma serraria de Sacile, uma cidadezinha a cerca de cem quilômetros em direção ao sul.

Nada mais se descobriu nos escombros do caminhão, que, depois de muita dificuldade e muito transtorno para o trânsito, foi alçado até o acostamento por três guinchos e colocado em outro caminhão para ser devolvido ao proprietário na Romênia. A madeira também acabou sendo entregue à serraria de Sacile, que se recusou a pagar as taxas extras cobradas.

A estranha morte das mulheres despertou o interesse da imprensa austríaca e da italiana, que publicaram a notícia do Caminhão da Morte com as manchetes *Der Todeslaster* e *Il Camion della Morte*. Não se sabe como, mas jornalistas austríacos conseguiram três fotografias dos corpos jogados na neve e as divulgaram com a reportagem. A especulação espalhava-se: refugiadas econômicas? trabalhadoras clandestinas? O colapso do comunismo excluía o que outrora teria sido a conclusão quase certa: espiãs. No fim, não se desvendou o mistério, e a investigação foi interrompida graças à recusa das autoridades romenas a responder perguntas ou devolver documentos, assim como à perda do interesse por parte dos italianos. Devolvidos a Bucareste de avião, os cadáveres das mulheres, assim como o do caminhoneiro, foram sepultados em solo pátrio e sob o peso ainda maior da burocracia romena.

A notícia não tardou a desaparecer da imprensa, obnubilada pela profanação de um cemitério judeu em Milão e pelo assassinato de mais um juiz. Mas chegou a ser lida pela *professoressa* Paola Falier, professora assistente de literatura inglesa na Universidade de Cà Pesaro, em Veneza, e, não por acaso nessa história, esposa de Guido Brunetti, *commissario* de polícia da cidade.

3

Carlo Trevisan, ou melhor, o *avvocato* Carlo Trevisan, para não lhe negar o título que ele tanto gostava de ouvir quando o mencionavam, era um homem de passado um tanto trivial, coisa que de modo algum se opunha ao fato de ele ser um homem de futuro ilimitado. Natural de Trento, cidade próxima da fronteira italiana com a Áustria, estudou direito em Pádua, e o fez com primor, formando-se com as melhores notas e o aplauso unânime dos professores. Logo depois, começou a trabalhar em um escritório de advocacia em Veneza, onde não tardou a atuar como especialista em direito internacional, um dos poucos homens na cidade interessados pelo ramo. Apenas cinco anos depois, largou o escritório para montar banca própria, especializando-se em direito comercial e internacional.

Na Itália, muitas leis eram aprovadas num dia e anuladas no outro. Tampouco se estranhava que, num país em que era geralmente impossível decifrar o mero conteúdo de uma notícia de jornal, reinasse certa confusão quanto ao significado exato da lei. A conseqüente fluidez de interpretação criava um clima mais que propício aos juristas, que se atribuíam a capacidade de compreender a legislação. Entre eles, naturalmente, o *avvocato* Carlo Trevisan.

Por ser aplicado e ambicioso, ele prosperou. Por ser bem casado — com a filha de um banqueiro —, tinha relações de parentesco e amizade com os mais bem-sucedidos e poderosos industriais e banqueiros da região de Veneto. Seu escritório se expandiu juntamente com sua barriga, tanto que, ao completar cinqüenta anos, o *avvocato* tinha sete advogados trabalhando para ele, sendo que nenhum era seu sócio. Toda semana, assistia à missa na Santa Maria del Giglio, atuara duas vezes com distinção na Câmara Municipal de Veneza e tinha dois filhos, um casal, ambos muito inteligentes e lindos.

Na terça-feira anterior à festa de *La Madonna della Salute*, no fim de novembro, o *avvocato* Trevisan passou a tarde em Pádua a pedido de Francesco Urbani, um cliente que, depois de vinte e sete anos de casamento, acabava de tomar a decisão de se separar da mulher. Nas duas horas de conversa que tiveram, Trevisan aconselhou Urbani a mandar certa quantidade de dinheiro para fora do país, depositar quem sabe em Luxemburgo, e a vender com urgência sua participação em duas fábricas de Verona, que ele possuía em sociedade sigilosa com outro homem. A renda dessas transações, recomendou o jurista, seria imediatamente transferida para o exterior, tal como a outra importância.

Depois da reunião, Trevisan já tinha um novo compromisso engatado: seu jantar semanal com um parceiro de negócios. Na semana anterior, tinham se encontrado em Veneza, de modo que dessa vez o jantar era em Pádua. Como todos os seus encontros, a marca foi a cordialidade decorrente do sucesso e da prosperidade. Boa comida, bom vinho e boas notícias.

O parceiro de Trevisan levou-o de carro à estação ferroviária, onde, como toda semana, ele tomou o Intercity de Trieste, que o deixaria em Veneza às dez e quinze. Embora tivesse passagem de primeira classe, que ficava no fim da composição, atravessou os vagões quase vazios e instalou-se num compartimento da segunda classe; como todo veneziano, escolheu um lugar num dos primeiros vagões para não ter de percorrer a longa plataforma quando desembarcasse na estação Santa Lucia.

Abrindo a pasta de pelica no banco em frente, pegou um prospecto recém-enviado pelo Banco Nacional de Luxemburgo, prometendo taxas de juros de até dezoito por cento, se bem que não para contas em liras italianas. Munido da pequena calculadora retirada de uma divisão da tampa da pasta e destampando a Mont Blanc, começou a fazer cálculos numa folha de papel.

Quando a porta do compartimento abriu, ele se virou para o outro lado a fim de pegar a passagem no bolso do sobretudo e entregá-la ao condutor. Mas a pessoa que acabava de entrar queria outra coisa do *avvocato* Carlo Trevisan, não sua passagem.

O corpo foi encontrado pela cobradora Cristina Merli quando o trem estava atravessando a *laguna* que separa Veneza de Mestre. Ao passar pelo compartimento em que o elegante cavalheiro estava reclinado na janela, Cristina achou melhor não incomodá-lo, acordando-o para pedir a passagem, mas logo mudou de idéia, pois os passageiros clandestinos, mesmo os bem vestidos, costumavam fingir estar dormindo durante a breve travessia da *laguna* para não ser incomodados enquanto embolsavam as mil liras da "carona". Além disso, se ele tivesse passagem iria preferir ser acordado antes que o trem parasse, principalmente se fosse pegar o barco número 1 para Rialto, que partia do *embarcadero* em frente à estação exatamente três minutos depois da chegada do trem.

Cristina abriu a porta e entrou no pequeno compartimento. "*Buona sera, signore. Suo biglietto, per favore.*"

Quando falou sobre isso posteriormente, ela mencionou o cheiro, lembrava-se de tê-lo sentido no momento em que abriu a porta do compartimento superaquecido. Avançou dois passos em direção ao homem adormecido e repetiu em voz mais alta: "*Suo biglietto, per favore*". Teria um sono pesado a ponto de não ouvi-la? Impossível; o sujeito devia estar sem passagem e agora queria escapar à multa inevitável. Depois de anos e anos nos trens, Cristina quase chegava a gostar daquele momento: pedir-lhes a carteira de identidade, preencher a nota e cobrar a multa. Também se deleitava com a gama de desculpas que lhe ofereciam, todas tão batidas que ela era capaz de recitá-las dormindo: eu devo ter perdido; o trem estava para partir, eu não queria perdê-lo; minha mulher está no outro compartimento com as passagens.

Consciente de tudo isso, sabendo que agora, justo no fim da longa viagem de Turim, se atrasaria, Cristina foi brusca nos gestos, grosseira até.

"Por favor, *signore*, acorde e mostre o bilhete", disse, curvando-se e sacudindo-lhe o ombro. Ao primeiro contato de sua mão, o homem se inclinou vagarosamente para o lado oposto ao da janela, tombou no banco e caiu no chão. Na queda, seu paletó se abriu, e ela viu as manchas vermelhas que lhe empapavam a frente da camisa. Seu corpo exalava um inconfundível cheiro de urina e excremento.

"*Maria Vergine*", balbuciou Cristina. E, retrocedendo lentamente, saiu do compartimento. À esquerda, viu dois homens que vinham em sua direção, passageiros a caminho da porta da frente. "Sinto muito, senhores, mas essa porta está travada; saiam pela de trás." Habituados a isso, eles deram meia-volta e retornaram ao fundo do vagão. Cristina olhou pela janela e viu que o trem estava quase no fim do viaduto. Dentro de três ou quatro minutos, ia parar na estação. Então as portas iriam abrir e os passageiros desembarcariam, levando consigo a lembrança que acaso guardassem da viagem e das pessoas que tinham visto nos corredores da longa composição. Ela ouviu os conhecidos cliques e estalos quando o trem mudou de trilhos e a locomotiva deslizou sob o teto da estação.

Fazia quinze anos que trabalhava e nunca tinha visto nada parecido; mesmo assim, fez a única coisa que lhe ocorreu: entrou no compartimento vizinho e agarrou a alavanca do freio de emergência. Puxou-a e ouviu o pequeno *pop* do arame se partindo, então ficou esperando, não sem uma remota curiosidade, quase acadêmica, pelo que ia suceder.

4

As rodas se travaram e o trem deslizou até parar completamente; vários passageiros caíram no chão do corredor ou no colo de desconhecidos sentados nos bancos em frente. Em questão de segundos, as janelas se abriram e muita gente pôs a cabeça para fora, examinando os trilhos em busca de uma explicação para a súbita parada. Cristina Merli também abriu a janela do corredor e, respirando com prazer o ar glacial do inverno, olhou para fora à procura de alguém em sua direção. Dois oficiais uniformizados da *polizia ferrovia* já corriam na plataforma. Ela se debruçou e acenou. "Aqui, aqui." Como não queria que ninguém ouvisse o que tinha a dizer, a não ser a polícia, ficou calada até que os dois se acercassem.

Quando Cristina contou o que acontecera, um deles voltou correndo à estação; o outro foi para a locomotiva comunicar o sucedido ao maquinista. Lentamente, com dois solavancos, o comboio começou a entrar na estação, avançando pouco a pouco até parar no lugar habitual, na via 5. Havia algumas pessoas na plataforma, aguardando passageiros ou prestes a embarcar na tardia viagem noturna a Trieste. Como as portas não se abriam, elas se aglomeraram, indagando qual era o problema. Uma mulher, convencida de que se tratava de uma nova greve de ferroviários, ergueu as mãos no ar e jogou a mala no chão. Enquanto os passageiros esperavam, irritados, reclamando do atraso inexplicável, mais uma prova da ineficiência do transporte ferroviário, seis policiais armados de submetralhadora apareceram na frente da plataforma e, marchando ao longo do trem, posicionaram-se diante dos vagões. Outras cabeças apareceram nas janelas, alguns homens esbravejavam, mas ninguém ouvia o que eles diziam. As portas do trem continuavam fechadas.

Passados alguns minutos, o sargento no comando dos policiais foi informado de que o trem contava com um sistema de alto-falantes. Entrou na locomotiva e tratou de explicar aos passageiros que houvera um crime em um dos vagões e que todos ficariam retidos na estação até que a polícia colhesse o nome e o endereço de cada um.

Quando ele terminou de falar, o maquinista destravou as portas e os policiais entraram nos vagões. Infelizmente, ninguém se lembrou de explicar o fato àqueles que aguardavam na plataforma, e, conseqüentemente, eles embarcaram de forma precipitada e logo se confundiram com os outros passageiros. No segundo vagão, dois homens tentaram passar à força pelo policial no corredor, alegando que não tinham visto nada, não sabiam de nada e já estavam muito atrasados. Ele os deteve, erguendo a metralhadora à altura do peito, bloqueando efetivamente a passagem, e os obrigou a permanecer em um compartimento, em que ambos ficaram resmungando contra a arrogância policial e reclamando seus direitos de cidadãos.

No fim, constatou-se que havia somente trinta e quatro pessoas no trem, à parte os que haviam embarcado atrás dos policiais. Meia hora depois, a polícia anotou nomes e endereços e perguntou se alguém tinha visto algo estranho durante a viagem. Dois passageiros lembraram-se de um vendedor ambulante negro que desceu em Vicenza, um declarou ter visto um sujeito barbudo e de cabelo comprido saindo do banheiro pouco antes da parada em Verona, e outro reparou numa mulher de chapéu de pele que desembarcou em Mestre, mas, à parte isso, ninguém havia notado nada fora do normal.

Quando já parecia que o trem ia passar a noite na estação e as pessoas já começavam a se dispersar a fim de telefonar para os parentes, em Trieste, avisando que não as esperassem, uma locomotiva chegou de ré à extremidade da via e se atrelou ao último vagão, transformando-o no primeiro. Três mecânicos de macacão azul entraram por baixo da composição e desatrelaram o que agora passara a ser o último vagão, em que estava o cadáver. Um condutor correu ao longo da plataforma, gritando: "*In partenza, in partenza, siamo in partenza*", e os afobados passageiros tornaram a embarcar. O condutor bateu uma porta, depois outra, e entrou quando o trem começava a sair lentamente da estação. E Cristina Merli ficou no escritório do chefe de estação, tentando explicar por que não era justo que lhe aplicassem uma multa de um milhão de liras por ter acionado o freio de emergência.

5

Só na manhã seguinte Guido Brunetti soube da morte do *avvocato* Carlo Trevisan, e foi do modo menos profissional possível, pela manchete sensacionalista do *Il Gazzettino*, o mesmo jornal que tanto aplaudira os dois mandatos do ilustre advogado no conselho municipal. "*Avvocato assassinato sul treno*", alardeavam as letras garrafais, ao passo que *La Nuova*, sempre inclinado ao melodrama, falava em "*Il treno della morte*". Tendo visto as manchetes a caminho do trabalho, Brunetti comprou os jornais e parou na Ruga Orefici para ler as duas notícias enquanto os transeuntes matinais passavam por ele despercebidos. A reportagem dava os fatos sem floreios: morto a tiros no trem, cadáver descoberto em plena travessia da *laguna*, polícia fazendo a investigação habitual.

Ele tirou os olhos do jornal e, distraído, correu-os pelas bancas de frutas e verduras. "Investigação habitual"? Quem estava de plantão ontem à noite? Por que não o chamaram? E, se não o chamaram, que colega teria sido convocado?

Afastando-se da banca, seguiu para a *questura*, pensando nos casos em que a polícia estava trabalhando no momento e tentando imaginar quem ficaria com aquele. Ele mesmo estava quase no fim de uma investigação relacionada, à maneira modesta de Veneza, com a imensa rede de suborno e corrupção que irradiava de Milão nos últimos anos. Haviam construído super-rodovias no continente e uma delas, entre a cidade e o aeroporto, custara bilhões de liras. Depois de concluída a obra é que alguém se deu ao trabalho de ponderar que o aeroporto, cujo movimento não chegava a uma centena de vôos diários, já estava muito bem servido de estrada, transporte coletivo, táxis e barcos. Foi só então que se passou a questionar o esbanjamento enorme de dinheiro público em uma rodovia que nem mesmo a imaginação mais fértil seria capaz de considerar necessária. Daí o envolvimento de Brunetti, daí os mandados de prisão e o bloqueio dos bens do proprietário da construtora encarregada da maior parte da obra, assim como dos três membros do conselho municipal que lutaram com mais veemência para que a empresa fosse agraciada com o contrato.

Um dos comissários estava ocupado com o *casinò* cujos crupiês tinham inventado mais um meio de ludibriar o sistema e embolsar uma porcentagem. Outro fora incumbido da investigação de negócios controlados pela máfia de Mestre, trabalho que parecia sem limites e, infelizmente, sem fim.

De modo que, ao chegar à *questura*, não foi nenhuma surpresa para Brunetti ser recebido pelos guardas, logo na entrada, com a notícia "O homem quer falar com o senhor". Se o *vice-questore* Patta o estava convocando àquela hora da manhã, talvez ele próprio tivesse sido chamado durante a noite, e não um dos comissários. E, se estava interessado naquela morte a ponto de ir trabalhar tão cedo, Trevisan devia ser um homem muito mais importante e muito mais bem relacionado do que Brunetti imaginava.

Ele subiu ao escritório, pendurou o sobretudo no cabide e examinou a escrivaninha. Não viu nada além do que já deixara lá na noite anterior, o que significava que a papelada do caso estava na mesa de Patta. Descendo pela escada dos fundos, Brunetti entrou na ante-sala do gabinete do chefe. À escrivaninha, a srta. Elettra Zorzi dava a impressão de ter saído de casa para enfrentar os fotógrafos da *Vogue*; lembrava um lírio do campo com o vestido branco de *crêpe de Chine* que lhe descia pelo busto em pregas diagonais e incontestavelmente provocantes.

"*Buon giorno, commissario*", sorriu ela, tirando os olhos da revista aberta na mesa.

"Trevisan?", indagou Brunetti.

Elettra confirmou com um gesto. "Faz dez minutos que ele está no telefone. Com o prefeito."

"Quem telefonou para quem?"

"Foi o prefeito que ligou para ele. Por quê? Faz alguma diferença?"

"Faz. Provavelmente, significa que a gente não sabe nem por onde começar."

"Como assim?"

"Se ele tivesse ligado para o prefeito, era porque estava seguro o suficiente para garantir que já tinha um suspeito ou que logo obteria uma confissão. O fato de o prefeito ter telefonado significa que Trevisan era importante e que eles querem a coisa resolvida sem demora."

Elettra fechou a revista e a deixou de lado. Brunetti lembrou-se de que, ao começar a trabalhar para Patta, ela costumava esconder as revistas na gaveta quando não as estava lendo; agora nem se dava ao trabalho de virar a capa para baixo.

"A que horas ele chegou?"

"Às oito e meia." E, sem esperar a pergunta seguinte, a moça acrescentou: "Eu já tinha chegado e disse que o senhor acabava de sair para ver se conseguia falar com a empregada de Leonardi". Ele conversara com essa mulher na tarde anterior, por conta da investigação da construtora, mas não obtivera nenhuma informação.

"*Grazie*", disse. Vivia intrigado com a esquisitice do fato de uma moça como a srta. Elettra, com uma inclinação tão natural para a dissimulação, ter optado pelo trabalho na polícia.

Olhando para a escrivaninha, ela notou que a luz vermelha do telefone deixara de piscar. "Ele já desligou", avisou.

Brunetti acenou a cabeça e deu meia-volta. Bateu na porta de Patta, aguardou o grito "*Avanti*" e entrou no gabinete contíguo.

Embora tivesse chegado cedíssimo, tudo indicava que o *vice-questore* tivera tempo suficiente para a toalete; o perfume pungente da loção de barba infestava o ar, e seu belo rosto reluzia. Gravata de lã, terno de seda; ele não tinha compromisso com a tradição. "Por onde você andou?" foi sua saudação.

"Estive na casa de Leonardi. Queria conversar com a empregada."

"E?"

"Ela não sabe de nada."

"Isso não tem a menor importância", decretou Patta ao mesmo tempo que apontava para uma cadeira em frente à escrivaninha. "Sente-se, comissário." Quando ele se sentou, o *vice-questore* indagou: "Você está sabendo da coisa?".

Não houve necessidade de outra pergunta. "Estou. O que aconteceu afinal?"

"O sujeito levou dois tiros ontem à noite, no trem de Turim. À queima-roupa. No peito. Um deles deve ter atingido uma artéria, pois ele perdeu muito sangue." Já que Patta disse "deve ter", a autópsia ainda não fora feita e ele estava apenas especulando.

"Onde você estava ontem à noite?", perguntou quase como se quisesse eliminar Brunetti da lista de suspeitos antes de prosseguir.

"Jantando com um amigo."

"Eles procuraram você em casa."

"Eu estava jantando com um amigo."

"Por que você não compra uma secretária eletrônica?"

"Porque eu tenho dois filhos."

"E o que tem a ver uma coisa com a outra?"

"Tem que, se eu comprar uma secretária eletrônica, não vou fazer outra coisa a não ser escutar as mensagens dos amigos deles." Ou então escutar as mais variadas desculpas dos filhos para chegarem tarde ou não chegarem. Também queria dizer que ele atribuía aos filhos a responsabilidade de anotar os recados para os pais, mas não quis perder tempo discutindo isso com o *vice-questore*.

"Pois acabaram telefonando para mim", bufou Patta sem disfarçar a indignação.

Brunetti desconfiou que ele esperava um pedido de desculpas. Não disse nada.

"Eu fui à estação. A polícia ferroviária só fez besteira, é claro." Patta olhou para a escrivaninha e empurrou umas fotografias em direção ao subordinado.

Brunetti se inclinou, pegou as fotos e as examinou enquanto o chefe continuava a arrolar as muitas trapalhadas da polícia ferroviária. A primeira fotografia tinha sido tirada da porta do compartimento e exibia o corpo de um homem em decúbito dorsal, entre os dois bancos. O ângulo não permitia ver mais do que sua nuca, porém, as escuras manchas vermelhas na volumosa abóbada da barriga eram inconfundíveis. A foto seguinte apresentava o cadáver visto do outro lado do compartimento e devia ter sido tirada pela janela do vagão. Ele notou que o morto estava de olhos fechados e segurava firmemente uma caneta na mão. As outras fotografias não acrescentavam muita coisa, embora tivessem sido tiradas dentro do trem. A vítima parecia estar dormindo; a morte lhe apagara qualquer expressão facial, parecia o sono dos justos.

"Foi assalto?", perguntou Brunetti, interrompendo os resmungos do *vice-questore*.

"O quê?"

"Foi assalto?"

"Parece que não. A carteira estava no bolso e, como você pode ver, a pasta de documentos continua no banco em frente."

"Coisa da máfia?" Esta era a pergunta de praxe, obrigatória.

Patta encolheu os ombros. "Ele é advogado", informou, deixando para o subordinado a tarefa de inferir se isso o tornava mais ou menos digno de ser executado pela máfia.

"A esposa?", arriscou Brunetti. Afinal de contas, o falecido era italiano e casado.

"Duvido. Ela é secretária do Lion's Club." E o comissário, talvez abalado pelo absurdo da observação, deixou escapar um riso involuntário, mas ao deparar com o olhar furibundo do *vice-questore*, fingiu um acesso de tosse e acabou tossindo de verdade, coisa que o deixou vermelho e com lágrimas nos olhos.

Quando se recuperou o suficiente para respirar normalmente, perguntou: "Algum sócio ou coisa do gênero?".

"Não sei." Patta tamborilou os dedos na mesa, chamando-lhe a atenção. "Eu dei uma olhada na carga de trabalho do pessoal, e me parece que você é quem está com mais tempo." Uma das coisas que Brunetti admirava naquele homem era a indubitável capacidade de expressão. "Prefiro deixar o caso em suas mãos, mas antes preciso ter certeza de que vai cuidar dele da maneira adequada."

Obviamente, isso significava que o *vice-questore* queria ter certeza de que Brunetti levaria muito em conta o *status* social de uma secretária do Lion's Club. Mas, sabendo que o chefe não o teria chamado se já não houvesse decidido entregar-lhe o caso, Brunetti não deu a mínima para a advertência implícita naquelas palavras e se limitou a perguntar: "E os passageiros do trem?".

A conversa com o prefeito devia ter convencido Patta de que, naquele caso, a presteza era mais importante que ficar discutindo com um comissário, pois ele respondeu rapidamente: "A polícia ferroviária pegou o nome e o endereço de todos quando o trem chegou à estação". Brunetti ergueu o queixo num gesto inquisitivo, e o outro prosseguiu: "Um ou dois passageiros dizem ter visto pessoas suspeitas. Está tudo no inquérito", acrescentou, batendo na pasta de cartolina à sua frente.

"Quem é o juiz encarregado?" Essa informação permitiria saber até que ponto era preciso ceder ao Lion's Club.

"Vantuno", respondeu o *vice-questore*, referindo-se a uma mulher mais ou menos da idade de Brunetti, com a qual ele tinha feito um bom trabalho no passado. Siciliana como Patta, a juíza Vantuno sabia perfeitamente que a sociedade de Veneza tinha complexidades e nuanças que sempre seriam um segredo para ela, mas depositava bastante confiança nos comissários locais para lhes dar plena liberdade na condução de uma investigação.

Brunetti aquiesceu, esforçando-se para não deixar transparecer aquela satisfação mínima.

"Mas eu quero que você me apresente um relatório diário", continuou seu superior. "Trevisan era um homem importante. Eu já recebi um telefonema do gabinete de Sua Excelência, o prefeito, e não tenho por que omitir que ele quer tudo resolvido o mais depressa possível."

"Ele sugeriu alguma coisa?", Brunetti averiguou.

Habituado à impertinência do subordinado, o *vice-questore* reclinou-se na cadeira e o encarou algum tempo antes de perguntar: "Sobre o quê?". Enfatizou a última palavra para deixar claro que a pergunta o irritara.

"Sobre algo com que Trevisan talvez estivesse envolvido", respondeu Brunetti serenamente. E falava a sério. O fato de um homem ser prefeito não o impedia de conhecer os segredos sórdidos dos amigos; aliás, era até mais provável que soubesse de tudo.

"Não me pareceu conveniente fazer essa pergunta a Sua Excelência."

"Então talvez eu a faça."

"Comissário, não comece a criar caso."

"Acho que o caso já está criado", retrucou Brunetti, recolocando as fotografias na pasta. "Algo mais, senhor?"

Patta tardou um momento a responder. "Não, agora não." Empurrou a pasta para ele. "Pode ficar com isto. E não se esqueça dos meus relatórios diários." Como Brunetti não demonstrasse o menor entusiasmo, acrescentou: "Ou então entregue-os ao capitão Scarpa", e ficou um bom tempo examinando o subordinado para ver sua reação ao ouvir o nome do seu assistente universalmente desprezado.

"Claro, senhor", disse Brunetti em tom neutro e, pegando a pasta, levantou-se. "Para onde levaram Trevisan?"

"Ao Ospedale Civile. Acho que vão fazer a autópsia agora de manhã. E não esqueça: ele era amigo de Sua Excelência."

"Naturalmente, senhor."

6

Quando Brunetti saiu da sala de Patta, a srta. Elettra se desfez da revista e perguntou: "*Allora?*".

"Trevisan. E eu tenho de correr porque o homem era amigo do prefeito."

"A mulher dele é uma jararaca", disse a secretária, e acrescentou, como forma de estímulo: "Vai ser uma encrenca".

"Existe alguém que você não conheça nesta cidade?"

"Na verdade, eu não a conheço. Mas ela foi cliente da minha irmã."

"Barbara", murmurou Brunetti involuntariamente, recordando onde conhecera a irmã de Elettra. "A médica."

"Ela mesma, *commissario*", sorriu a secretária com genuína satisfação. "Eu só queria saber quanto tempo o senhor ia levar para lembrar."

Brunetti recordou que, quando a jovem começou a trabalhar na *questura*, seu sobrenome lhe pareceu conhecido; Zorzi não era comum, mas nunca lhe passou pela cabeça associar a espertíssima e dinâmica Elettra — todos os outros adjetivos que se apresentavam sugeriam leveza e visibilidade — à calma e discreta médica Barbara, que tinha entre seus pacientes o sogro de Brunetti e, ao que tudo indicava agora, também a sra. Trevisan.

"Foi cliente?", perguntou, deixando a questão da família da moça para outra ocasião.

"Foi, até mais ou menos um ano atrás. Ela e a filha eram clientes. Mas um dia a *signora* Trevisan apareceu no consultório e armou um escarcéu, exigindo que Barbara lhe contasse de que doença a filha dela estava sendo tratada."

Brunetti continuou atento, mas não disse nada.

"A menina tinha só catorze anos, mas, como minha irmã se recusasse a dar a informação, a *signora* Trevisan a acusou de ter feito um aborto em sua filha ou de tê-la encaminhado ao hospital para isso. Gritou muito e, no fim, atirou uma revista nela."

"Em Barbara?"

"É."

"E o que ela fez?"

"Quem?"

"Barbara."

"Expulsou-a do consultório. A gritaria ainda continuou, mas ela acabou indo embora."

"E aí?"

"No dia seguinte, a minha irmã lhe enviou uma carta registrada com seu prontuário e mandou-a arranjar outro médico."

"E a filha?"

"Nunca mais voltou. Mas Barbara a viu na rua, e a garota explicou que a mãe a proibira de voltar, preferindo uma clínica particular."

"Que tratamento a filha estava fazendo?"

Brunetti viu que Elettra estava avaliando a pergunta. Concluindo rapidamente que o comissário acabaria descobrindo, ela disse: "De uma doença venérea".

"Que doença?"

"Não lembro. Isso só a minha irmã pode dizer."

"Ou a senhora Trevisan."

A reação da moça foi imediata e irada. "Se ela soube da doença, pode ter certeza de que não foi pela boca de Barbara."

Brunetti acreditou. "Então agora a garota deve ter uns quinze anos?"

Elettra confirmou: "Isso, uns quinze".

Brunetti refletiu um instante. A lei era vaga nesse aspecto — e quando não era? Os médicos não podiam dar informações sobre a saúde dos clientes, mas decerto tinham liberdade de informar sobre seu comportamento, sobretudo numa situação não relacionada à saúde do cliente. Era melhor perguntar diretamente à médica que pedir a Elettra que o fizesse. "A sua irmã ainda tem consultório lá perto de San Barnaba?"

"Sim. E deve estar lá hoje à tarde. Quer que eu a avise que o senhor vai?"

"Quer dizer que você só avisa se eu pedir, *signorina*?"

A moça ficou olhando para o teclado do computador, onde aparentemente encontrou a resposta que procurava, e então o encarou. "Não faz a menor diferença se Barbara souber disso pelo senhor ou por mim, comissário. Ela não fez nada errado. Portanto, não, eu não vou avisá-la."

Movido pela curiosidade, Brunetti perguntou: "E se fizesse diferença? E se ela tivesse feito coisa errada?".

"Se fosse melhor para ela, eu avisaria. É claro."

"Mesmo que isso significasse trair um segredo de polícia, *signorina*?", provocou ele, se apressando para sorrir e demonstrar que estava brincando. Mas não estava.

Elettra o fitou sem compreender. "O senhor acha que um segredo de polícia teria importância se algo afetasse a minha família?"

Sem jeito, ele respondeu: "Não, *signorina*, não acho".

A garota sorriu, satisfeita por ter mais uma vez ensinado o comissário a ser compreensivo.

"Você sabe alguma coisa da esposa... Ou melhor, da viúva?"

"Não, pessoalmente não. Já li a respeito dela no jornal, é claro. Vive metida em Causas Nobres", disse Elettra, enfatizando as maiúsculas. "Essas coisas, sabe, arrecadar alimento para a Somália, que acaba sendo roubado e vendido na Albânia. Ou organizar concertos de gala no La Fenice que não servem para nada, mas cobrem as despesas e dão aos organizadores oportunidade de se vestirem bem e se exibirem para os amigos. Acho estranho o senhor não saber quem ela é."

"Lembro-me vagamente de ter lido seu nome, só isso. E o marido?"

"Direito internacional, creio eu, e parece que era bom nisso. Acho que li sobre um acordo com a Polônia ou a Tchecoslováquia — sei lá, um desses países em que as pessoas só comem batata e se vestem muito mal —, mas não sei qual."

"Que tipo de acordo?"

Balançou a cabeça, incapaz de recordar.

"Consegue descobrir?"

"Se eu for à redação do *Gazzettino* e der uma olhada, pode ser que sim."

"Precisa fazer alguma coisa para o *vice-questore*?"

"Só falta reservar mesa para o almoço dele no restaurante, depois disso, eu vou ao *Gazzettino*. Quer que pesquise mais alguma coisa?"

"Quero: a mulher. Quem escreve as colunas sociais atualmente?"

"Pitteri, acho."

"Bom, procure-o e veja se ele conta alguma coisa sobre os dois, dessas que não são publicadas."

"Geralmente são as que todos querem ler."

"Acho que sim."

"O que mais, comissário?"

"Só isso, *signorina*. Obrigado. Vianello já chegou?"

"Eu ainda não o vi."

"Por favor, quando ele chegar, peça-lhe que suba ao meu escritório."

"Claro", disse Elettra, tornando a mergulhar na revista. Brunetti deu uma espiada para ver que artigo estava lendo — o uso de ombreiras — e então tratou de voltar ao escritório.

A pasta do caso Trevisan continha pouco mais que nomes e datas, como costumava acontecer no início das investigações. Nascido em Trento cinqüenta anos antes, Carlo Trevisan estudou na Universidade de Pádua, diplomou-se em direito e, posteriormente, montou banca em Veneza. Fazia dezenove anos que era casado com Franca Lotto, tinha dois filhos, Francesca, uma moça de quinze anos, e Claudio, um rapaz de dezessete.

O *avvocato* Trevisan nunca se interessou por direito penal nem se envolveu com a polícia. Tampouco caiu na malha-fina da Guardia di Finanza, coisa que sugeria ou um milagre, ou que a declaração de renda do ilustre jurista sempre esteve em ordem, o que também não deixava de ser um milagre. A pasta continha os nomes das pessoas empregadas no escritório de Trevisan, além da cópia de sua solicitação de passaporte.

"*Lavata con Perlana*", disse Brunetti em voz alta ao colocar a papelada na mesa, repetindo o *slogan* de um detergente líquido que prometia deixar tudo, fosse o que fosse, mais limpo que limpo. Quem podia ser mais limpo que o jurisconsulto Carlo Trevisan? Mais interessante ainda: quem teria metido duas balas no peito daquele homem, mas não se dera ao trabalho de levar sua carteira?

Brunetti abriu a última gaveta com o bico do sapato e, reclinando-se na cadeira, apoiou os pés sobre ela. O assassino devia tê-lo matado entre Pádua e Mestre; ninguém se arriscaria a ser pego naquele trem chegando a Veneza. Não era um trem local, portanto Mestre era a única parada entre Pádua e Veneza. Embora fosse pouco provável que um passageiro tivesse chamado atenção ao desembarcar em Mestre, convinha conferir a estação. Os condutores costumavam ficar no primeiro compartimento, de modo que também valia a pena interrogá-los. Investigar a arma, é claro; acaso as balas coincidiam com as de outro crime? Como o controle de armas era rigoroso, talvez fosse possível rastreá-la. O que Trevisan tinha ido fazer em Pádua? Com quem? A mulher, verificar a mulher. E depois os vizinhos, os amigos, para averiguar se ela dizia a verdade. A filha — com uma doença venérea aos catorze anos de idade?

Brunetti se inclinou, abriu totalmente a gaveta e pegou a lista telefônica. Procurou a letra Z. O nome "Zorzi, Barbara, médica" aparecia duas vezes, uma com o número residencial e outra com o do consultório. Ele discou o segundo, e uma secretária eletrônica o informou que as consultas começavam às quatro horas. Ligou para o número residencial e ouviu a mesma voz dizendo que a doutora estava *momentaniamente assente* e pedindo que deixasse o nome, o motivo do telefonema e o número em que podia ser encontrado. Ela retornaria a chamada *appena possibile.*

"Bom dia, *dottoressa*", disse ele após o sinal. "Aqui é o comissário Guido Brunetti. Estou telefonando em virtude da morte do *avvocato* Carlo Trevisan. Soube que a esposa e a filha dele foram..."

"*Buon giorno,* comissário", atalhou a voz rouca da médica. "Como vai você?" Posto que fizesse mais de um ano que não se viam, ela fez questão de tratá-lo por "você", deixando claro que a intimidade então estabelecida entre ambos persistia.

"Bom dia, *dottoressa.* Você sempre monitora os seus telefonemas?"

"Comissário, faz três anos que uma mulher me telefona todo santo dia pedindo uma visita domiciliar. Cada vez com um sintoma diferente. Sim, eu sempre monitoro os telefonemas." Sua voz era firme, mas nem por isso deixava de ter um matiz bem-humorado.

"Nunca imaginei que o corpo humano tivesse tantas partes."

"Ela faz as combinações mais interessantes", explicou a dra. Zorzi. "Em que posso ajudá-lo, comissário?"

"Como eu ia dizendo, soube que a *signora* Trevisan e a filha foram clientes suas." Brunetti se calou um instante para ver que informações a médica estava disposta a lhe dar. Silêncio. "Você soube o que aconteceu com o *avvocato* Trevisan?"

"Soube."

"Eu queria saber se você está disposta a conversar comigo sobre elas, a mulher e a filha."

"Como pessoas ou como clientes?", perguntou com calma a médica.

"Como você se sentir mais à vontade para falar."

"Então vamos começar pela primeira parte e, então, se for necessário, a gente passa para a segunda."

"É muita gentileza sua, *dottoressa*. Podemos conversar ainda hoje?"

"Eu tenho algumas visitas domiciliares agora de manhã, mas devo estar livre lá pelas onze. Onde a gente se encontra?"

Como era ela que fazia o favor, Brunetti achou indelicado pedir-lhe que fosse à *questura*.

"Onde você vai estar às onze horas?"

"Um momento", disse ela, afastando-se do aparelho. Retornou um instante depois. "O meu cliente mora perto do *embarcadero* de San Marco."

"Então o que você acha de a gente se encontrar no Florian?"

A resposta não foi imediata, e, lembrando-se das posições políticas da médica, Brunetti receou ouvir um comentário cáustico sobre a liberalidade com que ele esbanjava o dinheiro do contribuinte.

"No Florian está ótimo, comissário", disse ela enfim.

"Espero que sim. E, uma vez mais, muito obrigado, *dottoressa*."

"Às onze então", despediu-se ela.

Brunetti jogou a lista telefônica no fundo da gaveta e fechou-a com o pé. Quando ergueu a vista, deu com o sargento Vianello entrando no escritório: "O senhor quer falar comigo, comissário?".

"Quero. Sente-se. O *vice-questore* me entregou o caso Trevisan." Vianello balançou a cabeça, dando a entender que toda a *questura* já estava informada. "O que você sabe?"

"Só o que deu no jornal e no rádio hoje cedo. Ele foi encontrado no trem ontem à noite, baleado. Nenhum vestígio da arma ou suspeito."

Brunetti se deu conta de que, mesmo tendo lido o inquérito oficial, também não sabia mais que isso. Ofereceu uma cadeira ao sargento. "Você sabe alguma coisa sobre esse homem?"

"Um cara importante", disse Vianello ao mesmo tempo que instalava sua corpulência na cadeira, coisa que a tornou imediatamente bem menor. "Foi do conselho municipal, responsável pela saúde pública, se não me falha a memória. Casado, dois filhos. Tem um escritório grande. Acho que em San Marco."

"E a vida pessoal dele?"

O sargento moveu a cabeça. "Não tenho a menor idéia."

"A mulher?"

"Acho que já li sobre ela. Quer salvar a floresta tropical. Ou será que essa é a mulher do prefeito?"

"Acho que sim."

"Se não for isso, é coisa parecida. Salvar alguma coisa. A África, quem sabe." Vianello fungou ao dizer isso, e Brunetti ficou sem saber se foi por causa da *signora* Trevisan ou da possibilidade de salvar a África.

"Você consegue imaginar alguém que tivesse algo contra ele?"

"Os parentes? Algum sócio? O pessoal que trabalha no escritório?", propôs o sargento. Vendo a reação do comissário, acrescentou: "Infelizmente não me ocorre coisa melhor. Não me lembro de ter ouvido falar nesse sujeito".

"Eu vou conversar com a viúva, mas só à tarde. Quero que você dê um pulo no escritório dele agora de manhã e veja o sentimento geral do pessoal em relação à sua morte."

"Será que vai ter alguém lá? No dia seguinte ao do assassinato do homem?"

"Vai ser interessante saber se tem", sorriu Brunetti. "A *signorina* Elettra ouviu dizer que ele andou metido num acordo com a Polônia ou a Tchecoslováquia. Veja se alguém sabe disso. Ela tem a impressão de que saiu no jornal, mas não se lembra bem. E não esqueça as perguntas de praxe." Fazia muito tempo que os dois trabalhavam juntos para especificar que perguntas eram aquelas: um empregado ressentido, um sócio lesado, um marido traído, a própria esposa dele com ciúmes de alguém. Vianello tinha muito jeito para fazer as pessoas falarem, principalmente as venezianas. Quando interrogadas, invariavelmente, elas acabavam cedendo àquele doce gigante que parecia não gostar de falar italiano e não hesitava em se expressar no dialeto da cidade, sutileza lingüística que levava os interlocutores a revelações inconscientes.

"Mais alguma coisa, comissário?"

"Sim. Eu tenho muito que fazer hoje de manhã, e vou tentar encontrar a viúva ainda esta tarde. Quero que você mande alguém à estação conversar com a cobradora que achou o cadáver. Verifique se os outros cobradores viram alguma coisa." Antes que o sargento tivesse tempo de esboçar um protesto, Brunetti disse: "Eu sei, eu sei. Se tivessem visto, já teriam contado a esta altura. Mesmo assim, quero que eles sejam interrogados mais uma vez".

"Sim, senhor."

"E quero o nome e o endereço de todos os que estavam no trem quando ele parou, e a transcrição de tudo que disseram quando foram entrevistados."

"Por que será que não roubaram nada, comissário?"

"Caso o motivo tenha sido esse, vai ver que alguém apareceu no corredor e o ladrão fugiu sem ter tido tempo de pegar nada. Ou então quem o matou queria que a gente soubesse que não foi latrocínio."

"Isso é um disparate, não acha? Não seria muito melhor para ele se a polícia acreditasse na hipótese do latrocínio?"

"Depende de por que o mataram."

Vianello refletiu um pouco e então disse: "É, pode ser", mas seu tom de voz não denotou muita convicção. Por que o criminoso daria semelhante vantagem à polícia?

Sem disposição para perder tempo com isso, levantou-se e disse: "Então vou ao escritório do homem, comissário, vamos ver o que descubro. O senhor volta para cá à tarde?".

"É provável. Depende da hora em que eu conversar com a viúva. Deixo recado."

"Está bem. Então até mais", despediu-se o sargento.

De volta ao processo, Brunetti abriu a pasta e procurou o número do telefone da residência de Trevisan. Só atenderam ao décimo toque.

"*Pronto*", disse uma voz de homem.

"É da casa do *avvocato* Trevisan?"

"Quem deseja?"

"Aqui é o comissário Guido Brunetti. Quero falar com a *signora* Trevisan, por favor."

"A minha irmã não está em condições de atender."

Brunetti examinou a pasta de documentos até achar a folha em que constava o nome de solteira da sra. Trevisan. Disse: "*Signor* Lotto, desculpe-me incomodar a sua irmã num momento como este, mas me é imprescindível conversar com ela o mais depressa possível".

"Lamento, mas é impossível, comissário. A minha irmã está sob o efeito de sedativos fortes e não pode falar com ninguém. Ficou transtornada com o que aconteceu."

"Eu imagino como deve estar sofrendo, *signor* Lotto, e apresento as minhas sinceras condolências. Mas nós precisamos conversar com uma pessoa da família antes de iniciar a investigação."

"De que informação precisa?"

"Nós precisamos formar uma idéia clara da vida do *avvocato* Trevisan, dos negócios que fazia, seus sócios. Enquanto não tivermos isso, não vamos saber o que pode ter motivado o crime."

"Que eu saiba, foi um assalto."

"Não roubaram nada."

"Mas não havia nenhum motivo para matarem o meu cunhado. O ladrão deve ter se assustado com alguma coisa e fugido."

"É bem possível, *signor* Lotto, mas nós queremos falar com a sua irmã nem que seja apenas para excluir as outras possibilidades e, assim, nos concentrarmos na hipótese de latrocínio."

"Que outras hipóteses existem?", perguntou o homem com irritação. "Eu garanto que não havia nada fora do normal na vida do meu cunhado."

"Não duvido, *signor* Lotto, mas mesmo assim preciso conversar com a sua irmã."

Após um demorado silêncio, o outro perguntou: "Quando?".

"Hoje à tarde", respondeu Brunetti, evitando acrescentar, "se possível."

Houve outra longa pausa. "Um momento, por favor", pediu Lotto, afastando-se do telefone. Demorava tanto a voltar que Brunetti pegou um pedaço de papel e começou a escrever "Tchecoslováquia", tentando recordar como se soletrava a palavra. Estava na sexta versão quando o irmão da viúva pegou o aparelho e disse: "Se o senhor vier às quatro horas, eu ou minha irmã o receberemos".

"Às quatro", repetiu ele . "Então até lá", acrescentou com secura antes de se despedir e desligar. Sabia por experiência que não valia a pena mostrar-se agradecido a uma testemunha, por mais simpática que fosse.

Consultando o relógio, viu que já passavam das dez. Ligou para o Ospedale Civile, porém, mesmo depois de falar com cinco pessoas em três extensões diferentes, não obteve nenhuma informação acerca da autópsia. Estava convencido de que, no Ospedale Civile, o único procedimento seguro a que uma pessoa podia se submeter era a autópsia: ocasião em que o paciente não corria nenhum perigo.

Tendo em mente essa opinião sobre a eficiência dos médicos, fechou o escritório e foi ao encontro da dra. Zorzi.

7

Ao sair da *questura*, Brunetti virou à direita, rumo ao bacino di San Marco e à basílica. Surpreendeu-se com o dia ensolarado; horas antes, estava tão concentrado na notícia do assassinato de Trevisan que nem se dera conta do bom tempo, da cidade alagada pela luz do começo do inverno e, agora, quase no da fim da manhã, tão quente que ele se arrependeu de ter vestido a capa de gabardine.

Havia pouca gente na rua, e os escassos transeuntes pareciam quase enlevados com o sol e o calor inesperados. Quem podia acreditar que no dia anterior a cidade estava inteira envolta em neblina e os *vaporetti* eram obrigados a usar o radar no curto trajeto até Lido? No entanto, lá estava ele, sentindo falta dos óculos escuros, de um terno mais leve, tanto que ao se aproximar da margem ficou momentaneamente ofuscado pelo reflexo da luz na água. Do outro lado, podia ver a cúpula e a torre de San Giorgio — no dia anterior, estavam invisíveis —, dando a impressão de terem brotado na cidade durante a noite. A torre era reta e fina, livre dos andaimes que aprisionavam a de San Marco nos últimos anos, transformando-a em um pagode e levando Brunetti a desconfiar que a administração municipal vendera a cidade aos japoneses, que empreendiam certas reformas para se sentirem mais em casa.

Brunetti virou à direita, seguiu em direção à *piazza* e, para sua grande surpresa, observou que olhava com ternura para os turistas que passavam, todos a passos lentos e boquiabertos de admiração. Aquela cidade tão prostituta continuava deslumbrando-os, e como filho legítimo do lugar, seu protetor na velhice, sentia um misto de orgulho e prazer, desejo de que aquela gente que passava o reconhecesse como veneziano e, portanto, herdeiro e, de certo modo, dono de tudo aquilo.

As pombas, normalmente burras e odiosas, pareceram-lhe quase encantadoras indo de um lado para outro aos pés de seus muitos admiradores. De repente, sem nenhum motivo, centenas delas voaram em bando e, depois de dar uma volta lá no alto, pousaram exatamente no mesmo lugar para continuar seu vaivém, ciscando pelo chão. Uma mulher gorda estava com três delas nos ombros, o rosto virado de prazer ou de horror, enquanto o marido filmava a cena com uma câmera de vídeo do tamanho de um saquinho de milho e espalhou os grãos num amplo círculo, e mais uma vez as pombas subiram e remoinharam no ar para logo pousar e devorá-los.

Brunetti subiu os três degraus baixos do Florian e passou pela porta dupla de vidro jateado. Embora estivesse dez minutos adiantado, correu os olhos pelas saletas da direita, depois à esquerda, mas não viu a dra. Zorzi.

Quando o garçom se aproximou, ele pediu uma mesa perto da janela da frente. Naquele dia esplêndido, em parte queria estar sentado à janela em companhia de uma linda moça, em parte queria ser visto sentado à janela em companhia de uma linda moça. Puxou uma delicada cadeira de respaldo curvo, sentou-se e a posicionou de modo a ter uma vista melhor da *piazza*.

Como sempre, a fachada da basílica estava parcialmente coberta de andaimes de madeira. Acaso alguma vez na vida, mesmo na infância, ele tivera uma visão completa da basílica? Provavelmente não.

"Bom dia, comissário", ouviu às suas costas e se levantou para cumprimentar a dra. Barbara Zorzi. Reconheceu-a instantaneamente. Esbelta e aprumada, saudou-o com um aperto de mão afetuoso, mas surpreendentemente forte. Estava com o cabelo mais curto que da última vez, pensou ele, cortado num capuz de cachos escuros e rentes. Tinha olhos bem pretos: quase não havia diferença entre a pupila e a íris. A semelhança com Elettra era notória, o nariz reto, os lábios carnudos e o queixo arredondado, mas a maturidade da irmã se suavizava numa beleza mais discreta e tranqüila.

"*Dottoressa*, que bom que você arranjou um pouco de tempo para mim", disse Brunetti, apressando-se a ajudá-la a tirar o casaco.

Ela respondeu com um sorriso e colocou a maleta médica de couro numa cadeira perto da janela. Brunetti dobrou o casaco, pendurou-o no respaldo da mesma cadeira e, olhando para a maleta, disse: "Quando nós éramos pequenos, o médico que ia lá em casa tinha uma igualzinha".

"Talvez eu devesse ser mais moderna e andar com uma pasta mais chique", sorriu a médica, "mas minha mãe me deu a maleta de presente de formatura, e eu faço questão de usá-la."

O garçom se aproximou da mesa e os dois pediram café. Quando ele se afastou, a médica perguntou: "Em que posso ajudá-lo, comissário?".

Sabendo perfeitamente que era inútil mentir sobre sua fonte de informação, Brunetti disparou: "A sua irmã me contou que a *signora* Trevisan foi sua cliente".

"E a filha dela também", acrescentou Barbara, abrindo a maleta e tirando um amarrotado maço de cigarros. Pôs-se a vasculhar o fundo da maleta em busca do isqueiro, mas o garçom se colocou à esquerda, inclinando-se para lhe acender o cigarro. "*Grazie*", disse ela, virando a cabeça para a chama, habituada que estava a esse tipo de delicadeza. O garçom se afastou em silêncio.

A médica deu uma tragada ávida, fechou a maleta e encarou Brunetti. "Devo supor que isso tenha relação com a morte dele?"

"No atual estágio da investigação, eu não saberia dizer o que tem e o que não tem relação com a morte dele."

Ela comprimiu os lábios, e Brunetti percebeu que se expressara de maneira muito artificial e afetada. "É verdade, doutora. No momento, nós não temos nada, a não ser os indícios materiais em torno do homicídio."

"Ele foi baleado?"

"Duas vezes. Uma das balas deve ter atingido uma artéria, pois parece que ele morreu bem depressa."

"Por que você quer saber sobre a família dele?", perguntou Barbara, sem cogitar, ele notou, que membro da família lhe interessava mais.

"Quero detalhes de sua atividade profissional, seus amigos, sua família, sobre tudo que me ajude a saber quem ele era."

"Você acha que isso vai ajudar a descobrir quem o matou?"

"É o único meio de saber se alguém queria matá-lo. Com isso, fica relativamente fácil imaginar quem é o assassino."

"Quanto otimismo!"

Brunetti não pareceu entusiasmado. "Não, não é otimismo. Palavra que não. E eu não vou ser otimista enquanto não conseguir entender esse homem."

"E acha que, informando-se sobre a mulher e a filha, vai entendê-lo?"

"Acho."

O garçom reapareceu e depositou na mesa duas xícaras de café *espresso* e um açucareiro de prata. Eles adoçaram o café e misturaram, permitindo que a cerimônia servisse de intervalo na conversa. Depois de tomar um gole e recolocar a pequena xícara no pires, a médica disse: "Há pouco mais de um ano, a *signora* Trevisan levou a filha de catorze anos ao meu consultório. Era evidente que a garota não queria que a mãe soubesse qual era o seu problema. A *signora* Trevisan queria entrar na sala de exames com ela, mas eu não deixei". Jogou a cinza do cigarro, sorriu e acrescentou: "Mas saiba que não foi fácil". Tomou mais um gole de café. Brunetti não a apressou.

"A menina estava com um surto de herpes genital. Eu lhe fiz as perguntas habituais: se o parceiro usava preservativo, se ela tinha outros parceiros sexuais, desde quando estava com os sintomas. No caso do herpes, a primeira manifestação dos sintomas costuma ser a pior, por isso perguntei se aquela era mesmo a primeira. Sabendo que isso me ajudaria a avaliar a gravidade da infecção." Calou-se e esmagou o cigarro no cinzeiro. A seguir, sem dar explicação, inclinou-se para o lado e colocou o cinzeiro na mesa vizinha.

"E era a primeira manifestação?"

"No começo, ela disse que sim, mas fiquei com a impressão de que estava mentindo. Passei um bom tempo explicando por que eu precisava saber, que não podia receitar os remédios certos se não soubesse qual era a gravidade da infecção. Demorou um pouco, mas a menina acabou contando que aquela era a segunda erupção e que a primeira tinha sido muito pior."

"Por que não foi consultá-la antes?"

"A família estava em viagem de férias quando aconteceu, e ela ficou com medo de que, se fosse a outro médico, ele contasse tudo aos seus pais."

"E como foi esse surto?"

"Febre, calafrios, dor genital."

"O que ela fez?"

"Disse à mãe que estava com cólica e passou dois dias de cama."

"E a mãe?"

"O que tem a mãe?"

"Acreditou?"

"Parece que sim."

"E a segunda vez?"

"Francesca disse que estava com cólicas muito fortes outra vez e que queria uma consulta comigo. Fazia sete anos que eu era sua médica, desde a infância."

"Por que a mãe a acompanhou?"

Barbara respondeu olhando para a xícara vazia: "A

signora Trevisan sempre foi superprotetora. Quando Francesca era menor, ela me telefonava ao mais leve sinal de febre da filha. No inverno, às vezes ligava duas vezes por mês pedindo para examinar a garota em casa".

"Você ia?"

"No começo, sim — eu ainda era novata. Mas, com o tempo, aprendi a distinguir quem me chavama por estar realmente doente de quem telefonava... Bem, de quem telefonava por menos que isso."

"A *signora* Trevisan costumava chamá-la quando adoecia?"

"Não, nunca. Ela ia ao consultório."

"Por que motivo?"

"Isso não me parece relevante, comissário", disse a médica; ele surpreendeu-se por ser tratado pelo título, mas não insistiu.

"Quais foram as respostas da menina às outras perguntas?"

"Contou que o parceiro se recusava a usar preservativo, pois achava que diminuía o prazer." Barbara fez uma careta, como que irritada por repetir um clichê tão egocêntrico.

"'Parceiro'? No singular."

"É, ela disse que era um só."

"E contou quem era?"

"Eu não perguntei. Não era da minha conta."

"Você acreditou? Que era um só?"

"Não tinha motivo para não acreditar. Como já disse, a gente se conhecia desde que Francesca era pequena. Pelo que sabia dela, achei que estava dizendo a verdade."

"E a revista que a mãe jogou em você?", perguntou.

Ela o encarou com ar verdadeiramente surpreso. "Ah, a minha irmã. Quando resolve contar uma história, conta tintim por tintim, não é?" Mas não havia raiva em sua voz, apenas uma relutante admiração que, na opinião de Brunetti, a convivência com Elettra impunha.

"Isso foi depois. Quando nós saímos da sala de exames, a *signora* Trevisan veio me perguntar o que Francesca tinha. Eu respondi que era uma infecção leve e que não demorava a sarar. Ela ficou satisfeita com isso, e as duas foram embora."

"Como ela descobriu?"

"Pelo medicamento, o Zovirax. É específico para o herpes. Não havia outro motivo para a menina tomá-lo. A *signora* Trevisan tem um amigo farmacêutico e lhe perguntou para que servia o remédio — tenho certeza de que o fez com muita cautela. Ele contou. Não era usado para nenhuma outra doença, ou só muito raramente. No dia seguinte, ela apareceu no consultório, sem Francesca, e me insultou."

"Como?"

"Acusou-me de ter providenciado um aborto para a garota. Eu a expulsei do consultório, e foi aí que ela pegou a revista e atirou em mim. Dois clientes, homens idosos, a puseram para fora. E nunca mais vi a *signora* Trevisan."

"E a menina?"

"Eu já disse, vi uma ou duas vezes na rua, mas ela não é mais minha cliente. Recebi o pedido de outro médico para verificar o meu diagnóstico, e atendi. Já devolvi as duas fichas médicas à *signora* Trevisan."

"Sabe como ela chegou à idéia de que você providenciara o tal aborto?"

"Não, não tenho a menor idéia. Mesmo porque eu não poderia fazer uma coisa dessas sem o consentimento dos pais."

A filha de Brunetti, Chiara, tinha a idade de Francesca na época, catorze anos. Ele se perguntou que reação teria se lhe contassem que sua filha estava com uma doença venérea. Desvencilhou-se daquele pensamento com um sentimento de horror.

"Por que você não quer discutir o histórico médico da *signora* Trevisan?"

"Já disse que não acho relevante."

"E eu disse que tudo pode ser relevante", contrapôs ele, procurando suavizar o tom de voz, talvez com sucesso.

"Mesmo que eu dissesse que ela sofria de dor nas costas?"

"Se fosse isso, você não teria hesitado em me contar."

Barbara ficou um momento calada, então balançou a cabeça. "Ela era minha cliente, de modo que eu não posso revelar nada que sei."

"Não pode ou não quer?", questionou Brunetti, já sem o menor vestígio de humor na voz.

A médica fitou-o nos olhos. "Não posso", repetiu e logo desviou a vista para consultar o relógio. Era um Snoopy, ele reparou. "Tenho de fazer mais uma visita antes do almoço."

Brunetti sabia que não havia como contrariar aquela decisão. "Obrigado pelo tempo que você perdeu comigo e pelo que me contou", disse com sinceridade. Em tom mais pessoal, acrescentou: "É incrível que eu não tenha percebido que você e Elettra são irmãs".

"É que ela é cinco anos mais moça."

"Não estou me referindo à aparência", disse ele. E, ante o olhar curioso de Barbara, explicou: "O temperamento. Vocês são muito parecidas".

Ela abriu um sorriso franco. "Muita gente diz isso."

"É, imagino que sim."

Barbara ficou um momento em silêncio, mas logo riu com satisfação. Ainda rindo, empurrou a cadeira e pegou o casaco. Brunetti ajudou a médica a vesti-lo, examinou a conta e pôs o dinheiro na mesa. Ela pegou a maleta, e os dois saíram juntos para a *piazza*. Descobriram que fazia ainda mais calor.

"Os meus pacientes garantem que isto significa que o inverno vai ser terrível", comentou a médica, abarcando com um gesto toda a *piazza* e a luz que a inundava. Desceram juntos os três degraus baixos e começaram a atravessá-la.

"Se estivesse fazendo mais frio que de costume, o que eles diriam?"

"Oh, diriam a mesma coisa, que certamente era sinal de inverno rigoroso", respondeu ela com naturalidade, nada incomodada com a contradição. E ambos compreenderam, já que eram venezianos.

"Nós somos um povo pessimista, não acha?"

"Antigamente a gente tinha um império", disse ela, repetindo o gesto e abarcando uma vez mais a basílica, o *campanile* e, abaixo dela, a Loggetta di Sansovino. "Agora só temos esta Disneylândia. É um bom motivo para ser pessimista."

Brunetti fez que sim, mas ficou calado. Barbara não o convencera. Para ele, a glória da cidade continuava viva.

Despediram-se ao pé do *campanile*, ela para visitar o cliente que morava em *campo* della Guerra, ele para ir a pé a Rialto e, de lá, para casa, almoçar.

8

Ao chegar a seu bairro, como as lojas ainda estivessem abertas, Brunetti parou na mercearia da esquina e comprou quatro garrafas de vidro de água mineral. Num momento de fraqueza e consciência ecológica, tinha concordado em participar do boicote familiar às garrafas de plástico, e assim, tal como a mulher e os filhos — isso era custoso admitir — desenvolvera o hábito de comprar algumas garrafas sempre que passava por lá. Às vezes, chegava a suspeitar que o resto da família tomasse banho de água mineral quando ele não estava em casa, tal era a rapidez com que acabava.

No alto do quinto lance da escada, depositou a sacola com as garrafas no último degrau e tirou a chave do bolso. Do interior da casa, ouviu o noticiário no rádio que, sem dúvida, dava ao público as últimas informações sobre o assassinato de Trevisan. Abriu a porta, passou a sacola para dentro e fechou-a. Da cozinha, chegava uma voz monocórdia, "... nega ter conhecimento das acusações de que é objeto e invoca vinte anos de leais serviços ao antigo Partido Democrata Cristão como prova de seu compromisso com a Justiça. Não obstante, trancafiado no presídio Regina Coeli, Renato Mustacci, pistoleiro confesso da máfia, insiste em afirmar que foi por ordem do senador que, na companhia de dois outros homens, matou a tiros o juiz Filippo Preside e sua esposa Elvira, em Palermo, em maio do ano passado".

A voz solene do locutor foi substituída por um *jingle*

de sabão em pó, por sobre o qual Brunetti ouviu Paola falando ao seu público predileto, ou seja, consigo mesma. "Porco imundo e mentiroso, porco democrata cristão imundo e mentiroso como todos os outros. 'Compromisso com a Justiça. Compromisso com a Justiça'." Seguiu-se um palavrão dos mais cabeludos, a que, curiosamente, ela costumava recorrer apenas quando estava sozinha.

Paola ouviu os passos do marido no corredor e disse: "Você ouviu essa, Guido? Ouviu só? Os três pistoleiros confessaram que foi ele que mandou matar o juiz, e o cara-de-pau ainda tem a coragem de falar no seu compromisso com a Justiça. Deviam é enforcar esse bandido. Mas ele é membro do Parlamento, portanto não se pode tocar nele. Deviam trancafiar todos de uma vez. Jogar o Parlamento inteiro na cadeia para nos poupar tempo e dor de cabeça".

Brunetti atravessou a cozinha e se agachou para guardar as garrafas no armário ao lado da geladeira. Só havia uma de reserva, muito embora ele tivesse comprado cinco no dia anterior. "O que vai ter de almoço?", perguntou.

Paola recuou um passo e espetou um dedo acusador no coração dele. "A República está soçobrando, e ele só pensa em comer", disse, agora dirigindo-se ao ouvinte invisível que, fazia vinte anos, era um silencioso participante de sua vida conjugal. "Guido, esses bandidos vão nos destruir. Talvez já nos tenham destruído. E você quer saber o que vai ter de almoço?"

Preferindo não comentar que uma pessoa vestida de *cashmere* da Burlington Arcade dificilmente se saía bem como militante revolucionária, Brunetti foi prático: "Se você me der comida, Paola, eu volto para o *meu* compromisso com a Justiça".

Foi o bastante para que ela se lembrasse de Trevisan e, tal como ele sabia que ia acontecer, trocou imediatamente as fulminações políticas por um pouco de fofoca. Desligando o rádio, perguntou: "Ele deu o caso para você?".

Brunetti aquiesceu ao mesmo tempo que se levantou.

"Disse que eu estou com tempo de sobra no momento. *Sua Excelência*, o prefeito, já telefonou, portanto você pode imaginar o estado em que ele está." Não havia necessidade de maiores explicações.

Como ele sabia que ia acontecer, Paola esqueceu de vez as considerações sobre Justiça política e probidade. "A notícia que eu li só diz que ele foi baleado. No trem de Turim."

"Estava com passagem comprada em Pádua. A gente está tentando descobrir o que ele foi fazer lá."

"Uma amante?"

"Pode ser. Ainda é cedo para saber. E o almoço?"

"*Pasta fagioli* e depois *cotoletta*."

"Salada?"

"Guido", perguntou ela, enrugando os lábios e arregalando os olhos, "alguma vez na vida a gente comeu costeleta sem salada?"

Em vez de responder, ele perguntou: "Ainda tem aquele Dolcetto delicioso?".

"Não sei. A gente tinha uma garrafa na semana passada, não?"

Brunetti resmungou qualquer coisa e tornou a se agachar diante do armário. Atrás das garrafas de água mineral, havia três de vinho branco. Levantando-se, perguntou: "Cadê a Chiara?".

"No quarto, por quê?"

"Quero que ela me faça um favor."

Paola consultou o relógio. "Faltam quinze para a uma, Guido. O comércio já deve ter fechado."

"Do Mori fica aberto até a uma."

"E você tem coragem de mandá-la até lá só para comprar uma garrafa de Dolcetto?"

"Três garrafas", corrigiu ele, saindo da cozinha rumo ao quarto da filha. Bateu na porta e ouviu o rádio ligado lá dentro.

"*Avanti, papà*", gritou a menina.

Brunetti abriu a porta e entrou. A cama em que Chiara estava deitada tinha um dossel ondulado. Seus sapatos estavam no chão, junto à mochila escolar e ao casaco. As venezianas escancaradas deixavam entrar muita luz, banhando os ursos e outros bichos de pelúcia que dividiam a cama com ela. Chiara afastou do rosto uma mecha loira, olhou para o pai e abriu um sorriso que competia com a luz.

"*Ciao, dolcezza*", disse ele ao entrar.

"Você chegou cedo hoje, *papà.*"

"Não, cheguei na hora certa. Você está lendo?"

Ela fez que sim, olhando rapidamente para o livro.

"Chiara, você me faz um favor?"

Ela baixou o livro e o fitou por cima das páginas.

"Faz, Chiara?"

"Onde?"

"Aqui pertinho, no Do Mori."

"Comprar o quê?"

"Dolcetto."

"Ah, *papà*, por que você não toma outra coisa no almoço?"

"Porque eu estou com vontade de tomar Dolcetto, meu bem."

"Só vou se você for junto."

"Nesse caso, eu posso muito bem ir sozinho."

"Se prefere assim, *vá, papà.*"

"Eu não quero ir, Chiara. É por isso que estou lhe pedindo que vá para mim."

"Mas por que eu tenho de ir?"

"Porque eu trabalho muito para sustentar a família."

"A *mamma* também trabalha."

"Sim, mas o meu dinheiro paga a casa e tudo que a gente compra."

Ela pôs o livro virado para baixo na cama. "A *mamma* diz que isso é chantagem capitalista e que eu não sou obrigada a obedecer quando você fala isso."

Brunetti falou bem baixinho: "Chiara, a sua mãe é uma subversiva, uma rebelde, uma agitadora".

"Então por que você vive dizendo para eu fazer o que ela manda?"

Ele respirou fundo. Diante disso, a menina se sentou na beira da cama e fisgou os sapatos com os pés. "Quantas garrafas você quer?", perguntou com má vontade.

"Três."

Chiara se curvou para amarrar os sapatos. Brunetti tentou afagar-lhe o cabelo, mas ela afastou a cabeça. Então se levantou e pegou o casaco no chão. Passando por ele sem dizer uma palavra, caminhou pelo corredor. "Peça dinheiro a sua mãe", gritou ele às suas costas e entrou no banheiro. Enquanto lavava as mãos, ouviu a porta da rua bater com certa violência.

Ao voltar à cozinha, notou que Paola estava pondo a mesa apenas para três. "E o Raffi?", perguntou.

"Ele tem prova oral hoje à tarde, vai passar o dia na biblioteca."

"Não vai almoçar?"

"Ele come um sanduíche por aí."

"Se vai fazer prova, ele precisa estar bem alimentado."

Paola o encarou durante algum tempo e balançou a cabeça.

"O que é?"

"Nada."

"Como nada? Por que você balançou a cabeça?"

"Às vezes eu me pergunto onde é que eu estava com a cabeça para me casar com um homem tão banal."

"Banal?" Dentre todos os insultos com que Paola o agraciava havia anos, aquele era o pior. "Banal?", repetiu Brunetti.

Ela hesitou um instante antes de dar uma explicação. "Primeiro você tenta chantagear sua filha para que ela vá comprar vinho, que ela não bebe, depois se preocupa porque o filho não come. Não porque ele não estuda, mas porque não come."

"Com o que você queria que eu me preocupasse então?"

"Com o fato de ele não estudar", disparou Paola.

"Mas esse garoto não fez outra coisa senão estudar no ano passado. Estudar e zanzar pela casa, sonhando com Sara."

"O que Sara tem a ver com isso?"

O que tudo aquilo tinha a ver com o quê?, pensou Brunetti.

"Chiara disse alguma coisa?"

"Disse que pediu a você que fosse com ela, mas você não quis."

"Se fosse para eu ir, não precisava pedir."

"Você vive choramingando porque não tem tempo para ficar com os filhos e, quando surge uma oportunidade, descarta."

"Ir comprar vinho num bar não é exatamente a maneira que eu concebo de ficar com os meus filhos."

"Como é então? Sentar-se à mesa e explicar a eles que o dinheiro dá poder às pessoas?"

"Paola", disse Brunetti, pronunciando as três sílabas muito devagar. "Não tenho a menor idéia do porquê disto tudo, mas tenho certeza absoluta de que não é porque eu mandei Chiara ir comprar vinho."

Ela deu de ombros e se voltou para o panelão fervente no fogão.

"O que aconteceu, Paola?", perguntou ele sem sair do lugar, mas procurando-a com a voz.

Ela tornou a encolher os ombros.

"Por favor. Diga."

Ainda de costas para o marido, ela falou com voz frágil. "Eu estou começando a me sentir velha, Guido. Raffi já está namorando, e Chiara é praticamente uma mulher. Tenho quase cinqüenta anos." Brunetti estranhou aquela conta, mas não disse nada. "Sei que é besteira, mas acho isso deprimente, é como se a minha vida tivesse se esgotado por completo, a melhor parte já passou." Santo Deus, e ele é que era banal?

Brunetti aguardou, mas Paola deu o discurso por encerrado.

Tirou a tampa da panela e ficou momentaneamente envolta na nuvem de vapor que subiu. Com uma colher de pau comprida, mexeu o que estava lá dentro, numa atitude que lembrava uma bruxa em seu caldeirão. Ele tentou, com pouquíssimo sucesso, deixar de lado o amor e a familiaridade de mais de vinte anos e enxergá-la objetivamente. Viu uma mulher alta e magra com quarenta e poucos anos, o cabelo loiro acastanhado até os ombros. Ela se virou e o fitou, e ele viu o nariz reto, os olhos escuros, os lábios carnudos que o fascinavam havia décadas.

"Quer dizer que chegou a hora de eu trocar você por outra?", arriscou.

Paola tentou reprimir o sorriso, mas não conseguiu. "Será que eu estou ficando louca?"

Brunetti ia dizer que já estava mais do que acostumado à loucura dela, mas, naquele instante, Chiara abriu a porta e entrou precipitadamente no apartamento.

"*Papà*", gritou do *hall*, "por que você não me contou?"

"Não contei o quê, minha filha?"

"Que mataram o pai da Francesca."

"Você a conhece?"

A menina veio pelo corredor, a sacola de pano na mão. Obviamente, a curiosidade sobre o assassinato havia dissipado a raiva em sua mente. "Claro. A gente estudava na mesma escola. Você vai procurar o assassino?"

"Vou ajudar", disse ele, tratando de não dar margem a um interrogatório que, sem sombra de dúvida, seria interminável. "Você a conhecia bem?"

"Não", respondeu Chiara, surpreendendo-o por não afirmar que a garota era sua melhor amiga e, portanto, íntima de todos os segredos que ele ainda descobriria. "Ela andava com a Pedrocci, sabe, aquela menina que tinha um monte de gatos em casa e cheirava mal. Ninguém queira ser amiga dela. Só a Francesca."

"A Francesca não tinha outras amigas?", quis saber Paola, interessando-se agora e, por isso mesmo, acumpliciando-se à tentativa do marido de extrair informação da filha. "Eu não me lembro de tê-la conhecido."

"Não, não, ela nunca veio aqui. Quem quisesse brincar com ela tinha de ir à casa dela. A mãe não deixava."

"A menina dos gatos ia?"

"Ia. O pai dela era juiz, por isso a *signora* Trevisan não ligava para o cheiro ruim." Brunetti ficou admirado com a lucidez com que Chiara via o mundo. Não sabia que rumo tomaria na vida, mas tinha certeza de que ela iria longe.

"Como ela é, a *signora* Trevisan?", perguntou Paola, endereçando um olhar a Brunetti, que balançou a cabeça e, puxando uma cadeira, sentou-se silenciosamente à mesa.

"*Mamma*, por que você não deixa o *papà* fazer as perguntas, já que é ele que precisa saber?" Sem esperar resposta, Chiara atravessou a cozinha e se instalou no colo de Brunetti, colocando na mesa as então esquecidas ou perdoadas garrafas de vinho. "O que você quer saber, *papà*?" Pelo menos não o chamou de comissário.

"Tudo que você souber, Chiara. Conte por que as meninas tinham de ir brincar na casa dela."

"Francesca não sabia direito, mas, uma vez, há uns cinco anos, disse que achava que era porque os pais dela tinham medo de que a seqüestrassem." E antes que Brunetti ou Paola tivessem tempo de comentar o absurdo da idéia, Chiara prosseguiu: "Eu sei que é bobagem. Mas era o que ela dizia. Acho que estava querendo bancar a importante. Em todo caso, ninguém deu a mínima, e ela parou de falar nisso". Olhou para Paola e perguntou: "Quando sai esse almoço, *mamma*? Eu estou morrendo de fome e, se não comer já, vou desmaiar", e, no instante seguinte, cumprindo a ameaça, deixou-se cair nos braços do pai e tentou escorregar para o chão, coisa que ele impediu instintivamente, amparando e estreitando a filha.

"Fingida", cochichou em seu ouvido e começou a lhe fazer cócegas, prendendo-a com o braço e cutucando-lhe o flanco, as costelas.

Chiara se pôs a gritar e a agitar os braços, ofegante de susto e prazer. "Não, *papà*. Solte, solte. Deixe..." O resto das palavras desapareceu numa alegre gargalhada.

A ordem foi restaurada antes do almoço, se bem que precariamente. Em um acordo tácito de adultos, eles não fizeram mais nenhuma pergunta acerca da sra. Trevisan. Durante a refeição, para a contrariedade de Paola, Brunetti continuou a cutucar ocasionalmente a filha sentada no lugar de sempre, ao seu lado. Cada um desses movimentos provocava novos gritinhos de medo risonho, que faziam Paola desejar ter autoridade suficiente para mandar o comissário de polícia para o quarto sem almoço.

9

Bem alimentado e satisfeito, Brunetti saiu de casa logo depois do almoço e voltou a pé à *questura*, parando no caminho para tomar café e tentar combater a sonolência induzida pela boa comida e pelo persistente calor do dia. No escritório, depois de pendurar o casaco, sentou-se à mesa para averiguar o que chegara na sua ausência. Como esperava, lá estava o laudo da autópsia, não o oficial, mas uma versão que Elettra devia ter datilografado a partir de notas ditadas pelo telefone.

A pistola que matou Trevisan era de pequeno calibre — uma 22 de tiro ao alvo —, não uma arma pesada. Como já se conjeturava, um dos projéteis rompeu a artéria do coração, de modo que a morte foi virtualmente instantânea. O outro se alojou no estômago. Os orifícios de entrada indicavam que o assassino disparou a cerca de um metro de distância e, a julgar pelo ângulo, a vítima estava sentada e o atirador, de pé, à direita.

Trevisan tinha jantado antes de morrer, tomara uma quantidade moderada de álcool, certamente não a ponto de alterá-lo. Excetuando o ligeiro excesso de peso, parecia estar bem de saúde para um homem da sua idade. Não apresentava nenhum sinal de doença grave; tinha sido operado de apendicite e fizera vasectomia. O legista calculava que podia viver pelo menos mais vinte anos se não tivesse uma doença grave ou um acidente.

"Duas décadas roubadas", murmurou Brunetti, pensando nas muitas coisas que um homem podia fazer em vinte anos de existência: ver um filho chegar à maturidade ou até mesmo um neto crescer; ter sucesso nos negócios, escrever um poema. Trevisan já não teria oportunidade de fazer nada disso. Na opinião de Brunetti, um dos elementos mais ferozes do homicídio era eliminar impiedosamente as possibilidades e impedir a vítima de realizar o que quer que fosse. De formação católica, ele também sabia que, para muitos, o pior horror era a vítima não ter chance de se arrepender dos pecados. Recordava uma passagem do *Inferno* em que Francesca da Rimini dizia a Dante, "foi-me arrebatada de um modo que ainda me atormenta". Embora não fosse religioso, Brunetti não era indiferente à magia da fé e compreendia que, para muita gente, semelhante perspectiva era simplesmente pavorosa.

O sargento Vianello bateu na porta e entrou; trazia na mão direita uma austera pasta azul da *questura*. "O homem estava limpo", disse sem preâmbulo, colocando a pasta na escrivaninha. "No que nos diz respeito, é como se ele nunca tivesse existido. O único registro que temos é o passaporte, que foi renovado." Abriu a pasta para verificar a data. "Há quatro anos. Fora isso, nada."

Isso não surpreendia ninguém. Muita gente conseguia passar a vida inteira sem chamar a atenção da polícia, até virar vítima casual da violência: motoristas alcoolizados, assaltantes, o pânico de um ladrão. Mas poucos acabavam nas mãos daquele que aparentava ser um assassino profissional.

"Eu tenho hora marcada com a viúva", disse Brunetti. "Às quatro da tarde."

Vianello fez que sim. "Também não há nada com a família nuclear."

"Esquisito, não acha?"

O sargento pensou um pouco antes de responder. "Até que é normal as pessoas não chamarem a nossa atenção, mesmo uma família inteira."

"Então por que será que isso me parece tão esquisito?"

"Não será por que a pistola era calibre 22?" Ambos sabiam que esse tipo de arma era usada por matadores profissionais.

"Há possibilidade de rastreá-la?"

"Além do tipo, não muita. Eu mandei uma cópia do laudo da balística para Roma e outra para Gênova." Ambos também sabiam que era pouco provável que isso gerasse alguma informação útil.

"E na estação ferroviária?"

Vianello repetiu exatamente o que os policiais tinham ouvido na noite anterior. "Não ajuda muito, não é, *dottore*?"

Brunetti balançou a cabeça. Então perguntou: "E no escritório dele?".

"Quando cheguei, a maior parte do pessoal tinha saído para almoçar. Falei com uma secretária, que, aliás, estava em prantos, e com o advogado que parece ter assumido o comando por lá", disse o sargento, acrescentando depois de uma breve pausa: "... Que não estava."

"Em prantos?", Brunetti perguntou, parecendo interessado.

"É. Em prantos ele não estava. Aliás, parecia indiferente à morte de Trevisan."

"E às circunstâncias?"

"Ao fato de ter sido um homicídio?"

"É."

"Isso parece que o abalou. Tive a impressão de que ele não gostava muito de Trevisan, mas que ficou chocado com o assassinato."

"O que ele disse?"

"No fundo, nada", explicou Vianello. "O que mais me chamou a atenção foi o que ele não disse, esses comentários que a gente faz quando alguém morre, mesmo que você não vá com a cara da pessoa: que foi uma perda terrível, coitada da família, que ninguém mais pode substituí-lo." Fazia anos que ele e Brunetti presenciavam tais reações, tanto que já não se surpreendiam ao perceber que o interlocutor estava mentindo. Na verdade, o que surpreendia era uma pessoa não se dignar a dizer tais coisas.

"Algo mais?"

"Não. A secretária disse que a turma volta a trabalhar amanhã — quase todos foram dispensados hoje à tarde, por respeito —, de modo que eu vou voltar para falar com eles." Antes que Brunetti perguntasse, ele disse: "Eu liguei para a Nadia e lhe pedi que averigúe por aí. Ela não o conhecia, mas tem a impressão de que foi ele que cuidou — isso há pelo menos cinco anos — do testamento daquele sujeito que tinha uma loja de sapatos na Via Garibaldi. Vai telefonar para a viúva. E ficou de perguntar no bairro".

Brunetti respondeu com um gesto afirmativo. Posto que não figurasse na folha de pagamento, a esposa do sargento Vianello costumava ser uma excelente fonte de informações: informações que não entravam nos registros oficiais. "Eu queria fazer um levantamento financeiro dele", disse. "O de praxe: as contas bancárias, a declaração de renda, o patrimônio. E veja se descobre algo a respeito do escritório de advocacia, quanto rende por ano." Embora fossem perguntas de rotina, Vianello anotou tudo.

"Quer que eu peça a Elettra que veja o que consegue descobrir?"

Essa pergunta sempre suscitava em Brunetti a imagem da jovem secretária envolta em vestes pesadas e um turbante na cabeça — este sempre de brocado e com opulentas pedras espetadas na frente —, a examinar cuidadosamente a tela do monitor, do qual subia uma coluna de fumaça. Ele não tinha idéia do que ela fazia, mas o fato era que conseguia, invariavelmente, obter informações pessoais e financeiras sobre vítimas e suspeitos que, em geral, surpreendiam até mesmo familiares e sócios. Estava convencido de que ninguém era capaz de escapar ao crivo da srta. Elettra e, às vezes, se perguntava — ou temia? — se ela não usava seus poderes nada insignificantes para fuçar a vida particular das pessoas com que trabalhava.

"Sim, vamos ver o que ela acha. Também quero a lista dos clientes dele."

"A lista completa?"

"Isso mesmo."

Vianello concordou e tomou nota, muito embora soubesse que seria dificílimo; era quase impossível obrigar um advogado a dar o nome dos clientes. Nesse particular, as únicas pessoas que criavam mais dificuldade para a polícia eram as prostitutas.

"Algo mais, comissário?"

"Não. Vou visitar a viúva daqui a...", Brunetti consultou o relógio, "meia hora. Se ela me contar alguma coisa que tenha utilidade, eu volto para cá; do contrário, a gente conversa amanhã cedo."

Sentindo-se dispensado, o sargento guardou a caderneta no bolso, levantou e desceu ao primeiro andar.

Cinco minutos depois, Brunetti saiu da *questura* e foi para a Riva degli Schiavoni, onde tomou o *vaporetto* número 1. Desceu em Santa Maria del Giglio, entrou à direita do Hotel Ala, atravessou duas pontes, dobrou à esquerda em uma pequena *calle* que dava no Gran Canale e se deteve à última porta à esquerda. Tocou a campainha em que se lia "Trevisan" e, quando a porta se abriu automaticamente, subiu ao terceiro andar.

No alto da escada, uma porta aberta emoldurava um homem grisalho com a volumosa barriga habilmente dissimulada pelo corte do terno, caríssimo. Ao vê-lo, perguntou, sem lhe oferecer a mão: "Comissário Brunetti?".

"Eu mesmo. *Signor* Lotto?"

O outro confirmou com a cabeça, mas não fez menção de lhe apertar a mão. "Então entre. Minha irmã o aguarda." Embora Brunetti estivesse três minutos adiantado, o sujeito fez questão de dar-lhe a impressão que fizera a viúva esperar.

Os espelhos alinhados dos dois lados do *hall* de entrada criavam a ilusão de que o pequeno espaço estava povoado de duplicatas do irmão da sra. Trevisan e de Brunetti. O piso era revestido de uma reluzente alternância de quadrados de mármore, brancos e pretos, provocando em Brunetti a sensação de estar pisando num tabuleiro de xadrez, coisa que o levou a encarar o outro homem como adversário.

"É muita gentileza da *signora* Trevisan concordar em me receber."

"Eu a aconselhei a não fazê-lo", foi a resposta brusca de Lotto. "Não devia receber ninguém. É uma coisa terrível." O olhar que o sujeito lhe endereçou deixou-o na dúvida: ele estava se referindo ao assassinato ou à sua presença naquela casa enlutada?

Adiantando-se, o homem conduziu Brunetti a uma saleta do lado esquerdo de outro corredor. Era difícil dizer qual era a finalidade daquele cômodo: não tinha livros nem televisão, e as poucas cadeiras, de encosto reto, estavam distribuídas nos quatro cantos. Na parede, duas janelas cobertas por cortinas verde-escuras. Entre elas, uma mesa redonda com um vaso de flores desidratadas no centro. Nada mais, nenhuma indicação de propósito ou função.

"Pode aguardar aqui", disse o homem. E saiu. Brunetti ficou imóvel um instante, depois se aproximou de uma das janelas e afastou a cortina. Lá embaixo, abria-se o panorama do Gran Canale, a luz do sol a brincar em sua superfície e, mais além, à esquerda, os azulejos dourados da fachada do Palazzo Dario recebiam a luz que subia da água para logo fragmentá-la e devolvê-la em pedaços ao canal. Passavam barcos; com eles, os minutos.

Ouvindo a porta se abrir atrás dele, Brunetti voltou-se para cumprimentar a viúva Trevisan. Mas deparou com uma garota de cabelo castanho até os ombros que ao vê-lo recuou e saiu tão depressa quanto havia entrado. Alguns minutos depois, a porta tornou a se abrir, mas, dessa vez, para dar passagem a uma mulher de quarenta e poucos anos. Estava com um vestido simples de lã preta e com um sapato cujo salto a deixava quase da altura de Brunetti. O rosto lembrava muito o da garota, o cabelo, também comprido, era da mesma cor escura, se bem que mostrava sinais de tintura. Os olhos, muito separados como os do irmão, tinham um brilho que denotava inteligência e curiosidade, segundo pareceu a Brunetti, mas sem o menor vestígio de lágrimas.

Ela se aproximou e estendeu a mão. "Comissário Brunetti?"

"Sim, senhora. Lamento ter de conhecê-la nestas circunstâncias. Muito obrigado por me receber."

"Quero fazer o que estiver ao meu alcance para ajudá-lo a encontrar o assassino de Carlo." Sua voz era suave, o sotaque ligeiramente marcado pelas consoantes de Florença, aspiradas com exagero.

Ela olhou a sua volta como se estivesse vendo aquela sala pela primeira vez. "Por que Ubaldo o trouxe para cá?", perguntou e, virando-se para a porta, acrescentou: "Venha".

Brunetti a seguiu pelo lado direito do corredor, onde a viúva abriu outra porta. Entraram numa sala bem maior, com três janelas voltadas para o *campo* San Maurizio, e parecia ser um escritório ou biblioteca. Ela o levou a duas poltronas fundas, acomodou-se em uma delas e lhe ofereceu a outra com um gesto.

Ele se sentou, fez menção de cruzar as pernas, mas percebeu que o assento era muito baixo para que a posição fosse confortável. Conformou-se em apoiar os cotovelos nos braços da poltrona e unir as mãos na barriga.

"O que o senhor quer saber, comissário?"

"Queria que a senhora me contasse se, nas últimas semanas ou meses, o seu marido se mostrou incomodado, nervoso, ou se ele mudou de comportamento de um modo que lhe tenha parecido peculiar."

Ela aguardou que Brunetti acrescentasse algo mais à pergunta, mas, como isso não aconteceu, fez uma pausa para refletir. Por fim respondeu: "Não, não me ocorre nada. Carlo vivia envolvido com o trabalho. E, devido às mudanças políticas dos últimos anos, à abertura de novos mercados, estava muito sobrecarregado. Mas, não, não se mostrou particularmente nervoso nos últimos meses, não mais do que o normal com o excesso de trabalho".

"Ele conversava com a senhora sobre os casos em que estava trabalhando ou, quem sabe, sobre algum cliente que lhe causasse problemas ou preocupação?"

"Não, não tinha esse costume."

Brunetti ficou esperando.

"Ele estava com um cliente novo", completou a viúva. "Um dinamarquês que queria abrir uma importadora — queijo e manteiga, creio eu — e teve problemas com as novas regras da Comunidade Econômica Européia. Carlo estava tentando dar um jeito para que os produtos dele passassem pela França, não pela Alemanha. Ou talvez fosse o contrário. Isso lhe dava muito trabalho, mas não posso dizer que estivesse aborrecido."

"E no escritório? Como era seu relacionamento com os empregados? Pacífico? Cordial?"

A mulher uniu as mãos no colo e ficou olhando para elas. "Acho que sim. Pelo menos, ele nunca me contou que tivesse problemas com alguém da equipe. Se tivesse, com certeza me contaria."

"É verdade que o escritório era só dele, que os outros advogados eram assalariados?"

"Como?", disse ela com ar confuso. "Acho que não entendi a pergunta."

"O seu marido dividia a renda do escritório com os outros advogados ou os remunerava como empregados?"

Ela ergueu a vista e o encarou. "Lamento, mas isso eu não posso responder, *dottore* Brunetti. Não sei quase nada do trabalho de Carlo. É melhor o senhor conversar com o contador dele."

"E quem é o contador?"

"Ubaldo."

"O seu irmão?"

"Sim."

"Entendo", respondeu ele. Após um breve silêncio, prosseguiu: "Eu preciso fazer umas perguntas sobre a sua vida pessoal, *signora*".

"A nossa vida pessoal?", repetiu a viúva como se nunca tivesse ouvido falar no assunto. Diante do silêncio de Brunetti, fez um gesto de aquiescência.

"Quanto tempo a senhora e o seu marido ficaram casados?"

"Dezenove anos."

"Quantos filhos têm?"

"Dois. Claudio, de dezessete anos, e Francesca, de quinze."

"Eles estudam aqui em Veneza, *signora*?"

A mulher fulminou-o com o olhar ao ouvir a pergunta. "Por que o senhor quer saber isso?"

"A minha filha tem catorze anos, pode ser que elas se conheçam", respondeu abrindo um sorriso para mostrar que a pergunta era das mais inocentes.

"Claudio estuda na Suíça, mas Francesca mora aqui, conosco. Quer dizer", corrigiu-se, esfregando a mão na testa, "comigo."

"A senhora diria que o seu casamento era feliz?"

"Sim", disse ela de pronto, quase mais depressa do que Brunetti teria respondido a mesma pergunta, embora acabasse dando a mesma resposta. Mas não entrou em detalhes.

"O seu marido tinha amigos íntimos, sócios, parceiros de negócios?"

A viúva Trevisan levantou os olhos, mas logo voltou a fixá-los nas mãos. "Os nossos amigos mais íntimos são os Nogare, Mirto e Graziella. Ele é arquiteto e mora no *campo* Sant'Angelo. São padrinhos de Francesca. Quanto aos sócios, eu não sei nada; é melhor perguntar a Ubaldo."

"Outros amigos, *signora*?"

"Por que o senhor quer saber tudo isso?", disparou a viúva, erguendo de súbito a voz.

"Eu preciso saber o máximo possível sobre seu marido."

"Por quê?", a pergunta lhe escapou quase que independentemente de sua vontade.

"Enquanto eu não entender quem ele era, não tenho como entender o que aconteceu."

"Um assalto?", indagou a sra. Trevisan com um matiz de sarcasmo na voz.

"Não foi um assalto, *signora*. Quem o matou tinha exatamente a intenção de fazê-lo."

"Ninguém tinha motivos para matar Carlo", asseverou a mulher. Brunetti, que já ouvira a frase um sem-número de vezes, calou-se.

Súbito, ela se pôs de pé. "O senhor tem mais alguma pergunta? Se não tiver, gostaria de fazer companhia a minha filha."

Brunetti se levantou da poltrona e estendeu a mão. "Mais uma vez, obrigado por ter conversado comigo. Sei o quanto este momento deve ser doloroso para a senhora e sua família, e espero que não lhe falte coragem para enfrentar este transe." Tais palavras soaram artificiais mesmo aos seus próprios ouvidos, o tipo de coisa que se diz sem o menor envolvimento: exatamente o que acontecia ali.

"Obrigada, comissário", disse ela, apertando-lhe rapidamente a mão e dirigindo-se à porta. Acompanhou Brunetti pelo corredor até a entrada do apartamento. Não se via sinal de outros membros da família.

Ao sair, ele acenou a cabeça para a viúva e, quando começou a descer a escada, ouviu a porta se fechar de forma mansa atrás dele. Era bem estranho que uma mulher passasse quase vinte anos casada com um homem sem saber absolutamente nada sobre seus negócios. Mais estranho ainda levando-se em conta que o próprio irmão dela era contador do falecido marido. O que eles discutiam nos jantares em família? Futebol? Todo mundo que Brunetti conhecia detestava advogados. Conseqüentemente, ele não podia acreditar que um deles, sobretudo sendo famoso e bem-sucedido, não tivesse inimigos. No dia seguinte, discutiria isso com Lotto e veria se ele iria se mostrar mais cooperativo que a irmã.

10

Enquanto Brunetti estava no apartamento dos Trevisan, o céu voltou a se encobrir e o vibrante calor do dia desapareceu. Consultando o relógio, ele viu que ainda não eram seis horas, de modo que, se quisesse, podia voltar à *questura*. Mas preferiu tomar o rumo da ponte Accademia, atravessá-la e ir para casa. No caminho, entrou em um bar e pediu um vinho branco pequeno. Pegou no balcão um *pretzel* também pequeno, deu uma mordida, mas jogou o resto no cinzeiro. O vinho era tão ruim quanto o *pretzel*: desistiu de tudo e foi embora.

Tentava recordar a expressão de Francesca Trevisan quando apareceu de forma tão repentina à porta, mas só conseguiu ver o brilho de seus olhos arregalados. Um par de olhos enxutos que estampava apenas a surpresa de ter deparado com ele; era parecida com a mãe tanto na fisionomia quanto na ausência de pesar. Acaso estava à espera de outra pessoa?

Como Chiara reagiria se ele fosse assassinado? E Paola, responderia com a mesma facilidade as perguntas do policial que a interrogasse sobre sua vida matrimonial? Decerto não poderia dizer, como a sra. Trevisan, que nada sabia da vida profissional do marido, do finado marido. Brunetti ficou às voltas com aquela declaração evasiva, não conseguia se desvencilhar dela e muito menos lhe dar crédito.

Quando ele entrou no apartamento, seu radar de muitos anos lhe disse que estava vazio. Foi à cozinha, onde encontrou a mesa coberta de jornais e do que parecia ser a lição de casa de Chiara, papéis repletos de cifras e símbolos matemáticos que não tinham o menor sentido para ele. Pegou uma folha e a examinou, viu a caligrafia caprichada da filha, inclinada para a direita, em uma longa série de números e sinais que, se não lhe falhava a memória, eram uma equação de segundo grau. Ou um cálculo integral? Ou de trigonometria? Já fazia tanto tempo, e Brunetti fora sempre tão avesso à matemática que não se lembrava de quase nada, muito embora tivesse enfrentado quatro anos da matéria.

Deixando de lado a papelada de Chiara, voltou a atenção para os jornais, nos quais o assassinato de Trevisan competia com mais um senador e mais um suborno. Fazia anos que o juiz Di Pietro apresentara a primeira acusação formal, mas a bandidagem continuava controlando o país. Todos ou quase todos os personagens políticos desde a infância de Brunetti tinham sido acusados repetidas vezes dos mais diversos crimes e passaram, inclusive, a se incriminar mutuamente, mas, até então, nenhum fora julgado e condenado, posto que tivesse saqueado literalmente as burras do Estado. Havia décadas que aquela corja mamava nas tetas públicas, porém nada parecia ter força — nem a indignação popular, nem a onda de descontentamento nacional — para alijá-la do poder. Virando a página, ele viu as fotografias dos dois piores, o corcunda e o porco careca, e fechou o jornal com extremo desgosto. Nada ia mudar. Brunetti estava muito bem informado acerca desses escândalos, sabia onde boa parte do dinheiro tinha ido parar e quem seria o próximo acusado, mas também sabia, e com a mais absoluta certeza, que nada ia se alterar. Lampedusa estava coberto de razão: era preciso que as coisas mudassem na aparência para que tudo permanecesse igual. Houvera eleições, surgiram novas caras e novas promessas, mas o máximo que podia acontecer era outras bocas continuarem sugando o Estado, e novas contas seriam abertas nos discretíssimos bancos privados do outro lado da fronteira com a Suíça.

Ele conhecia aquele estado de espírito e quase o temia, a certeza recorrente da futilidade de tudo quanto fazia. De que valia pôr na cadeia o rapazinho que assaltou uma casa se o homem que roubara bilhões do sistema de saúde acabava de ser nomeado embaixador no país ao qual ele passara anos enviando dinheiro? E que Justiça multava a pessoa que deixava de pagar o imposto do rádio do carro se o fabricante desse mesmo carro podia admitir, impunemente, ter dado bilhões de liras aos líderes sindicais para impedir os trabalhadores de reivindicar aumento salarial? Para que prender um homicida ou se dar ao trabalho de procurar a pessoa que matou Trevisan se o político mais destacado do país era acusado de encomendar o assassinato dos poucos juízes honestos que tiveram a coragem de investigar a máfia?

Esses devaneios sombrios foram interrompidos pela chegada de Chiara, que, batendo a porta do apartamento, entrou com muito estardalhaço e carregando uma enorme pilha de livros. Brunetti observou quando ela foi para o quarto e, momentos depois, reapareceu já sem os livros.

"Oi, meu anjo", gritou no corredor. "Está com fome?" Quando aquela menina não estava com fome, perguntava-se.

"*Ciao, papà*", sorriu Chiara, indo em sua direção ao mesmo tempo que tentava se livrar das mangas do casaco, mas só conseguindo virar uma delas do avesso e ficar com a mão presa no punho. A seguir, libertou a outra mão e tratou de puxar a manga presa. Brunetti desviou a vista e, quando tornou a olhar, viu o casaco jogado no chão e Chiara inclinando-se para pegá-lo.

Ela entrou na cozinha e ofereceu o rosto para o beijo infalível.

Abriu a geladeira, curvou-se para examinar o interior e tirou do fundo um pedaço de queijo embrulhado em papel. Endireitou o corpo, apanhou uma faca e cortou uma grossa fatia.

"Não quer pão?", perguntou Brunetti, pegando um saco

em cima da geladeira. Chiara fez que sim, e os dois iniciaram uma troca, ele se servia de um bom naco de queijo em troca de dois pãezinhos.

"*Papà*", disse a garota, "quanto um policial ganha por hora?"

"Não sei ao certo, minha filha. Eles recebem salário, mas às vezes têm de fazer mais horas extras que os empregados de escritório."

"Quando há muitos crimes ou quando eles ficam vigiando uma pessoa?"

"*Sì*." Brunetti apontou para o queijo, e a menina lhe serviu mais uma fatia.

"Ou quando passam muito tempo interrogando as pessoas, os suspeitos ou coisa assim?", insistiu a garota, deixando claro que não desistiria tão cedo.

"*Sì*", ele repetiu sem entender aonde a filha queria chegar.

Chiara terminou o segundo pãozinho e enfiou a mão no saco para pegar outro.

"A *mamma* vai ficar fula da vida se você comer todo o pão", disse Brunetti, uma ameaça que se tornara quase meiga após anos e anos de repetição.

"Mas quanto você acha que isso dá por hora, *papà*?", persistiu Chiara, sem levar em conta as palavras do pai e cortando o pãozinho pela metade.

Brunetti resolveu inventar, sabendo que acabaria tendo de pagar o valor mencionado, fosse qual fosse. "Eu diria que não passa de vinte mil liras por hora." E, sabendo que era isso que devia fazer, perguntou: "Por quê?".

"É que hoje, como você estava interessado em saber do pai de Francesca, eu fiz umas perguntas sobre ele, e, já que isso é trabalho de polícia, acho que deviam me pagar." Era só quando via sinais de venalidade nos próprios filhos que Brunetti lamentava a herança dos mil anos de atividade comercial de Veneza.

Não respondeu, de modo que Chiara foi obrigada a parar de comer e encará-lo. "E aí? O que você acha?"

Ele refletiu um pouco antes de falar. "Acho que depende do que você descobrir, Chiara. A gente não pode pagar uma pessoa de fora do mesmo modo que paga um policial de verdade, independentemente do trabalho realizado. Você seria uma espécie de colaboradora avulsa, uma *freelancer*, e a gente paga conforme a informação que trouxer."

Chiara refletiu um instante. "Tudo bem. Eu conto o que descobri, e você diz quanto acha que vale."

Brunetti ficou admirado com a astúcia da garota para contornar a questão crítica e primordial de ele estar ou não disposto a pagar a informação, passando, pura e simplesmente, para o ponto em que o acordo já estava definitivamente selado, de modo que só faltava acertar os detalhes. Pois bem, paciência.

"Então conte."

Muito dona de si, Chiara terminou o terceiro pãozinho, limpou as mãos num pano de prato e se sentou à mesa, as mãos entrelaçadas a sua frente. "Eu precisei falar com quatro pessoas para descobrir alguma coisa", disse em tom bastante sério, como se estivesse depondo em um tribunal. Ou na televisão.

"Que pessoas?"

"Uma delas é uma garota do colégio em que Francesca estuda agora, depois falei com uma professora do meu colégio e com uma menina também de lá, e a última foi uma que fez o fundamental com a gente."

"Você conseguiu fazer tudo isso hoje, Chiara?"

"Claro que consegui. Tive de pedir dispensa do período da tarde para poder conversar com a Luciana e ir ao colégio da Francesca falar com a tal menina, mas antes interroguei a professora e a garota da minha escola."

"Você pediu dispensa?"

"Pedi, todo mundo faz isso. É só entregar um bilhete do pai ou da mãe, dizendo que você está doente ou precisa ir a algum lugar, ninguém liga."

"Você também *costuma* fazer isso?"

"Oh, não, *papà*, só quando preciso."

"Quem escreveu o bilhete?"

"Desta vez foi a *mamma*. Mesmo porque a assinatura dela é muito mais fácil que a sua." Enquanto falava, Chiara pegou as folhas soltas da lição de casa, arrumou-as numa pilha bem-feita e, então, deixando-as de lado, olhou para ele, ansiosa por contar as novidades tão importantes.

Brunetti puxou uma cadeira e se sentou diante dela. "E o que foi que essa gente disse, minha filha?"

"A primeira coisa que eu soube foi que Francesca também contou a tal história do seqüestro, e eu lembro que contou a mesma história a um monte de gente quando a gente estava no fundamental, mas isso foi há cinco anos."

"Quantos anos você estudou com ela?"

"Todo o ensino fundamental. Mas depois a família dela mudou, e Francesca foi para o colégio Vivaldi. A gente se encontra às vezes, mas eu nunca fui amiga dela."

"E a menina era? Essa para a qual ela contou a história?"

Vendo Chiara comprimir os lábios ao ouvir a pergunta, disse: "É melhor você me contar tudo do seu jeito". Ela sorriu.

"A garota com quem eu falei no colégio a conhecia do ensino fundamental e contou que Francesca dizia que seus pais sempre a mandavam tomar muito cuidado, nunca conversar nem ir a lugar nenhum com gente desconhecida. É praticamente a mesma coisa que ela dizia quando a gente estudava na mesma escola."

Chiara o fitou, em busca de aprovação, e recebeu um sorriso complacente, muito embora ela não tivesse acrescentado nada ao que já dissera no almoço.

"Como eu já sabia disso, achei melhor conversar com alguém do colégio em que ela estuda agora. Foi por isso que pedi dispensa à tarde, para ir até lá." Brunetti concordou com um gesto. "Essa menina me contou que Francesca tem namorado. Não, papai, é um namorado de verdade. Eles são amantes e tudo."

"Ela chegou a dizer quem é esse namorado?"

"Não, disse que Francesca se recusou a dizer o nome dele, mas contou que é um cara mais velho, de vinte e tantos anos. Disse que queria fugir com o cara, mas ele não topou: só quando Francesca for mais velha."

"E essa menina contou por que ela queria fugir com o namorado?"

"Contar, não contou, mas acha que é por causa da mãe dela, parece que as duas brigam muito, por isso Francesca queria fugir."

"E o pai?"

"Ah, Francesca gostava muito dele, dizia que era um cara superlegal, mas que ela quase não o via porque ele trabalhava muito."

"Francesca tem um irmão, não tem?"

"Tem, chama-se Claudio, mas estuda na Suíça. Por isso que eu fui falar com a professora. Ela dava aula no nosso colégio antes de ele ir para a Suíça, e eu achei que tinha o que contar."

"E tinha?"

"Claro que sim. Eu disse que era a melhor amiga de Francesca e que ela estava muito preocupada com o irmão, que estava sozinho na Suíça e ia receber a notícia da morte do pai. Disse que o conhecia; até dei a entender que eu tinha uma queda por ele." Chiara fez uma pausa. "Eca, todo mundo diz que esse Claudio é um cara insuportável, mas ela acreditou em mim."

"O que você perguntou?"

"Disse que Francesca tinha mandado perguntar como lidar com Claudio." Vendo a surpresa de Brunetti, Chiara acrescentou: "É, eu sei que é besteira, que ninguém ia fazer uma pergunta dessas, mas você sabe como são as professoras, adoram dizer o que você tem de fazer da vida e como se comportar".

"E essa professora acreditou em você?"

"Claro que acreditou", respondeu a menina com ar muito sério.

Brunetti gracejou: "Você sabe mentir".

"Sei mesmo. E muito bem. A *mamma* sempre disse que é uma coisa que a gente precisa aprender." Não olhou para o pai ao dizer isso, simplesmente prosseguiu: "A professora disse que Francesca devia ter em mente — foi a expressão dela, 'ter em mente' — que Claudio sempre gostou muito mais do pai que da mãe, de modo que a coisa ia ser muito difícil para ele". Fez uma careta de contrariedade. "Grande coisa, não é? Atravessar a cidade inteira para ouvir uma bobagem dessas. E eu levei meia hora para tirar isso dela."

"O que os outros contaram?"

"Luciana — eu tive de ir até Castello para falar com ela — contou que Francesca tem ódio da mãe porque ela vivia pressionando o pai, obrigando-o a fazer isso e aquilo. Também não gosta muito do tio, diz que é ele que manda na família."

"Vivia obrigando o pai a fazer o quê?"

"Luciana não sabe. Mas era o que Francesca dizia, que o pai só fazia o que a mãe mandava." Antes que Brunetti aproveitasse a deixa para fazer uma piada, Chiara acrescentou: "Não é como aqui em casa. A *mamma* também manda em você, só que você finge que concorda com tudo, mas só faz o que quer". Consultou o relógio de parede e perguntou: "Onde será que a *mamma* está? São quase sete horas. O que a gente vai jantar?". A segunda pergunta era, evidentemente, a que mais a preocupava.

"Com certeza ficou presa na universidade, explicando a um aluno o que fazer da vida." Antes que Chiara decidisse se devia rir ou não, Brunetti propôs: "Se você tiver terminado de expor o seu trabalho de investigadora, a gente começa a preparar o jantar. Assim, quando a *mamma* chegar, a comida já vai estar pronta, para variar".

"Mas quanto vale o meu trabalho?", choramingou Chiara.

Brunetti pensou um pouco: "Acho que umas trinta

mil", respondeu. Como ia sair do seu bolso, a quantia não seria maior, muito embora, caso a informação a respeito do domínio da sra. Trevisan sobre o marido fosse verdadeira e se aplicasse à vida profissional do *avvocato*, seu valor seria incalculavelmente maior.

11

No dia seguinte, o *Gazzettino* noticiou na primeira página o suicídio de Rino Favero, um dos contadores mais bem-sucedidos da região do Vêneto. Dizia que ele entrou com sua Rover na garagem de duas vagas no subsolo de casa, fechou a porta e, deixando o motor ligado, deitou-se no banco dianteiro. Sua esposa, que passara a noite no hospital, à cabeceira da mãe agonizante, encontrou-o na manhã seguinte, ao voltar para casa. Segundo os boatos, o nome de Favero estava prestes a ser implicado no escândalo cada vez mais generalizado que sacudia os corredores do Ministério da Saúde. A essa altura toda a Itália já sabia que o ex-ministro era acusado de receber imensas propinas de diversas empresas farmacêuticas para em troca autorizá-las a aumentar o preço dos medicamentos que fabricavam, mas pouca gente sabia que Favero era o contador encarregado de cuidar das finanças pessoais do presidente da maior dessas indústrias. Os mais informados imaginavam que, a exemplo de muitos outros envolvidos nessa complexa rede de corrupção, ele decidira preservar a honra furtando-se à acusação, à culpa e ao possível castigo. Poucos questionavam a idéia de que tal atitude servisse para preservar a honra de quem quer que fosse.

Três dias após a morte de Favero, ou seja, cinco após o assassinato de Trevisan, Brunetti acabava de entrar no escritório quando o telefone tocou.

"Brunetti", atendeu ele, segurando o aparelho com uma mão e desabotoando a capa de chuva com a outra.

"Comissário, aqui é o *capitano* Della Corte, da polícia de Pádua." Ele reconheceu o nome, lembrando-se vagamente de que o homem deixara uma impressão positiva no passado.

"Bom dia, capitão. Em que posso servi-lo?"

"Você pode me dizer se o nome de Rino Favero foi mencionado na sua investigação de homicídio no trem?"

"Favero? O que se suicidou?"

"Suicidou-se?", questionou Della Corte. "Com quatro miligramas de Roipnol no sangue?"

Brunetti ficou alerta. Ninguém era capaz de andar com tal quantidade de barbitúrico no organismo, muito menos dirigir. "Qual é a ligação dele com Trevisan?"

"Nós não sabemos. Mas encontramos uma pista numa lista de telefones em sua agenda. Quer dizer, numa lista de números sem nome. O de Trevisan era um deles."

"Vocês já receberam o extrato?" Nenhum dos dois teve necessidade de esclarecer que Brunetti estava se referindo ao extrato das chamadas feitas a partir do telefone de Favero.

"Não há registro de ligação dele nem para o escritório nem para a residência de Trevisan, pelo menos de seus telefones."

"Então por que ele tinha o número?"

"É justamente o que nós queremos saber", respondeu o capitão secamente.

"Quantos outros números sem nome constam na lista?"

"Oito. Um é o do telefone de um bar de Mestre, outro de um telefone público na estação ferroviária de Pádua, e o resto não existe."

"Como não existe?"

"Não existem como números possíveis em nenhum lugar de Veneto."

"Vocês conferiram outras cidades, outras províncias?"

"Já fizemos isso. Ou têm dígitos demais, ou não correspondem a nenhum número de telefone da Itália."

"Estrangeiros?"

"É o que tudo indica."

"Alguma indicação do prefixo do país?"

"Dois deles parecem ser da Europa Oriental, e outros dois podem ser do Equador ou da Tailândia, e não me pergunte como os caras que me contaram sabem disso. Ainda estão trabalhando nos outros números", respondeu Della Corte. "E Favero nunca ligou para nenhum deles de seus telefones, nem para os estrangeiros, nem para os do Vêneto."

"Mas tinha os números."

"Sim, tinha."

"Podia ligar facilmente de um telefone público", sugeriu Brunetti.

"Eu sei, eu sei."

"E quanto às outras chamadas internacionais? Algum país para o qual Favero telefonava com freqüência?"

"Ele telefonava com freqüência para muitos países."

"Clientes internacionais?"

"Algumas ligações eram para clientes. Mas muitas não foram para ninguém a quem ele prestasse serviço."

"Em que países?"

"Na Áustria, na Holanda, na República Dominicana", começou a enumerar o capitão. Interrompeu-se: "Espere aí, eu vou pegar a lista". Brunetti ouviu o barulho do fone na mesa, um farfalhar de papéis, mas logo a voz de Della Corte reapareceu. "E ainda na Polônia, na Romênia e na Bulgária."

"Os telefonemas eram freqüentes?"

"Alguns duas vezes por semana."

"O mesmo número ou números?"

"Em geral, sim, mas nem sempre."

"Você os rastreou?"

"O número austríaco consta na lista. É de uma agência de viagens de Viena."

"E os outros?"

"Comissário, eu não sei se você conhece a Europa Oriental, mas nem lista telefônica eles têm, muito menos uma telefonista capaz de dizer de quem é este ou aquele número."

"E a polícia?"

Della Corte se limitou a bufar com desprezo.

"Você ligou para os números?", perguntou Brunetti.

"Liguei. Ninguém atende."

"Nenhum deles?"

"Nenhum."

"Nem o telefone da estação de trem e o do bar?"

Della Corte bufou mais uma vez em resposta, mas não tardou a explicar. "Eu tive a sorte de ser autorizado a rastrear os números." Fez uma longa pausa, e Brunetti ficou aguardando o pedido que ele sabia que estava por vir. "Achei que, como estão muito mais perto, vocês podiam ficar de olho no telefone do bar."

"Onde fica?", ele perguntou, pegando a caneta, mas tendo a cautela de não prometer nada.

"Quer dizer que você vai mandar alguém lá?"

"Posso tentar. Onde fica?"

"Eu só tenho o nome e o endereço. Não conheço Mestre tão bem assim para dizer onde fica." Brunetti, por sua vez, estava convencido de que Mestre não era uma cidade digna de ser conhecida a ponto de saber onde ficava o que quer que fosse.

"Chama-se bar Pinetta. Via Fagare, número 16. Sabe onde é?"

"A via Fagare fica perto da estação ferroviária, eu acho. Mas nunca ouvi falar desse bar." Já que concordara em ajudar nisso, Brunetti achou que tinha o direito de pedir informações em troca. "Você tem idéia da possível ligação entre eles?"

"Sabe o caso da indústria farmacêutica?"

"Quem não sabe? Você acha que os dois estavam metidos nisso?"

Em vez de responder diretamente, o capitão disse: "É uma possibilidade. Mas nós queremos começar a verificar todos os clientes de Favero. Ele trabalhava para muita gente na região do Vêneto".

"Gente graúda?"

"A pura nata. Ultimamente, ele se apresentava como 'consultor', não mais como contador."

"E era bom de serviço?"

"Pelo que dizem, o melhor de todos."

"Então conseguia até preencher o formulário de declaração de renda", ironizou Brunetti, esperando que o gracejo criasse certa camaradagem com Della Corte. Sabia que todos os italianos eram unânimes no ódio ao Fisco, mas, naquele ano, com um formulário de declaração de renda de trinta e duas páginas, que o próprio ministro da Fazenda confessava que não conseguia entender nem preencher, o ódio tinha adquirido intensidade máxima.

O palavrão murmurado pelo capitão, embora deixasse clara a sua opinião sobre o Fisco, não sugeria grandes sentimentos de camaradagem. "Pois é, parece que até isso Favero sabia. Vou lhe contar uma coisa: a lista de clientes dele é de fazer qualquer contador morrer de inveja."

"Inclusive a Medi-Tech?" Tratava-se da maior empresa envolvida no escândalo do aumento de preços.

"Não. Parece que Favero não tinha nada a ver com o trabalho dela no ministério. E tudo indica que o serviço que prestava para o presidente era inteiramente particular, ou seja, referente à sua renda pessoal."

"Então ele não estava metido no escândalo?", perguntou Brunetti, achando isso bem mais interessante.

"Nada indica."

"Algum outro possível motivo para...", calou-se um momento em busca da palavra conveniente, "para a sua morte?"

O capitão tardou um pouco a responder. "Nós não descobrimos nada. Favero era casado fazia trinta e sete anos e parecia feliz. Quatro filhos, todos com diploma superior e, pelo que pudemos averiguar, nenhum deles era problemático."

"Então foi homicídio mesmo?"

"É bem provável."

"Você vai passar isso para a imprensa?"

"Não, só quando tivermos alguma outra coisa para contar, a menos que um repórter tenha acesso ao laudo do legista", respondeu Della Corte, dando a entender que, pelo menos durante algum tempo, conseguiria impedir que isso acontecesse.

"E se eles tiverem acesso?" Brunetti desconfiava muito da imprensa e do seu hábito de falsear a verdade.

"Só vou me preocupar com isso quando acontecer", disse de forma brusca. "Você me avisa se descobrir alguma coisa no bar?"

"Pode deixar. Posso telefonar para você aí na *questura*?"

Della Corte lhe deu o número direto de seu escritório. "Olhe, comissário, se você obtiver alguma informação, não a passe a ninguém que por acaso atenda o meu telefone, está bem?"

"Está bem", concordou Brunetti, embora estranhasse o pedido.

"E eu ligo se o nome de Trevisan aparecer outra vez. Veja se descobre que conexão havia entre eles. Um número de telefone não é lá grande coisa."

Brunetti concordou, embora achasse que um número de telefone era alguma coisa, sim, e, no que se referia à morte de Trevisan, era bem mais do que eles tinham até então.

A despedida do capitão foi abrupta, como se ele tivesse sido convocado a fazer coisa mais importante.

Brunetti desligou e se reclinou na cadeira, tentando imaginar a possível ligação entre o advogado veneziano e o contador paduano. Os dois freqüentavam os mesmos círculos sociais e profissionais, de modo que nada havia de extraordinário no fato de se conhecerem ou de um deles ter o número do outro na agenda. Mas era bem estranho que tivesse sido anotado sem nome e mais estranho ainda que estivesse na companhia de dois telefones públicos e de números que pareciam não existir em lugar nenhum. O mais esquisito, porém, era o fato de o número ter aparecido na agenda de um homem assassinado na mesma semana que Trevisan.

12

Brunetti ligou para a srta. Elettra perguntando se a SIP já atendera sua requisição do extrato telefônico de Trevisan dos últimos seis meses, e soube que ela deixara o relatório em sua mesa no dia anterior. Desligou e começou a vasculhar a papelada à sua frente, empurrando para o lado as fichas de pessoal cujo preenchimento ele estava adiando fazia quinze dias, assim como a carta de um colega com quem trabalhara em Nápoles, muito deprimente para ser relida ou respondida.

O extrato estava lá, uma pasta de cartolina com nada menos que quinze folhas impressas. Passando a vista pela primeira página, viu que só constavam as chamadas de longa distância, tanto do escritório quanto da residência de Trevisan. Cada coluna se iniciava com o prefixo da cidade ou, quando era o caso, do país seguido da lista de números discados, com o horário e a duração de cada telefonema. À direita, em uma coluna à parte, arrolavam-se os nomes das cidades e dos países correspondentes aos prefixos. Brunetti folheou rapidamente o relatório, notando que nele constavam apenas as ligações feitas a partir dos telefones, mas não as recebidas. Talvez não as houvessem solicitado, ou talvez a SIP já não rastreasse estas últimas, ou ainda — tudo era possível — tivessem inventado um novo pesadelo burocrático para o processamento de solicitação, de modo que a informação ia ficar para as calendas gregas.

Ele correu os olhos pela coluna de cidades, à direita.

Não detectou nenhum padrão nas primeiras páginas, mas, na quarta, reparou que Trevisan — ou quem usava seus telefones, Brunetti teve o cuidado de lembrar — ligava com certa regularidade para três números na Bulgária, pelo menos duas ou três vezes por mês. O mesmo valia para outros dois números, um na Hungria e outro na Polônia. Ele recordou que Della Corte mencionara o primeiro país, mas não os demais. Intercalavam-se telefonemas para a Holanda e a Inglaterra, estes talvez explicáveis pela própria natureza do escritório de advocacia de Trevisan. A República Dominicana não figurava na lista, e as ligações para a Áustria e a Holanda, os outros dois países citados pelo capitão, não pareciam ser muito freqüentes.

Brunetti não sabia até que ponto um advogado dependia do telefone no exercício da profissão, de modo que não tinha como julgar se a lista que ele lia representava um número excessivo de chamadas.

Ligou para o PABX e pediu para falar com o número que Della Corte lhe dera. Quando o capitão atendeu, ele se identificou e pediu os números de Pádua e Mestre que constavam na lista da agenda de Favero.

O capitão lhe passou os números, e Brunetti disse: "Recebi o extrato telefônico de Trevisan, mas só com as chamadas de longa distância, de modo que os de Mestre não aparecem. Se você estiver disposto a esperar, eu confiro o número de Pádua".

"Se você me perguntasse se eu queria morrer nos braços de uma gatinha de dezesseis anos", respondeu Della Corte, "ia ter a mesma resposta."

Entendendo isso como um sim, Brunetti percorreu a lista, detendo-se toda vez que via o prefixo 049, de Pádua. As primeiras três páginas não continham nada, mas, na quinta e depois na nona, ele deu com o número. Desapareceu durante algum tempo, mas ressurgiu na décima quarta página: três chamadas na mesma semana.

Ao saber disso, o capitão respondeu com um grave "hum-hum". "Acho melhor grampear esse telefone."

"E eu vou mandar alguém dar uma espiada no bar", disse Brunetti, agora interessado, ávido por saber como era o tal botequim, quem o freqüentava, mas ainda mais interessado em pôr as mãos na lista dos telefonemas locais de Trevisan para ver se nela constava o número do estabelecimento.

Os longos anos e a dura experiência de policial não lhe permitiam acreditar em coincidência. Um número conhecido por dois homens assassinados no intervalo de poucos dias não podia ser um fato fortuito, uma curiosidade estatística a ser comentada e esquecida. O número de Pádua significava algo, mas ele não tinha a menor idéia do quê, e isso lhe deu a súbita certeza de que o número do bar de Mestre figurava na lista das ligações locais de Trevisan.

Prometendo avisar o capitão assim que soubesse algo sobre o telefone de Mestre, Brunetti desligou, e em seguida discou o número do ramal de Vianello e o mandou subir ao escritório.

Poucos minutos depois, o sargento entrou. "Trevisan?", perguntou lançando-lhe um olhar francamente curioso.

"Sim. Acabo de receber uma ligação da polícia de Pádua sobre Rino Favero."

"O contador que trabalhava para o ministro da Saúde?", quis saber Vianello. E, ante o gesto afirmativo do chefe, disparou com genuína paixão: "Por mim, todos eles deviam fazer isso".

Brunetti o encarou, momentaneamente sobressaltado. "Isso o quê?"

"Que se matassem, toda essa corja de ladrões." E tão repentinamente quanto havia manifestado sua revolta, sentou-se de frente para a escrivaninha.

"O que aconteceu?", Brunetti perguntou.

Em vez de responder, Vianello deu de ombros. E fez um gesto com a mão, no ar.

Brunetti continuou calado.

"Foi o editorial do *Corriere* de hoje", explicou Vianello enfim.

"Dizendo o quê?"

"Que a gente devia ter dó desses pobres coitados que são levados a tirar a própria vida pela vergonha e pelo sofrimento que lhes são impostos, que os juízes deviam soltá-los, devolvê-los à esposa e à família. Esqueci o resto; dá asco ler aquilo." Brunetti permaneceu em silêncio, e o sargento prosseguiu: "Quando um pé-de-chinelo rouba uma bolsa e vai parar na cadeia, ninguém escreve nenhum editorial, pelo menos não no *Corriere*, pedindo que soltem o coitado, ou mandando a gente ficar com pena dele. E só Deus sabe quanto esses filhos-da-mãe roubaram. O seu imposto. O meu. Bilhões, trilhões". De repente, consciente de que falava muito alto, fez um gesto de desdém, apartando sua revolta, e perguntou em tom bem mais moderado: "O que tem Favero, afinal?".

"Não foi suicídio."

A surpresa de Vianello foi notória. "O que aconteceu?", perguntou aparentemente esquecido de sua expansão cívica.

"Estava tão entupido de barbitúrico que não podia ter dirigido."

"Quanto?", quis saber o sargento.

"Quatro miligramas", mas antes que Vianello tivesse tempo de dizer que a dose não era tão alta assim, Brunetti acrescentou: "de Roipnol". Tanto um quanto o outro sabiam perfeitamente que, com essa quantidade, os dois passariam um dia e meio dormindo.

"Qual é a ligação dele com Trevisan?"

Tal como Brunetti, Vianello deixara de acreditar em coincidência havia muito tempo, de modo que ouviu atentamente a história do número de telefone que os dois falecidos conheciam.

"Na estação ferroviária de Pádua?", perguntou. "Num bar da via Fagare?"

"É, um bar chamado Pinetta. Você o conhece?"

O sargento desviou a vista, pensou um pouco e fez um gesto afirmativo. "Acho que sim, se é o lugar em que estou pensando. À esquerda da estação?"

"Não sei. Só sei que fica lá perto, mas nunca ouvi falar."

"É, acho que é isso mesmo. Pinetta, não?"

Brunetti confirmou com um gesto, aguardando que Vianello acrescentasse algo.

"Se for o que eu estou pensando, é um lugar horrível. Coalhado de norte-africanos: aqueles camelôs espalhados por aí." O sargento se calou, e Brunetti preparou-se para ouvir um comentário venenoso sobre os ambulantes clandestinos que povoavam as ruas de Veneza, vendendo bolsas Gucci e esculturas africanas falsificadas. Mas Vianello o surpreendeu ao dizer: "Pobres coitados".

Fazia tempo que Brunetti perdera a esperança de ouvir seus concidadãos dizerem coisas com um mínimo de coerência política. Mesmo assim, não esperava que seu subordinado manifestasse simpatia pelos camelôs imigrantes, via de regra, os mais desprezados entre as centenas de milhares de pessoas que invadiam a Itália na esperança de se alimentarem das migalhas que caíam das mesas dos ricaços locais. No entanto, eis que o sargento não só era eleitor assíduo da Lega Nord que como estava absolutamente convencido de que a Itália devia ser dividida bem ao norte de Roma — sendo que, nos momentos de maior entusiasmo, preconizava a construção de um muro para conter os bárbaros, os africanos, pois todos eram africanos ao sul de Roma —, não hesitava em chamar os mesmos africanos de "pobres coitados" e, aparentemente, com toda a sinceridade.

Ainda que intrigado com a observação, Brunetti não quis perder tempo com tal assunto naquele momento. Preferiu perguntar: "A gente tem quem vá lá hoje à noite?".

"Fazer o quê?", indagou o sargento, também satisfeito por evitar o tópico espinhoso.

"Ora, tomar uns tragos, conversar com as pessoas, ver quem usa ou atende ao telefone."

"Alguém que não tenha cara de tira?"

Brunetti fez que sim.

"Pucetti?", sugeriu Vianello.

O comissário balançou a cabeça. "Muito jovem."

"E provavelmente muito limpo", apressou-se o sargento.

"Pelo que você diz, o Pinetta até que é um lugar bom."

"Sim, o tipo do lugar aonde eu prefiro ir armado", disse Vianello. Mas, após refletir um instante, acrescentou: "É bom para Topa", mencionando um sargento que se aposentara seis meses antes, depois de trinta anos na polícia. O verdadeiro nome de Topa era Romano, mas fazia mais de cinco décadas que ninguém o chamava assim, desde que ele era menino, baixinho e rechonchudo, igual ao ratinho que o apelido sugeria. Mesmo depois de homem-feito, e de peito tão largo que o paletó de sua farda tinha de ser feito sob medida, a alcunha não mudou. Ninguém ria do fato de Topa ter um apelido com terminação feminina. Em trinta anos de carreira, alguns tentaram prejudicá-lo, mas não houve quem se atrevesse a zombar do apelido.

Como Brunetti não dissesse nada, Vianello olhou rapidamente para ele e tornou a baixar a vista. "Eu sei o que o senhor acha dele, comissário." E sem lhe dar tempo para responder, prosseguiu: "Topa nem vai trabalhar, pelo menos não oficialmente. Só vai fazer um favor para o senhor".

"Indo ao Pinetta?"

O sargento fez que sim.

"Não sei, não."

Vianello insistiu: "É apenas um aposentado tomando um trago num botequim, talvez jogando baralho". Diante do silêncio do superior, acrescentou: "Um policial aposentado pode muito bem entrar num boteco e jogar uma partida se quiser, não pode?".

"Isso é que eu não sei."

"O quê?"

"Se ele quer ir." Era óbvio que nenhum dos dois tinha vontade de mencionar ou via sentido em trazer à baila o motivo da aposentadoria precoce de Topa. Um ano antes, ele prendeu o filho de vinte e três anos de um vereador por ter molestado uma garotinha de oito anos. A prisão ocorreu tarde da noite, na casa do rapaz, e ao chegar à *questura*, o suspeito estava com o braço esquerdo e o nariz quebrados. Topa alegou que ele o agredira na tentativa de fugir; o rapaz afirmou que, no caminho da *questura*, Topa havia parado em um beco para espancá-lo.

O policial de plantão naquela noite tentou em vão descrever o olhar de Topa quando o suspeito apresentou sua versão dos fatos. O rapaz não voltou a repeti-la, e ninguém apresentou queixa oficialmente. No entanto, uma semana depois, ouviu-se um rumor vindo do gabinete do *vice-questore*, segundo o qual estava na hora de Topa se aposentar, e assim ele fez, perdendo com isso parte da pensão a que teria direito. O jovem foi condenado a dois anos de prisão domiciliar. Topa, que tinha uma neta de sete anos, nunca falou sobre a prisão, a aposentadoria nem sobre os fatos ligados às duas coisas.

Recusando-se a tomar conhecimento do olhar do comissário, Vianello perguntou: "Posso telefonar para ele?".

Após uma breve hesitação, Brunetti disse de mau humor: "Está bem".

O sargento não se atreveu a sorrir. "Ele só volta do trabalho às oito horas. Eu telefono."

"Do trabalho?" A lei proibia os aposentados de trabalhar; se o fizessem, arriscavam perder a aposentadoria.

"Do trabalho", repetiu Vianello, mas não acrescentou nada. Levantou-se. "Mais alguma coisa, senhor?" Brunetti se lembrou de que Topa foi parceiro de Vianello por mais de sete anos e que este decidiu pedir demissão quando o amigo foi compulsoriamente aposentado, tendo mudado de idéia graças à firme oposição de Brunetti. O comissário nunca pensara que Topa fosse um homem pelo qual valesse a pena assumir uma elevada posição moral.

"Não, mais nada. Quando descer, você pede à *signorina* Elettra que entre em contato com o pessoal da SIP e veja se consegue a lista das chamadas locais de Trevisan?"

"O Pinetta não é o tipo do lugar para o qual um advogado internacional ligaria", observou Vianello.

Tampouco parecia ser o lugar para o qual um contador bem-sucedido telefonaria, mas Brunetti achou melhor não dizer nada. "Isso nós vamos saber pelos registros", respondeu, impassível. O sargento aguardou, mas, como ele não dissesse mais nada, desceu ao seu escritório, deixando-o às voltas com as especulações sobre os motivos que levavam homens ricos e bem-sucedidos a ligarem para telefones públicos, especialmente em um lugarzinho sórdido como o Pinetta.

13

O jantar daquela noite foi animadíssimo — Brunetti não o teria classificado de outra maneira — graças ao acalorado confronto de Chiara com a mãe, o qual eclodiu quando a menina contou ao pai que, depois da aula, tinha ido fazer a lição de matemática na casa da melhor amiga de Francesca Trevisan.

Antes que ela acrescentasse qualquer coisa, Paola deu um tapa na mesa, gritando: "Não quero morar junto com uma espiã!".

"Eu não sou nenhuma espiã", defendeu-se a garota com veemência. "Estou fazendo um trabalho para a polícia." E, voltando-se para Brunetti, perguntou: "Não é verdade, *papà*?".

Preferindo não responder, o pai se inclinou para pegar a garrafa de Pinot Noir quase vazia.

"Estou ou não estou?", insistiu Chiara.

"Pouco importa se é um trabalho para a polícia ou não", retrucou a mãe. "Você não pode andar por aí tirando informações de suas amigas."

"Mas *papà* não faz outra coisa senão tirar informações dos amigos. Então ele é espião?"

Brunetti tomou um gole do vinho e olhou para a esposa por cima do cálice, curioso pela resposta.

Paola o fitou, mas se dirigiu a Chiara: "A questão não é tirar informações dos amigos, a questão é que, quando seu pai faz isso, todos sabem quem ele é e por que ele faz".

"Ora essa, as minhas amigas também sabem quem eu sou e deviam imaginar por que estou fazendo isso", contrapôs a garota, corando levemente.

"Você sabe perfeitamente que não é a mesma coisa."

Chiara resmungou algo que, para Brunetti, foi "Pois sim!", mas estava de cabeça baixa sobre o prato vazio, de modo que não tinha certeza.

Paola o encarou. "Guido, você faz o favor de explicar a diferença para sua filha?" Como sempre, no calor da discussão, preferia abrir mão de seus direitos maternos e deixar a pimpolha por conta do pai.

"A mamãe tem razão", disse ele. "Quando eu interrogo as pessoas, elas sabem que sou da polícia e me contam as coisas cientes desse fato. E sabem que vão ter de assumir o que disserem; isso lhes dá oportunidade de ser cautelosas se quiserem."

"Mas você nunca engana ninguém?", perguntou Chiara. "Não tenta pelo menos?", acrescentou antes de ouvir a resposta.

"Sem dúvida, eu faço as duas coisas", confessou Brunetti. "Mas, não esqueça, nada que as pessoas dizem tem peso jurídico. Elas sempre podem negar o que disseram, e, então, fica sendo a minha palavra contra a delas."

"Mas por que eu ia mentir?"

"E elas? Por que mentiriam?"

"Pouco importa que a declaração das pessoas seja juridicamente válida ou não!", disparou Paola. "Nós não estamos discutindo o valor jurídico de um depoimento; estamos discutindo a deslealdade. E, caso vocês me permitam usar a palavra", acrescentou, olhando alternadamente para um e outro, "a honra."

Brunetti notou que Chiara, armando-se do olhar "ai, lá vem mais um sermão", se voltou para ele em busca de apoio, mas inutilmente.

"A honra?", perguntou.

"Isso mesmo, honra", respondeu Paola, subitamente calma, mas não menos perigosa. "Você não pode arrancar informações das suas amigas. Não tem o direito de pegar o que elas dizem e usar contra elas..."

"Mas eu não vou usar contra Susanna nada do que ela me disse", atalhou Chiara.

Paola fechou os olhos e, depois de algum tempo, pegou uma fatia de pão e começou a esmigalhá-la, coisa que costumava fazer quando estava com raiva. “Chiara, não interessa o uso que você pretende fazer do que ela lhe contou. O que nós não podemos”, disse e repetiu, “o que nós não podemos é induzir os amigos a nos revelarem coisas quando estamos a sós com eles e depois passarmos essa informação adiante ou usá-la sem que eles saibam que era essa a nossa intenção. Isso é trair a confiança das pessoas.”

“Na sua boca, parece até um crime.”

“Pior que um crime”, disparou Paola. “É uma coisa errada.”

“E o crime por acaso não é uma coisa errada?”, indagou Brunetti como se não tivesse nada a ver com a história.

“Guido, se não me falha a memória, na semana passada, três encanadores passaram dois dias trabalhando neste apartamento. Por acaso você emitiu um *ricevuto fiscale* pelo serviço? Tem alguma garantia de que o dinheiro que nós pagamos vai ser declarado à Receita e de que eles vão recolher o imposto devido?” Como não obtivesse resposta, Paola insistiu: “Tem?”. Brunetti continuou calado. “Isso é crime, Guido, crime, mas eu desafio qualquer um, neste fedorento governo de porcos e ladrões, a me obrigar a dizer que foi errado.”

Ele tornou a pegar a garrafa, mas estava vazia.

“Sabe do que mais?”, perguntou Paola, e Brunetti compreendeu que a esposa estava em pleno palanque, sabendo por experiência que era impossível fazê-la descer enquanto não concluísse. A única coisa que o entristecia era não ter mais vinho.

Com o canto dos olhos, viu Chiara se levantar e ir até o armário. Instantes depois, retornou com dois copinhos e uma garrafa de grapa, que ela colocou silenciosamente diante dele. A mãe podia chamá-la do que bem entendesse — espiã, desleal, traidora —, mas para ele aquela menina era um anjo.

Brunetti observou Paola lançar um olhar demorado

para a filha e ficou contente ao detectar ternura naquele ato, ainda que fugaz. Serviu-se de uma dose de grapa, tomou um trago e exalou um suspiro.

Paola pegou a garrafa, serviu-se também e bebeu. A trégua se prolongou.

"Chiara", disse, "eu não queria brigar com você por causa disso."

"Mas brigou", replicou sua filha, sempre muito explícita.

"Eu sei e lamento". Tomou mais um trago. "Você sabe como eu fico com essas coisas."

"É por causa dos livros que você lê, não é?", perguntou a menina com muita naturalidade, dando a entender que a carreira de professora de literatura inglesa tinha tido uma influência perniciosa no desenvolvimento moral da mãe.

Tanto Brunetti quanto Paola procuraram um matiz de sarcasmo ou desdém em seu tom de voz, mas não acharam nada além do desejo de informação.

"Imagino que sim", admitiu ela. "As pessoas que escreveram esses livros sabiam o que era honra e lhe davam muita importância." Calou-se e ficou pensando no que acabava de dizer. "Mas não só os escritores, toda a sociedade achava que certas coisas eram importantíssimas: a honra, o bom nome da pessoa, a palavra empenhada."

"Eu também acho essas coisas importantes, *mamma*", declarou Chiara, parecendo muito mais nova do que era.

"Eu sei. Eu também acho, e Raffi e seu pai também. Mas o nosso mundo não. Não mais."

"É por isso que você gosta tanto desses livros, *mamma*?"

Paola sorriu e, na opinião de Brunetti, desceu do palanque antes de responder. "Acho que sim, *cara*. Além disso, é graças a eles que eu tenho emprego na universidade."

Fazia mais de duas décadas que o pragmatismo de Brunetti colidia com as várias formas do idealismo de Paola, por isso estava convencido de que ela procurava "naqueles livros" bem mais que um emprego na universidade.

"Você não tem lição de casa hoje, Chiara?", perguntou Brunetti, sabendo que podia conversar com a filha mais tarde ou na manhã seguinte para saber que informações ela obtivera a respeito do namorado de Francesca. Compreendendo que estava sendo dispensada, a garota respondeu que sim e foi para o quarto, deixando os pais continuarem a discutir a honra sozinhos, se quisessem.

"Paola, eu não sabia que ela tinha levado a minha oferta tão a sério, a ponto de sair interrogando as pessoas por aí", disse Brunetti à guisa de explicação e, ao menos em parte, de desculpa.

"O problema não é Chiara obter informações, Guido. Eu não gosto é do modo como obtém." Paola tomou mais um trago. "Será que ela entendeu o que eu estava querendo dizer?"

"Ela entende tudo que a gente diz. Só não sei se concorda, mas entender certamente entende." E retornando ao que ela dissera antes, perguntou: "Que outros exemplos você tem de coisas que são criminosas, mas não erradas?".

Paola rolou o copinho entre as mãos. "Nada mais fácil, principalmente diante da legislação desvairada deste país. Difícil é imaginar coisas que sejam erradas, mas não criminosas."

"Por exemplo?"

"Deixar os filhos ver televisão", disse rindo, aparentemente cansada da conversa.

"Não, Paola. Diga. Eu quero um exemplo."

Antes de falar, ela tamborilou as unhas no vidro da garrafa de água mineral. "Eu sei que você está farto de me ouvir dizer isso, Guido, mas acho que as garrafas plásticas são erradas, muito embora não seja crime usá-las. Se bem que", apressou-se a acrescentar, "provavelmente venha a ser daqui a alguns anos. Isto é, se as pessoas criarem juízo."

"Eu esperava um exemplo mais solene."

Paola refletiu um pouco. "Se nós tivéssemos ensinado os nossos filhos a acreditar que o dinheiro da minha família lhes valeria algum privilégio especial, seria errado." O exemplo escolhido o surpreendeu; ela raramente fazia alusão ao patrimônio de seus pais, a não ser quando as discussões políticas degringolavam em brigas, então tomava aquela riqueza como exemplo de injustiça social.

Eles se entreolharam, mas, antes que Brunetti dissesse alguma coisa, Paola prosseguiu: "Não sei se é para tanto, mas acho que se eu falasse mal de você seria errado".

"Você vive falando mal de mim", retrucou ele, forçando um sorriso.

"Não, Guido, eu falo mal de você *com você*. É diferente. Nunca o criticaria diante de terceiros."

"Porque seria desonroso?"

"Exatamente", sorriu ela.

"Mas dizer essas coisas *para mim* não é desonroso?"

"Claro que não, principalmente se for verdade. Porque fica entre nós, de modo que não pertence de modo algum ao mundo."

Ele tornou a pegar a garrafa de grapa. "Pois eu acho cada vez mais difícil entender a diferença."

"Entre o que e o quê?"

"O criminoso e o errado."

"Por que isso, Guido?"

"Sei lá. Talvez porque, como você mesma disse, nós já não acreditamos nas coisas antigas, mas ainda não descobrimos nada novo em que acreditar."

Ela balançou a cabeça, refletindo.

"E todas as normas antigas foram abandonadas", prosseguiu ele. "Faz cinqüenta anos, desde o fim da guerra, que não fazem senão mentir para a gente. O governo, a Igreja, os partidos políticos, a indústria, o comércio e as Forças Armadas."

"E a polícia?"

"Sim", concordou ele sem a menor hesitação, "a polícia também."

"Mas você quer continuar lá?"

Brunetti deu de ombros e se serviu de mais bebida. Ela aguardou. Por fim, ele disse: "Alguém precisa tentar".

Paola se inclinou e pousou a mão em seu rosto, aproximando-o do dela. "Da próxima vez que eu tentar fazer um sermão sobre a honra, Guido, pode me dar uma garrafada, está bem?"

Ele se voltou e lhe beijou a palma da mão. "Só se for com uma garrafa de plástico."

Duas horas depois, quando Brunetti já estava bocejando diante da *História secreta* de Procópio, o telefone tocou.

"Alô", atendeu ao mesmo tempo que consultava o relógio.

"Comissário, aqui é Alvise. Ele me mandou telefonar para o senhor."

"Quem mandou telefonar para mim, soldado Alvise?" Brunetti tirou do bolso uma passagem usada de *vaporetto*, com a qual marcou a página do livro. Os telefonemas de Alvise tendiam a ser longos ou confusos. Ou as duas coisas.

"O sargento, senhor."

"Que sargento, soldado Alvise?" Brunetti guardou o livro.

"O sargento Topa, senhor."

Agora mais alerta, ele perguntou: "Por que o sargento Topa o mandou telefonar para cá?".

"Porque quer falar com o senhor."

"Por que ele mesmo não ligou, soldado Alvise? O meu nome está na lista telefônica."

"Porque ele não pode, senhor."

"Não pode por quê?"

"Porque o regulamento não permite."

"Que regulamento?", impacientou-se Brunetti.

"O regulamento daqui, senhor."

"Daqui onde, soldado?"

"Da *questura*, comissário. Hoje eu estou de plantão."

"E o que o sargento Topa está fazendo aí na *questura*?"

"Está preso, senhor. Os rapazes de Mestre o prenderam, mas depois descobriram quem ele era, quer dizer, descobriram o que ele era. Ou o que tinha sido. Quer dizer, sargento... Então o mandaram para cá, mas o mandaram vir sozinho. Telefonaram avisando que Topa estava a caminho, mas o deixaram vir sozinho."

"Quer dizer que o sargento Topa se prendeu a si mesmo?"

Alvise refletiu um pouco antes de responder. "Parece que sim, comissário. Eu não sei o que escrever no auto de prisão, no lugar que diz 'policial condutor'."

Brunetti afastou o fone do ouvido, mas logo tornou a recolocá-lo e perguntou: "Por que ele foi preso?".

"Porque brigou, comissário."

"Onde?", perguntou Brunetti, embora já soubesse a resposta.

"Em Mestre."

"Com quem ele brigou?"

"Com um estrangeiro."

"E cadê o estrangeiro?"

"Fugiu, comissário. Eles brigaram, mas depois o estrangeiro fugiu."

"Como você sabe que o sujeito era estrangeiro?"

"O sargento Topa me contou. Disse que o homem tinha sotaque."

"Se o estrangeiro fugiu, quem está apresentando queixa contra o sargento Topa, soldado?"

"Acho que é por isso que os rapazes de Mestre o mandaram para cá, comissário. Devem ter achado que nós saberíamos o que fazer."

"O pessoal de Mestre o mandou lavrar um auto de prisão?"

"Não, senhor", respondeu Alvise após um intervalo particularmente demorado. "Mandaram Topa vir para cá e fazer um relatório do que aconteceu. O único formulário que encontrei na escrivaninha foi um auto de prisão, por isso achei que devia usá-lo."

"Por que você não o deixou telefonar para mim, soldado?"

"É que ele já telefonou para a mulher, e eu sei que os presos só têm direito a um telefonema."

"Isso é na televisão, soldado, na televisão americana", explicou Brunetti, esforçando-se para não perder a paciência. "Onde está o sargento Topa?"

"Foi tomar café."

"Enquanto você lavra o auto de prisão?"

"Sim, senhor. Não acho certo fazer isso com ele aqui."

"Quando o sargento Topa voltar — ele vai voltar, não?"

"Vai, sim, senhor, eu o mandei voltar. Quer dizer, pedi que voltasse, e ele concordou."

"Pois quando ele voltar, mande-o esperar. Eu estou indo para aí." Sabendo que já não agüentaria aquilo, Brunetti desligou sem aguardar a resposta do policial Alvise.

Vinte minutos depois, tendo explicado a Paola que precisava ir resolver um problema na *questura*, o comissário chegou e subiu diretamente à sala dos policiais fardados. Alvise estava sentado a uma escrivaninha e, a sua frente, estava o sargento Topa, com a mesma aparência de um ano antes, quando se afastou da polícia.

Baixo e gordo feito uma pipa; refletia a luz do teto na calva reluzente. Tinha inclinado a cadeira sobre os pés traseiros e estava sentado de braços cruzados. Ergueu a vista quando Brunetti entrou, examinou-o por um instante com os olhos escuros ocultos sob as sobrancelhas grossas e se levantou de súbito, deixando a cadeira tombar com estrondo. Estendeu a mão com toda a naturalidade; já que não era mais sargento, podia cumprimentar o comissário de igual para igual; o gesto fez com que Brunetti voltasse a sentir a aversão que sempre tivera por aquele homem cuja violência fervia sob a superfície tal como a polenta recém-servida não fazia senão esperar uma oportunidade de queimar a boca de quem se aventurasse a comê-la.

"Bom dia, sargento", saudou-o Brunetti, apertando-lhe a mão.

"Comissário", limitou-se a dizer o ex-policial.

Alvise se levantou e ficou olhando ora para um, ora para outro, mas não disse nada.

"É melhor a gente ir conversar no meu escritório."

"Sim", concordou Topa.

Ao entrar, Brunetti acendeu a luz, mas não tirou o casaco, esperando que isso deixasse claro que ele não queria perder muito tempo, e se sentou à mesa.

O outro se instalou numa cadeira em frente, à esquerda da escrivaninha.

"E então?"

"Vianello telefonou pedindo que eu desse uma olhada naquele boteco, o Pinetta. Eu nunca tinha estado lá, conhecia o lugar só de ouvir falar. E não gostei do que ouvi."

"E o que ouviu?"

"Um antro coalhado de negros. E de eslavos. Esses são os piores, os eslavos." Brunetti, embora tendesse a concordar com a opinião, preferiu ficar calado.

Vendo que não ia ser instado a contar sua história, o ex-sargento desistiu de tecer comentários sobre diferenças nacionais e raciais. "Eu entrei e pedi um vinho. Tinha uns caras jogando baralho numa mesa, e eu até fui sapear. Ninguém deu a mínima para mim. Pedi mais vinho e comecei a bater papo com um cara no balcão. Um dos que estavam jogando saiu, então eu tomei o seu lugar e joguei umas partidas. Perdi dez mil liras, e, pouco depois, o cara que estava jogando voltou, e eu saí da mesa, fui para o balcão e pedi outro vinho." Brunetti teve a impressão de que a noite de Topa teria sido mais movimentada se ele tivesse ficado em casa, vendo televisão.

"E a briga, sargento?"

"Já chego lá. Depois de uns quinze minutos, outro sujeito saiu da mesa, e eles me convidaram a jogar mais uma mão. Eu disse que não, aí o cara que estava comigo no balcão foi para lá e jogou um pouco. Então o sujeito que tinha saído retornou e foi para o balcão tomar um trago. Nós começamos a conversar, e ele me perguntou se eu queria uma mulher. Eu respondi que não, que não tinha dinheiro para essas coisas e, além disso, não faltava mulher de graça por aí, e o cara disse que eu nunca ia arranjar uma como a que ele estava me oferecendo."

"Como assim?"

"Ele garantiu que tinha garotas bem novas, meninas ainda. Eu disse que não estava interessado, que preferia mulher de verdade, e aí ele me insultou."

"Insultou como?"

"Disse que eu levava jeito de não gostar de mulher nenhuma, e eu respondi que gostava, sim, mas gostava de mulher-feita, não das pirralhas que ele estava me oferecendo. Aí ele começou a rir e gritou sei lá o que em eslavo, acho que para os caras que estavam no carteado. Eles riram. Foi aí que eu dei uma porrada na cara dele."

"Nós lhe pedimos que fosse lá colher informação, não arranjar briga", disse Brunetti sem dissimular a irritação.

"Eu não gosto que riam de mim", rosnou Topa em um tom tenso e raivoso, de que Brunetti se lembrava muito bem.

"Você acha que era verdade?"

"O quê?"

"Que o sujeito do bar tinha mesmo as garotinhas que lhe ofereceu?"

"Sei lá. Pode ser. Ele não tinha cara de cafetão, mas com os eslavos é difícil saber."

"Você o reconheceria se o encontrasse outra vez?"

"Ele está com o nariz quebrado, não deve ser difícil."

"Tem certeza?"

"Certeza do quê?"

"Do nariz quebrado."

"Claro que tenho", respondeu Topa, erguendo a mão direita. "Eu senti a cartilagem quebrar."

"Você o reconheceria em uma fotografia?"

"Acho que sim."

"Muito bem, sargento. Agora é tarde para tratar disso. Volte amanhã cedo e dê uma olhada nas fotos, veja se o encontra."

"Acho que Alvise está querendo me prender."

Brunetti fez um gesto de desdém, como para enxotar uma mosca: "Esqueça isso".

"Ninguém fala comigo do jeito que aquele cara falou", disse Topa com truculência na voz.

"Amanhã cedo, sargento."

O homem lhe lançou um olhar que o fez recordar a história de sua última prisão, levantou e saiu do escritório, deixando a porta aberta. Brunetti esperou dez minutos antes de sair. Lá fora, tinha começado a chover, eram as primeiras gotas congeladas do inverno, mas as alfinetadas no rosto foram um alívio após o calor da repulsa que ele sentiu pelo ex-policial.

14

Dois dias depois, mas não antes que Brunetti fosse obrigado a requerer à juíza Vantuno a quebra do sigilo telefônico de Trevisan, a sede veneziana da SIP forneceu à polícia a lista das chamadas locais efetuadas da casa e do escritório do *avvocato* nos seis meses anteriores a sua morte. Como era de se esperar, havia telefonemas para o Pinetta, posto que não fosse possível estabelecer nenhum padrão. Ele examinou a lista de chamadas a longa distância em busca das datas das ligações para a estação ferroviária de Pádua, mas não detectou nenhuma coincidência entre as datas ou os horários dessas chamadas com as efetuadas para o bar em Mestre.

Estendendo as duas listas lado a lado na escrivaninha, Brunetti as examinou. Ao contrário dos telefonemas de longa distância, os locais traziam o endereço em que o aparelho estava instalado e o nome do assinante: uma extensa coluna à direita nas mais de trinta páginas de números. Ele começou a ler a coluna de nomes e endereços, mas desistiu após poucos minutos.

Pegando o papel, saiu do escritório e desceu ao cubículo da srta. Elettra. A mesa em frente à janela parecia nova, mas o vaso Venini de cristal era o mesmo de sempre, ainda que naquele dia com um elegante e ao mesmo tempo alegríssimo e copioso buquê de margaridas-amarelas.

Combinavam com a jovem secretária, que ostentava uma echarpe amarelo-canário. "Bom dia, comissário", trinou ao vê-lo entrar, rasgando um sorriso tão alegre quanto as flores.

“Bom dia, *signorina*. Eu queria lhes perguntar uma coisa”, disse empregando o pronome no plural e apontando com o queixo para o computador na mesa.

“Sobre isso aí?”, ela perguntou, olhando para o impresso da SIP em sua mão.

“Sim. É a lista dos telefonemas de Trevisan. Finalmente”, acrescentou Brunetti, incapaz de dissimular a raiva que sentia pelo tempo perdido à espera dos trâmites oficiais para obter a informação.

“Ora, o senhor devia ter dito que estava com pressa, comissário.”

“Tem um amigo na SIP?”, perguntou sem se surpreender com a extensão da rede de contatos da secretária do *vice-questore*.

“Sim, Giorgio.”

“Você acha que ele pode...”

Elettra tornou a sorrir, estendendo a mão.

Brunetti lhe entregou a papelada. “Preciso disto organizado de acordo com a freqüência com que ele ligava para cada número.”

Ela fez uma anotação no bloco de papel. Sorriu uma vez mais, dando a entender que era a coisa mais fácil do mundo. “Algo mais?”

“Sim, queria saber quantos desses telefones estão em locais públicos — bares, restaurantes, até mesmo orelhões.”

Mais um sorriso: nada mais simples. “Só isso?”

“Não. Quero saber qual desses é o número da pessoa que o matou.” Caso Brunetti esperasse que a moça também anotasse, ficou decepcionado. “Mas duvido que você o consiga”, disse sorrindo para mostrar que estava brincando.

“Eu também duvido, comissário, mas é bem possível que esteja aqui”, sugeriu agitando os papéis. Provavelmente estava, pensou Brunetti.

“Será que isso demora?”, perguntou para saber quantos dias ainda teria de esperar.

A srta. Elettra consultou o relógio e, a seguir, contou

o número de páginas do calhamaço. "Se Giorgio estiver no escritório hoje, deve ficar pronto à tarde."

"O quê?" Ele não conseguiu dissimular a surpresa.

"Eu tenho um *modem* instalado no telefone do *vice-questore*", explicou a secretária apontando para uma caixa metálica na escrivaninha, a poucos centímetros do telefone, ligada ao computador por um cabo. "A única coisa que Giorgio precisa fazer é carregar a informação, programá-la para que disponha os telefonemas por ordem de freqüência e enviá-la diretamente à minha impressora." Calou-se um instante. "Vai chegar listada pela freqüência, e, depois, eles me dão a data e a hora das chamadas. O senhor também quer saber a duração de cada uma delas?" Já com a caneta no bloco de anotações, aguardou a resposta.

"Quero. Você acha que esse seu amigo consegue obter uma lista das ligações de um telefone público num bar de Mestre?"

Elettra fez que sim, mas não disse nada, ocupada que estava em escrever.

"Hoje à tarde?", perguntou ele.

"Se Giorgio estiver lá, com certeza."

Quando Brunetti saiu da sala, a jovem secretária já estava tirando o fone do gancho, sem dúvida para entrar em contato com o tal Giorgio. Juntamente com ele e por intermédio daquela coisa retangular conectada ao computador, superaria todos os obstáculos que a SIP tentasse opor às informações contidas em seus arquivos e contornaria a legislação referente ao que era acessível sem mandado judicial.

De volta ao escritório, redigiu um breve relatório a Patta e até se deu ao trabalho de esboçar planos para os dias subseqüentes. Boa parte do documento era pura frustração, e os planos consistiam em doses iguais de invenção e otimismo, coisa que certamente serviria para deixar o *vice-questore* satisfeito durante algum tempo. Feito isso, telefonou para Ubaldo Lotto e solicitou uma entrevista naquela tarde, esclarecendo que precisava de informações sobre o escritório de advocacia de Trevisan. Após hesitar e insistir que não sabia nada sobre o escritório, a não ser de seu aspecto financeiro, Lotto concordou, de má vontade, em receber o comissário às cinco e meia.

Seu escritório, no mesmo prédio e inclusive no mesmo andar do de Trevisan, ficava na via XXII Marzo, acima da Banca Commerciale d'Italia, um dos melhores pontos com que se podia sonhar em Veneza. Brunetti chegou poucos minutos antes das cinco e meia e foi levado a uma sala tão ostentosa quanto previsível, o tipo de lugar que um produtor de televisão jovem e inteligente escolheria para locação de uma cena em que figurasse um contador jovem e inteligente. Numa área aberta do tamanho de meia quadra de tênis, distribuíam-se oito escrivaninhas, cada qual com um terminal de computador e um monitor, cercada por divisórias sanfonadas de meio metro de altura revestidas de linho verde-claro. Diante dos terminais, havia cinco rapazes e três moças; Brunetti achou curioso que nenhum deles se desse ao trabalho de lhe dirigir um olhar quando ele passou pelas mesas, seguindo os passos do recepcionista que o conduzia.

O funcionário parou diante de uma porta, bateu duas vezes e então, sem esperar resposta, abriu a maçaneta e lhe deu passagem. Lá estava Lotto, junto a um armário alto encostado na parede oposta, inclinado para pegar alguma coisa lá dentro. Ouvindo a porta se fechar às suas costas, Brunetti se voltou para verificar se o rapaz também entrara no gabinete. Não. Tornando a olhar para a frente, viu que o contador se afastara um pouco do armário: levava uma garrafa de vermute na mão direita e dois cálices pequenos na esquerda.

"Aceita um drinque, comissário? Eu costumo tomar um a esta hora."

"Com muito prazer", sorriu ele, embora detestasse bebida doce. "Obrigado."

Lotto apontou para o outro lado do gabinete, onde

havia duas poltronas e, entre elas, uma mesa baixa de pés finos.

Tendo servido duas generosas doses, levou-as para lá. Brunetti aceitou o cálice, agradeceu, mas só quando o anfitrião pôs a garrafa na mesa e se acomodou a sua frente foi que o ergueu, dizendo "tintim". O líquido adocicado deslizou em sua língua garganta abaixo, deixando um rastro viscoso. A excessiva doçura chegava a encobrir o álcool; era como beber loção de barba adoçada com polpa de damasco.

Muito embora pelas janelas do gabinete só se vissem os prédios do outro lado da rua, Brunetti disse: "Parabéns pelo escritório. É elegantíssimo".

Lotto agitou o cálice no ar, rejeitando o elogio. "Obrigado, *dottore*. A gente procura dar uma aparência que garanta que os clientes estão em boas mãos e que nós sabemos cuidar das coisas deles."

"Não deve ser nada fácil."

Uma sombra passou pelo rosto do homem, mas logo desapareceu, levando consigo parte de seu sorriso. "Não sei se entendi bem, comissário."

Brunetti procurou mostrar-se constrangido, um homem tosco, sem muita intimidade com a linguagem, que uma vez mais se expressara mal. "Estou me referindo à nova legislação, *signor* Lotto. Deve ser dificílimo entendê-la ou saber aplicá-la. Desde que o novo governo modificou as regras, até o meu contador reconhece que não sabe ao certo o que fazer nem como preencher os formulários." Bebeu, se bem que um gole minúsculo dessa vez, limitando-se a molhar a ponta da língua, e prosseguiu: "Claro, as minhas finanças não são complicadas a ponto de criar confusão, mas imagino que o senhor tenha muitos clientes cujas finanças mereçam a atenção de um especialista". Mais um golinho. "Não entendo dessas coisas, é claro", arriscou olhar de relance para Lotto, que parecia ser todo ouvidos. "Foi por isso que pedi este nosso encontro, para ver se o senhor me dá alguma informação que julgue importante sobre as finanças do *avvocato* Trevisan. O senhor era o contador dele, não? E administrava seus negócios?"

"Era", respondeu o outro. E, com voz neutra, perguntou: "Que informação?".

Brunetti sorriu, espalmando as mãos no ar como se quisesse jogar fora os próprios dedos. "É justamente sobre isso que não entendo e por isso vim conversar com o senhor. Como o *avvocato* lhe confiava suas finanças, achei que talvez o senhor pudesse nos contar se havia algum cliente que porventura — não sei bem qual palavra usar — estivesse insatisfeito com o *signor* Trevisan."

"'Insatisfeito', comissário?"

Brunetti olhou para os próprios joelhos, um homem novamente à mercê de sua inépcia com a linguagem, por certo um homem que Lotto podia considerar, tranqüilamente, um policial inepto.

O contador quebrou o prolongado silêncio. "Acho que ainda não entendi", deliciando Brunetti com a exagerada sinceridade de sua confusão, já que isso sugeria que Lotto acreditava estar na companhia de um sujeito pouco habituado à sutileza ou à complexidade.

"Bem, *signor* Lotto, como nós não temos um motivo para esse homicídio..."

"Não foi latrocínio?", atalhou sulcando na testa uma ruga de surpresa.

"Não roubaram nada."

"Não é possível que o ladrão tenha sido impedido? Surpreendido?"

Brunetti deu àquela sugestão a consideração que ela teria merecido caso nunca tivesse sido mencionada, pois queria muito que Lotto pensasse que a hipótese não ocorrera a ninguém.

"Imagino que sim", disse, como se falasse com um igual. Balançou a cabeça, matutando sobre essa nova possibilidade. Depois, com persistência canina, retomou a primeira idéia. "Mas digamos que não tenha sido latrocínio. Será que nós estamos às voltas com um assassinato intencional? Nesse caso, o motivo pode estar em sua vida profissional." Aguardou para ver se o contador tentava interromper o trabalhoso progresso de seu raciocínio antes que ele chegasse à outra possibilidade provável, a de que o motivo estivesse na vida pessoal de Trevisan.

"O senhor está sugerindo que ele tenha sido assassinado por um cliente?", indagou, incrédulo, o contador; obviamente, aquele policial era incapaz de compreender o tipo de clientes com que um advogado como Trevisan lidava.

"Eu sei que isso é muito improvável", sorriu Brunetti, tentando aparentar nervosismo. "Mas é possível que o *signor* Trevisan, na qualidade de advogado, tivesse informações que representavam um perigo para ele."

"Informações acerca de um cliente? É isso que o senhor está sugerindo, comissário?" O choque que o homem imprimiu na voz denotou que ele sentia que era capaz de dominar aquele policial medíocre.

"É."

"Que absurdo!"

Brunetti tornou a esboçar um sorriso amarelo. "Sei que é difícil de acreditar, mas, mesmo assim, a gente precisa dar uma olhada, ainda que seja só para excluir essa possibilidade, na lista de clientes do *avvocato* Trevisan, e eu achei que o senhor, sendo seu administrador, podia fornecê-la."

"E o senhor pretende envolvê-los numa coisa dessas?", perguntou Lotto, esforçando-se para que ele lhe notasse o tom indignado.

"Garanto que vamos fazer o possível e o impossível para que eles não percebam que nós temos seus nomes."

"E se eu me recusar a dar os nomes?"

"Nós seríamos obrigados a solicitar um mandado judicial."

O contador terminou o drinque e pôs o cálice vazio na mesa. "Acho que posso mandar preparar uma lista para o senhor." Sua relutância era perceptível. Afinal de contas, estava lidando com a polícia. "Mas, por favor, tenha em mente que não se trata do tipo de gente que costuma ser objeto de investigação policial."

Em circunstâncias normais, Brunetti teria observado que, nos últimos anos, a polícia quase não investigava senão "aquele tipo de gente", mas preferiu omitir isso. Limitou-se a responder: "Fico muito agradecido, *signor* Lotto".

O outro pigarreou. "É tudo?"

"Sim", disse ele, girando no cálice o que restava da bebida, observando-a subir e descer no cristal. "Havia mais uma coisa, mas acho que nem vale a pena mencioná-la." O líquido viscoso resvalava de um lado para outro no copo.

"Pois não", acedeu Lotto sem muito interesse, já que o principal objetivo da visita do tira já estava resolvido.

"Rino Favero." O nome pairou na sala com a leveza de uma borboleta colhida por uma corrente de ar.

"O quê?", assombrou-se o contador. Satisfeito, Brunetti pestanejou da maneira mais bovina de que era capaz e tornou a olhar para a bebida. Lotto substituiu a pergunta por um neutro "Quem?".

"Favero. Rino. Era contador. Acho que de Pádua. Eu queria saber se o senhor o conhecia."

"O nome não me é estranho. Por que quer saber?"

"Ele faleceu recentemente. Tirou a própria vida." Para Brunetti, esse era o tipo de eufemismo a que um homem de sua posição social iria recorrer para falar do suicídio de um figurão como Favero. Calou-se, esperando para ver até onde ia a curiosidade de Lotto.

"Não entendo o porquê dessa pergunta."

"Imagino que, caso o conhecesse, este há de ser um momento bem difícil para o senhor, perder dois amigos em tão pouco tempo."

"Não, eu não o conhecia. Pelo menos, não pessoalmente."

Brunetti balançou a cabeça. "Que coisa triste."

"É", concordou Lotto sem ocultar a impaciência, levantando-se. "Algo mais, comissário?"

Brunetti também se levantou, olhou desajeitado a sua

volta, procurando um lugar onde deixar o copo ainda pela metade. Lotto se engarregou de pegá-lo e colocá-lo sobre a mesa, ao lado do outro. "Não. Só a lista dos clientes mesmo."

"Amanhã. Ou depois", prometeu Lotto, dirigindo-se à porta.

Brunetti suspeitou que só veria a tal lista dali a dois dias, mas isso não o impediu de estender a mão e agradecer efusivamente o tempo e a cooperação que o contador tivera a gentileza de lhe conceder.

Na soleira, Lotto lhe apertou a mão uma vez mais e fechou a porta tão logo ele saiu. Lá fora, Brunetti se deteve um instante e examinou a discreta placa de bronze do outro lado do *hall*, à direita da porta: C. Trevisan, *Avvocato.* Sem dúvida, a mesma atmosfera de laboriosa eficiência devia reinar atrás daquela porta, conquanto ele agora estivesse convencido de que os dois escritórios tinham muito mais vínculos que a localização física ou a decoração, assim como estava convencido que os dois tinham vínculos com Rino Favero.

15

Na manhã seguinte, Brunetti encontrou na escrivaninha um fax do capitão Della Corte, da polícia de Pádua, com cópia do inquérito da morte de Rino Favero, a qual continuava sendo notificada como suicídio, pelo menos para a imprensa e o público. Continha poucas informações além das que Della Corte lhe transmitira por telefone; para Brunetti, o mais interessante foram as revelações sobre a posição notoriamente elevada de Favero na sociedade e no mundo financeiro de Pádua, uma cidade rica e indolente, a cerca de uma hora a oeste de Veneza.

Favero era especialista em trabalho corporativo, comandava um escritório muito prestigioso de sete contadores e era conhecido não apenas em Pádua, mas em toda a província. Entre seus clientes, figuravam muitos dos mais importantes industriais e homens de negócios daquela região, repleta de fábricas, assim como os diretores de três departamentos da universidade, uma das melhores da Itália. Brunetti reconheceu o nome de muitas empresas e pessoas físicas cujas finanças eram administradas por Favero. Não havia um padrão detectável: indústria química, de artefatos de couro, agências de viagem e de recursos humanos, departamento de ciência política. Era impossível encontrar um meio de conectá-las.

Nervoso e ansioso para agir ou pelo menos para mudar de ares, chegou a pensar em ir a Pádua conversar pessoalmente com o capitão, mas, após um momento de reflexão, decidiu apenas telefonar. A idéia lhe trouxe à mente o alerta de Della Corte para que não falasse com mais ninguém sobre Favero, unicamente com ele, pedido que sugeria a existência de muito mais informações sobre a vítima — talvez até sobre a polícia de Pádua — do que o capitão se dispusera a revelar.

"Della Corte", o capitão atendeu ao primeiro toque.

"Bom dia, *capitano*, aqui é Brunetti, de Veneza."

"Bom dia, comissário."

"Estou ligando para saber se há alguma novidade."

"Há."

"Sobre Favero?"

"Sim", foi a breve resposta do outro. E acrescentou: "Pelo jeito, você e eu temos alguns amigos em comum, *dottore*".

"Temos?"

"Ontem, depois de falar com você, eu andei telefonando para uns conhecidos."

Brunetti não disse nada.

"Citei o seu nome", prosseguiu o capitão. "*En passant.*"

"Que conhecidos?"

"Por exemplo, Riccardo Fosco. De Milão."

"Ah, e como vai ele?", perguntou Brunetti, embora estivesse mais interessado em saber o motivo pelo qual Della Corte resolvera telefonar para um repórter investigativo a fim de fazer perguntas sobre ele, pois estava convencido de que a menção de seu nome não fora *en passant*.

"Ele falou muito de você. Só coisas boas."

Dois anos antes, se ouvisse que um policial achava necessário telefonar para um jornalista a fim de saber se outro policial era confiável, Brunetti ficaria chocado, mas agora não sentiu senão um triste desânimo por terem chegado a esse ponto. "Como vai Riccardo?", perguntou com simpatia.

"Bem, bem. Mandou lembranças."

"Ele casou?"

"Casou, sim. No ano passado."

"Você também participa da caçada?", indagou Brunetti, referindo-se aos amigos de Fosco, na polícia, que ainda tinham esperança de prender os responsáveis pelo atentado a tiros que, anos antes, o deixara parcialmente aleijado.

"Participo, mas não descobrimos nada. E vocês?", quis saber Della Corte, lisonjeando Brunetti com a presunção de que ele também continuava à procura de uma pista, muito embora o crime ocorrera cinco anos antes.

"Não, nada. Você tinha algum outro motivo para telefonar para Riccardo?"

"Queria saber se ele podia me contar algo sobre Favero, algo que nos interessasse saber, mas que não tivéssemos como descobrir."

"E?"

"Não, não tinha nada."

Impelido por um súbito impulso, Brunetti perguntou: "Você ligou para ele aí do seu escritório?".

O ruído que o capitão deixou escapar podia ser tomado por um riso. "Não." Seguiu-se um longo silêncio antes que ele perguntasse: "Você tem uma linha direta aí?".

Brunetti lhe deu o número.

"Eu volto a telefonar em dez minutos."

Enquanto aguardava a ligação, Brunetti ficou namorando a idéia de telefonar para Fosco e pedir informações sobre o policial de Pádua, mas preferiu não ficar com a linha ocupada e se convenceu de que o fato de o capitão ter mencionado o jornalista já era recomendação suficiente.

Quinze minutos depois, Della Corte ligou. Brunetti ouviu um barulho de tráfego, buzinas e motores, atrás da voz do capitão.

"Acho que este telefone é seguro", disse, dando a entender que o dele não era.

Reprimindo o desejo de saber contra o que aquele aparelho oferecia segurança, Brunetti se limitou a perguntar: "Qual é o problema afinal?".

"Nós alteramos a *causa mortis*. Agora é suicídio mesmo. Oficialmente."

"Como assim?"

"Agora o laudo da autópsia fala em dois miligramas."

"Agora?"

"Agora", confirmou o capitão.

"Quer dizer que Favero estava em condições de dirigir?"

"Estava. E entrou com o carro na garagem, fechou a porta e, em suma, suicidou-se." A voz de Della Corte saiu tensa de raiva. "Não vou achar um juiz que dê ordem de fazer uma investigação de homicídio ou de exumar o cadáver para uma segunda autópsia."

"Como você conseguiu aquele primeiro laudo que conversamos?"

"Conversando com o médico que fez a autópsia; é um assistente do hospital."

"E?"

"Quando o laudo oficial voltou do laboratório — o médico tinha feito exame de sangue logo depois da autópsia, mas mandou as amostras ao laboratório para que as confirmassem —, dizia que o nível de entorpecente era muito inferior ao constatado anteriormente."

"Ele conferiu suas anotações? E as amostras?"

"Sumiram."

"Sumiram?"

O capitão não se deu ao trabalho de responder.

"Onde elas estavam?"

"No laboratório de patologia."

"Que destino dão a essas coisas normalmente?"

"Uma vez entregue o laudo oficial, ficam um ano guardadas e depois são destruídas."

"E desta vez?"

"Quando o laudo oficial chegou, o médico foi conferir as anotações para ver se havia cometido um engano. E então me telefonou." O capitão se calou um instante antes de continuar. "Foi há dois dias. Aí ele me telefonou dizendo que o resultado inicial devia estar errado mesmo."

"Será que ele foi pressionado?"

"Claro que foi", respondeu secamente Della Corte.

"Você não disse nada?"

"Não. Não gostei quando ele me falou nas anotações na segunda vez em que conversamos. Limitei-me a concordar que essas coisas acontecem e me fingi irritado com ele por ter cometido o erro, aconselhei-o a tomar mais cuidado da próxima vez que fizer uma autópsia."

"Ele acreditou em você?"

A indiferença do capitão chegou pela linha telefônica. "Só Deus sabe."

"E aí?"

"Aí, eu liguei para Fosco pedindo informações sobre você."

Brunetti ouviu ruídos estranhos na linha e se perguntou, imediatamente, se o seu telefone não estaria grampeado, mas logo reconheceu o tilintar e os bipes e entendeu que Della Corte estava inserindo mais moedas no aparelho.

"Comissário", disse este, "o dinheiro está acabando. A gente não podia se encontrar para continuar a conversa?"

"Claro que sim. Extra-oficialmente?"

"Sem dúvida."

"Onde?"

"A meio caminho?", propôs o capitão. "Em Mestre?"

"No Pinetta?"

"Hoje à noite, às dez?"

"Como eu o reconheço?" Brunetti esperava que o outro não tivesse cara de policial.

"Eu sou careca. E você, como é?"

"Tenho cara de policial."

16

Naquela noite, faltando dez minutos para as dez, Brunetti desceu a escada da estação ferroviária de Mestre e virou à esquerda; tinha localizado a via Fagare no mapa da lista telefônica de Veneza. Lá estava o habitual aglomerado de automóveis irregularmente estacionados na frente da estação, e o trânsito tranqüilo fluía nas duas direções. Ele atravessou a rua e seguiu adiante. Na segunda travessa, dobrou à direita, rumo ao centro da cidade. Nos dois lados da rua, alinhavam-se as portas das pequenas lojas, todas protegidas por grades metálicas, verdadeiros rastrilhos contra possíveis invasões noturnas.

Ocasionalmente, uma lufada fazia pedaços de papel e folhas secas girarem preguiçosamente até seus pés; como sempre acontecia quando estava fora de sua cidade, Brunetti se sentiu incomodado com a inabitual reverberação do tráfego. Não havia quem não se queixasse do clima de Veneza, úmido e inclemente, mas, para ele, o ruído atordoador do trânsito era muito pior; ainda mais quando se acrescentava o cheiro terrível da fumaça dos escapamentos, custava-lhe entender como as pessoas conseguiam conviver com os carros e, ao mesmo tempo, aceitar que eles eram parte do cotidiano. E, ano a ano, cada vez mais venezianos abandonavam a terra natal e se mudavam para lá, para aquela coisa, forçados pelo generalizado declínio econômico e pelos aluguéis exorbitantes. Ele entendia perfeitamente que razões econômicas levassem as pessoas a saírem de sua cidade. Mas trocá-la por aquele inferno? Sem dúvida alguma, era uma vantagem sórdida.

Minutos depois, avistou um letreiro de neon no fim do quarteirão seguinte. As letras, que desciam verticalmente do alto do prédio até cerca de dois metros da calçada, diziam "B r ine ta". Sem tirar as mãos dos bolsos do casaco, Brunetti enviesou o corpo e entrou no bar empurrando a porta com o ombro.

Tudo indicava que o proprietário tinha assistido a muitos filmes americanos, pois tentava imitar um tipo de estabelecimento em que Victor Mature se sentiria em casa. Atrás do balcão, a parede espelhada estava de tal modo recoberta de poeira e fumaça que já não refletia nada com precisão. No lugar das muitas fileiras de garrafas, tão comuns nos bares italianos, havia uma de uísque escocês e uma de *bourbon*. No centro do balcão, que não contava com uma máquina de *espresso* e nem era reto, mas sim curvo como uma ferradura, imperava um *barman* de avental branco encardido e bem atado à cintura.

As mesas se distribuíam nos dois lados do balcão. As da esquerda acomodavam trios ou quartetos de jogadores de baralho; as da direita eram ocupadas por casais entregues a outro tipo de jogo de azar. Todas as paredes estavam cobertas de desbotadas fotografias de estrelas de Hollywood, muitas das quais pareciam olhar com tristeza para aquilo que as circunstâncias as tinham condenado a presenciar.

Quatro homens e duas mulheres estavam postados junto ao balcão. O primeiro deles, baixo e atarracado, segurava a bebida com ambas as mãos e a olhava fixo, numa atitude protetora. O segundo, mais alto e mais magro, parado de costas para o balcão, movia lentamente a cabeça, ora estudando o pessoal do carteado, ora os outros jogadores. O terceiro era calvo e só podia ser Della Corte. O último, um sujeito muito magro, esquálido até, estava entre duas mulheres e olhava para os lados com certo nervosismo, falando com uma e com outra. A chegada de Brunetti lhe despertou curiosidade, e as moças, vendo que o sujeito olhava para a porta, fizeram o mesmo. O mirar das três moiras a fiar a linha da vida humana não teria sido mais glacial.

Brunetti se aproximou do capitão, um homem magro, de cara muito enrugada e espesso bigode, e lhe deu uma palmada no ombro. Arrastando o sotaque veneziano e falando muito mais alto do que o necessário, disse: "*Ciao*, Bepe, *come stai*? Desculpe o atraso, mas a sacana da minha mulher...". Interrompeu-se e cortou o ar com um gesto largo que abarcou todas as esposas sacanas do mundo. Dirigindo-se ao *barman*, disse ainda mais alto: "*Amico mio*, salta um uísque aqui para mim", e, voltando-se para Della Corte, perguntou: "O que você está bebendo, Bepe? Tome mais um". Ao se virar para o *barman*, teve a cautela de girar o corpo todo, não só a cabeça, mas sem exageros. Apoiando a mão no balcão para não perder o equilíbrio, tornou a rosnar: "Aquela grande sacana".

Servida a bebida, Brunetti pegou o copo longo e tomou tudo de uma vez; bateu o copo no balcão e enxugou os lábios com o dorso da mão. A segunda dose surgiu a sua frente, mas, sem lhe dar tempo para pegá-la, Della Corte estendeu a mão e se apossou do copo.

"Tintim, Guido", disse, propondo um brinde de velhos amigos. "Ainda bem que você conseguiu fugir dela." Bebeu, tornou a beber. "Você vem caçar com a gente no fim de semana?"

Nenhum dos dois havia preparado o *script* daquele encontro, mas Brunetti achou que qualquer tema servia para dois bêbados de meia-idade ancorados em um botequim ordinário de Mestre. Respondeu que queria ir, mas a tal esposa sacana decidira prendê-lo no fim de semana, pois era seu aniversário de casamento e ela esperava que ele a levasse para jantar fora. De que servia ter fogão em casa se a megera não preparava o jantar para ele? Passados alguns minutos assim, um casal se levantou de uma das mesas à esquerda do balcão. Pedindo mais duas doses, Della Corte puxou-o pela manga e, levando-o à mesa vazia, ajudou-o a se sentar. Quando a bebida chegou, Brunetti apoiou o queixo na mão e perguntou em voz baixa: "Faz tempo que você chegou?".

"Mais ou menos meia hora", respondeu o outro sem a voz afetada pelo álcool nem o forte sotaque de Veneto que havia usado ao balcão.

"E?"

"Está vendo o magrelo com as duas mulheres?", disse o capitão, interrompendo-se para tomar um gole. "De vez em quando, entra um sujeito e vai falar com ele. Uma das mulheres se afastou duas vezes para se sentar ao balcão e tomar um drinque com o recém-chegado. Uma delas saiu com o cara e voltou uns vinte minutos depois."

"Trabalho rápido", comentou Brunetti.

Della Corte concordou com um gesto e tornou a tomar um trago. "Pela cara", prosseguiu, "aposto que ele mexe com heroína." Olhou de relance para o bar e abriu um largo sorriso quando uma das moças o encarou.

"Tem certeza?"

"Eu trabalhei seis anos no setor de entorpecentes. Vi centenas como ele."

"Novidades em Pádua?", perguntou Brunetti. Durante a conversa, os dois demonstraram pouco interesse pelas pessoas presentes, mas cada qual tratou de memorizar as fisionomias e de prestar atenção no que se passava.

O capitão balançou a cabeça. "Eu parei de falar no assunto, mas mandei um homem de confiança ver se está faltando alguma coisa no laboratório."

"E?"

"Quem fez o trabalho teve muita cautela: sumiu com as anotações e amostras de todas as autópsias."

"Quantas eram?"

"Três."

"Em Pádua?", surpreendeu-se Brunetti.

"Dois velhos morreram no hospital de intoxicação alimentar. Salmonela. As anotações dos patologistas e as amostras das autópsias também sumiram."

"Quem será que fez isso? Ou quem será que mandou fazer?"

"A pessoa que o drogou, imagino."

Nesse momento, o *barman* fez uma incursão pelas mesas. Brunetti ergueu a cabeça ainda apoiada na mão e gesticulou para que ele servisse mais uma rodada, muito embora seu segundo copo estivesse quase cheio.

"Com o salário que o pessoal do laboratório recebe, alguns milhares de liras compram a colaboração de qualquer um", lamentou Della Corte.

Dois homens entraram juntos no bar, rindo e falando em voz alta como se quisessem chamar a atenção de todos.

"Alguma novidade sobre Trevisan?"

Brunetti balançou a cabeça com a ponderosa solenidade que os bêbados tratam das coisas mais corriqueiras.

"E então?"

"Acho que um de nós vai ter uma amostra da mercadoria", disse Brunetti quando o *barman* se aproximou da mesa. E, erguendo a vista, sorriu, fez um gesto para que o homem servisse a bebida e outro para que se aproximasse mais. Quando este se inclinou, encarou-o, dizendo: "Bebidas para as *signorine*", ao mesmo tempo que agitava a mão oscilante na direção das duas mulheres no balcão, ainda acompanhadas do homem.

Aquiescendo, o *barman* voltou para o seu lugar e serviu dois copos de vinho branco espumante. Brunetti tinha certeza de que se tratava do mais reles prosecco, mas que na conta apareceria como champanhe francês. O atendente acercou-se do homem e das duas moças, inclinou-se, depositou as duas taças no balcão e disse algo. O magricela olhou imediatamente para Brunetti. A seguir, virou-se e cochichou ao ouvido da mulher à sua esquerda, uma baixinha de pele morena, boca rasgada e cabelos avermelhados até os ombros. Ela o encarou, olhou para a bebida e depois para a mesa. Brunetti lhe lançou um sorriso e, levantando-se um pouco, fez uma desajeitada reverência.

"Você enlouqueceu?", perguntou Della Corte, sorrindo e inclinando-se para pegar o copo.

Em vez de responder, Brunetti acenou para os três e,

empurrando com o pé uma cadeira à sua esquerda, piscou para a mulher e apontou para o assento vazio. A ruiva pegou a taça de vinho e, afastando-se dos amigos, foi para a mesa. Ao vê-la chegando, Brunetti sorriu uma vez mais e perguntou a Della Corte em voz baixa: "Você está de carro?".

Ele fez que sim.

"Ótimo. Quando a garota chegar, dê o fora. Fique esperando no carro e siga nossos passos quando sairmos daqui."

Tão logo a moça chegou, Della Corte empurrou a cadeira e se levantou, quase colidindo com ela, aparentemente surpreso com sua presença. Depois de encará-la um momento, abriu um sorriso. "Boa noite, *signorina.* Sente-se, por favor", disse em exagerado sotaque de Veneto.

Alisando a saia sob o corpo, a mulher se instalou ao lado de Brunetti. Sorriu, e ele notou que, sob a espessa maquiagem, ela era bonita: dentes regulares, olhos escuros, nariz pequeno e gracioso. "*Buona sera*", sussurrou. "Obrigada pelo champanhe."

Della Corte estendeu a mão. "Eu preciso ir, Guido. Telefono na semana que vem."

Com a atenção totalmente concentrada na ruiva, Brunetti nem chegou a ver a mão que o outro lhe oferecia. Conformado, o capitão deu meia-volta, sorriu para os homens ao balcão, encolheu os ombros e saiu.

"*Ti chiami Guido*?", perguntou a moça, em tom informal e, com isso, deixando claro do que se tratava.

"Sim, Guido Bassetti. E você, meu bem, qual é o seu nome?"

"Mara", respondeu ela, e riu como se tivesse dito uma coisa inteligentíssima. "O que você *faz*, Guido?" Nessas palavras, Brunetti detectou duas coisas: o sotaque estrangeiro, sem dúvida latino, talvez espanhol ou português; porém mais audível ainda foi o atrevido duplo sentido da pergunta, sobretudo pela ênfase dada à última palavra.

"Sou encanador", ele mentiu, mostrando orgulho pela

profissão. Ao falar, fez um gesto vulgar, deixando claro que havia entendido a sugestão implícita na pergunta.

"Ah, que legal." Mara tornou a rir, mas não lhe ocorreu mais nada que dizer.

Brunetti viu que ainda lhe restava muita bebida no segundo copo e que o terceiro estava intacto. Bebeu um pouco do segundo, deixou-o de lado e pegou o terceiro.

"Você é linda, Mara", disse, sem tentar dissimular a total irrelevância desse fato na transação em curso. A moça não deu a mínima para o elogio. "O cara ali no balcão é seu amigo?", perguntou ele, apontando com o beiço para o lugar onde agora o magrelo estava a sós, já que a outra mulher acabava de sair.

"É."

"Você mora aqui perto?" Agora Brunetti era um homem que não queria perder tempo.

"Moro."

"E se a gente for para lá?"

"Vamos." Mara sorriu novamente, forçando um interesse ou uma paixão.

Ele se desfez do protocolo. "Quanto é?"

"Duzentas mil", respondeu prontamente a ruiva, habituada que estava àquela pergunta.

Ele riu, tomou mais um gole e se levantou, empurrando a cadeira com certa violência para que caísse no chão. "Você pirou, menina. Eu tenho mulher em casa. Ela me dá de graça."

A moça encolheu os ombros e consultou o relógio. Eram onze horas, e fazia uns vinte minutos que ninguém entrava no bar. Brunetti percebeu que ela estava avaliando a hora e a ocasião.

"Cinqüenta", disse a ruiva, evidentemente decidida a poupar tempo e energia.

Deixando na mesa o copo ainda quase cheio, ele lhe segurou o braço. "Tudo bem, Mara, hoje você vai ver o que um macho de verdade é capaz de fazer."

Sem opor resistência, ela se levantou. Brunetti a puxou pelo braço até o balcão. "A dolorosa!", pediu ao *barman*.

"Sessenta e três mil liras", anunciou sem titubear.

"Está louco? Por três uísques vagabundos?"

"Mais os dois do seu amigo e o champanhe das damas", retificou o barman.

"Damas!", repetiu Brunetti com sarcasmo, mas tirou a carteira do bolso. Jogou no balcão uma nota de cinqüenta, uma de dez e três de mil. Antes que ele guardasse a carteira, Mara lhe agarrou o braço.

"Pode dar o dinheiro ao meu amigo", disse, apontando com o queixo para o magricela ao balcão, que o observava com ar sério. Perplexo, Brunetti olhou à volta como se estivesse à procura de alguém que o ajudasse a compreender. Não achou ninguém. Tirou da carteira uma nota de cinqüenta mil liras e jogou-a no balcão, sem olhar para o rufião que, por sua vez, não se deu ao trabalho de olhar para o dinheiro. A seguir, na tentativa de restaurar o amor-próprio ferido, Brunetti tomou a ruiva pelo braço e a levou para a porta. Apressada para pegar o casaco de pele de leopardo, falso, no cabide à entrada, a moça saiu com ele, que bateu a porta com violência.

Na rua, virou à esquerda e se afastou. Embora rápidos, seus passos eram curtos devido à saia justa e ao salto alto, de modo que Brunetti não teve dificuldade para alcançá-la. Ela dobrou à esquerda na primeira esquina e, alguns metros mais adiante, parou a uma porta. Já estava com a chave na mão. Abriu e entrou sem olhar para trás. Brunetti se deteve um instante — apenas o suficiente para ver um automóvel entrar na rua estreita e piscar os faróis duas vezes — e seguiu os passos da mulher.

No alto de um curto lance de escada, ela abriu a porta da direita e, mais uma vez, deixou-a escancarada. Ao entrar, Brunetti viu que o quarto era mobiliado com um divã baixo coberto por uma colcha listrada, uma mesa e duas cadeiras. A janela tinha grades e estava fechada. Mara acendeu a luz, uma lâmpada nua de poucos watts que pendia de um fio curto. Sem lhe dirigir o olhar, tirou o casaco e o pendurou com cuidado no respaldo de uma das cadeiras. Sentando-se na beira da cama, curvou-se e desatou os sapatos. Brunetti notou um leve suspiro de alívio ao descalçá-los. Ainda sem lhe dirigir o olhar, ela se levantou, desabotoou a saia, despiu-a e a colocou dobrada sobre o casaco. Não trazia roupa de baixo. Sentou-se e, ainda sem olhar para o freguês, deitou-se no divã.

"Se você quiser apalpar o meu peito, é um pouco mais caro", informou, virando-se para o lado a fim de esticar a colcha sob o ombro.

Brunetti atravessou o quarto e se sentou na outra cadeira. "De onde você é, Mara?", perguntou em italiano, não em dialeto.

A ruiva o encarou, surpresa com a pergunta ou com o tom completamente normal e coloquial. "Escute uma coisa, senhor encanador", disse com voz mais cansada que agressiva, "você não está aqui para bater papo, nem eu, vamos acabar logo com isso que ainda preciso trabalhar, está legal?" E, pondo-se totalmente de costas, abriu as pernas.

Brunetti desviou a vista. "De onde você é, Mara?"

A moça fechou as pernas, girou o corpo e, sentando-se na cama, encarou-o. "Escute aqui, cara, se você está a fim de trepar, trepe de uma vez, está legal? Eu não vou passar a noite levando lero com você. E de onde eu sou ou deixo de ser é problema meu."

"Do Brasil?", perguntou ele, reconhecendo o sotaque.

Com um grunhido irritado, contrariado, Mara se levantou e pegou a saia. Vestiu-a com gestos bruscos, fechou o zíper. Enfiou o pé debaixo da cama à procura dos sapatos no lugar em que os jogara. Voltando a sentar na beira da cama, calçou-os.

"Ele arrisca ir para a cadeia, sabe?", disse Brunetti no mesmo tom tranqüilo. "Recebeu o meu dinheiro. Só isso já basta para passar uns meses engaiolado."

Embora as correias que lhe prendiam os sapatos nos

tornozelos já estivessem afiveladas, a garota não ergueu os olhos para fitá-lo nem fez menção de se levantar. Ficou como estava, de cabeça baixa, escutando.

"Você não quer que isso aconteça, quer?", perguntou Brunetti.

Mara se limitou a bufar com raiva e incredulidade.

"E imagine o que ele é capaz de fazer quando for solto. Vai pôr a culpa em você por não ter percebido que eu sou policial."

Ela o encarou e estendeu a mão. "Quero ver as credenciais."

Brunetti as entregou.

"O que você quer?", perguntou enquanto devolvia o documento.

"Que você me diga de onde é."

"Para quê? Para me mandar de volta?"

"Eu não sou da polícia de imigração, Mara. Não me interessa se você está aqui legal ou ilegalmente."

"O que você quer então?" Havia ódio em sua voz.

"Já disse. Quero saber de onde você é."

A moça vacilou apenas um momento, avaliando o perigo em que estava e, vendo que não era grande, respondeu. "De São Paulo." Brunetti tinha razão, o leve sotaque era brasileiro.

"Há quanto tempo está aqui?"

"Faz dois anos."

"Prostituta?", perguntou tentando pronunciar a palavra como definição, mas sem condenação.

"É."

"Sempre trabalhou para aquele sujeito?"

A ruiva o fitou. "O nome dele eu não digo", disse.

"Eu não quero saber o nome de ninguém, Mara. Quero saber se você trabalha para ele desde que chegou."

A moça balbuciou alguma coisa em voz baixa.

"Como?"

"Não."

"Sempre trabalhou naquele bar?"

"Não."

"Onde trabalhava antes?"

"Em outro lugar", respondeu de forma evasiva.

"Há quanto tempo você trabalha aí no bar?"

"Desde setembro."

"Por quê?"

"Por que o quê?"

"Por que começou a trabalhar no bar?"

"Por causa do frio. Como eu não estou acostumada, no inverno passado fiquei doente por trabalhar na rua. Então ele me mandou trabalhar no bar desta vez."

"Entendo", disse Brunetti. "Quantas garotas trabalham lá?"

"No bar?"

"É."

"Três."

"E na rua?"

"Sei lá quantas são. Quatro? Seis? Não sei."

"Há outras brasileiras?"

"Duas."

"E o resto de onde é?"

"Eu não sei."

"E o telefone?"

"O quê?", perguntou ela, com expressão de genuína surpresa.

"O telefone. No bar. Quem recebe as chamadas? É ele?"

Era evidente que a pergunta a deixara perplexa. "Sei lá. Todo mundo usa aquele telefone."

"Mas quem recebe as ligações?"

Mara pensou um pouco. "Não sei."

"É ele?", insistiu Brunetti.

A moça deu de ombros, tentou desviar a vista, mas ele estalou os dedos junto a seu rosto, e ela tornou a encará-lo.

"Ele recebe telefonemas?"

"Às vezes", ela respondeu, consultando o relógio e olhando nos olhos do policial. "Você já devia ter terminado."

Brunetti também consultou o relógio; quinze minutos haviam se passado.

"Quanto tempo você pode demorar?"

"Geralmente, quinze minutos. Ele deixa os mais antigos ficarem mais tempo quando são fregueses regulares. Mas, se eu não voltar logo para lá, vai querer saber o porquê da demora."

Pelo seu modo de falar, Brunetti compreendeu que Mara responderia qualquer pergunta que o magrelo fizesse. Chegou a pensar que talvez fosse melhor o sujeito saber que a polícia estava fazendo perguntas a seu respeito. Examinou o rosto inclinado da mulher, tentando descobrir sua idade. Vinte e cinco? Vinte?

"Está bem", disse, erguendo-se.

O movimento repentino a deixou sobressaltada. "Já acabou?"

"Já."

"E a rapidinha?"

"O quê?", perguntou Brunetti, sem entender.

"A rapidinha. Em geral, é o que a gente tem de fazer quando vai presa para interrogatório."

"Não, nada disso", respondeu ele, já a caminho da porta.

Mara se levantou e vestiu o casaco rapidamente. Brunetti segurou a porta para que ela saísse e a seguiu pelo corredor. Mara se voltou, trancou a porta e desceu a escada. Na rua, virou à direita e tomou o rumo do bar. Voltando-se para o lado oposto, ele foi para o fim do quarteirão, atravessou a pista e parou junto a um poste. Pouco depois, o carro preto de Della Corte estacionou a sua frente.

17

"E aí, como foi?", perguntou Della Corte quando Brunetti se instalou ao seu lado. Não havia malícia na interrogação.

"A garota é brasileira e trabalha para o cara que estava com ela no bar. Disse que ele recebe ligações naquele telefone."

"Que mais?" O capitão engatou a marcha e tomou o caminho da estação ferroviária.

"Só isso. Ela não contou mais nada, mas acho que dá para inferir muita coisa."

"Por exemplo?"

"Que está ilegalmente no país, sem visto de residência, de modo que não tem muita escolha para ganhar a vida."

"Pode ser que ela goste do que faz."

"Você já viu uma puta que gostasse?"

Sem dar resposta, Della Corte virou uma esquina e parou em frente à estação. Puxou o freio de mão, mas deixou o motor ligado. "E agora?"

"Acho que a gente precisa prender o sujeito que estava com ela. Pelo menos para descobrir quem é. E talvez para voltar a conversar com a moça quando ele estiver preso."

"Você acha que ela vai dizer alguma coisa?"

Brunetti deu de ombros. "É possível. Contanto que não fique com medo de ser deportada para o Brasil se falar."

"Quais são as probabilidades?"

"Depende de quem conversar com ela."

"Uma mulher?", perguntou o capitão.

"Acho melhor."

"Você tem alguma?"

"Há uma psiquiatra que às vezes nos dá consultoria. Posso tentar fazer com que Mara bata um papo com ela."

"Mara?", estranhou Della Corte.

"É o nome que a garota declarou. Prefiro pensar que pelo menos isso ela tenha conseguido manter, conservar o próprio nome."

"Quando você vai pegar o cara?"

"O mais depressa possível."

"Como pretende fazer isso?"

"É mais fácil prendê-lo da próxima vez que um cliente de Mara puser o dinheiro no balcão, diante dele."

"Quanto tempo dá para mantê-lo trancafiado por conta disso?"

"Depende do que descobrirmos a seu respeito, se ele já estiver fichado ou com ordem de prisão." Brunetti refletiu um pouco. "Caso você esteja certo quanto à heroína, algumas horas devem ser suficientes."

O sorriso do capitão não foi de alegria: "Quanto à heroína, eu tenho certeza." Como Brunetti não dissesse nada, ele perguntou: "Que mais?".

"Estou trabalhando em outras coisas também. Quero saber mais sobre a família de Trevisan e sobre seu escritório."

"Algo especial?"

"Não, nada. Só certos aspectos que me incomodam um pouco, umas coisinhas que não se encaixam." Era o máximo que estava disposto a contar, por isso indagou: "E você?".

"Vamos fazer o mesmo com Favero, mas ainda há muito que conferir, pelo menos no que se refere ao seu trabalho." Della Corte fez uma pausa e então acrescentou: "Eu não sabia que esses caras ganhavam tanto dinheiro".

"Os contadores?"

"É. Centenas de milhões por ano, ao que parece. E essa

é apenas a renda declarada, portanto dá para imaginar quanto ele não devia receber por baixo do pano." Lembrando-se dos nomes na lista dos clientes de Favero, Brunetti também imaginou a extensão dos ganhos declarados e dos não declarados.

Abriu a porta, saiu e, contornando o carro, foi para o lado do capitão. "Amanhã à noite, eu mando nossos homens para cá. Se ele e Mara estiverem trabalhando no bar, vai ser fácil prendê-los."

"Os dois?", perguntou o capitão.

"Os dois. Talvez ela fique mais disposta a falar se passar uma noite no xadrez."

"Você não ia mandar a tal psiquiatra conversar com ela?"

"Eu vou mandar. Mas antes quero que ela sinta o gostinho da prisão. O medo tende a tornar as pessoas mais falantes, prncipalmente as mulheres."

"Você é um sacana sem coração, não é?", riu Della Corte.

Brunetti deu de ombros. "Pode ser que ela tenha informação sobre um homicídio. Quanto mais assustada e confusa estiver, mais provável é que nos conte o que sabe."

O capitão sorriu e soltou o freio. "Até um minuto atrás, pensei que você fosse falar sobre a prostituta de bom coração."

Brunetti se afastou do automóvel, tomando o rumo da estação. Depois de alguns passos, voltou-se para Della Corte, que já estava fechando a janela e arrancando lentamente. "Ninguém tem bom coração", disse, mas o outro se foi sem dar sinal de tê-lo ouvido.

Na manhã seguinte, a srta. Elettra cumprimentou Brunetti contando-lhe que encontrara uma reportagem sobre Trevisan no *Gazzettino*, mas que se tratava de um relato bastante inócuo de uma *joint venture* em turismo que ele havia organizado entre a câmara de comércio de Veneza e a de Praga. A vida da sra. Trevisan, pelo menos segundo o colunista social do jornal, era igualmente inócua.

Muito embora não esperasse coisa diferente, Brunetti decepcionou-se com a notícia. Pediu à secretária que averiguasse se Giorgio — ele mesmo surpreendido por referir-se ao funcionário da SIP como se fosse um velho amigo — podia obter uma lista das ligações dadas e recebidas pelo telefone do Pinetta. Feito isso, tratou de ler a correspondência e, a seguir, deu alguns telefonemas em resposta a uma das cartas.

Ligou para Vianello e providenciou para que, naquela noite, três homens fossem ao Pinetta prender Mara e o rufião. A seguir, restou-lhe apenas enfrentar a papelada na mesa, embora lhe fosse difícil prestar atenção no que lia: o departamento de estatística do Ministério do Interior apresentava as projeções de pessoal para os próximos cinco anos, discutia o custo de um *link* com a Interpol e dava as especificações e o desempenho de um novo tipo de pistola. Irritado, Brunetti jogou os papéis na escrivaninha. Pouco tempo antes, o *questore* recebera um memorando do mesmo ministério informando que, no ano seguinte, o orçamento da polícia nacional sofreria um corte de pelo menos quinze por cento, talvez vinte, e que não havia previsão de aumento de verbas no futuro próximo. No entanto, aqueles malucos de Roma não cessavam de lhe enviar projetos e planos, como se houvesse dinheiro para gastar, como se tudo não tivesse sido roubado ou depositado em contas secretas na Suíça.

Pegou o papel em que estavam as especificações das pistolas que nunca seriam compradas, e começou a fazer, no verso da folha, a lista de pessoas com que pretendia falar: a viúva de Trevisan e seu irmão, a filha Francesca e alguém em condições de lhe dar informações precisas sobre o escritório do *avvocato* e sua vida pessoal.

Numa segunda coluna, arrolou as coisas que fervilhavam em sua mente: a história de Francesca — ou era fanfarronice? — sobre a ameaça de seqüestro; a relutância de

Lotto em entregar a lista dos clientes de Trevisan e a surpresa que demonstrou ao ouvir o nome de Favero.

E, acima de tudo, os números de telefone e as ligações para tantos lugares, ainda sem padrão, ainda sem causa explicável.

Inclinou-se para pegar a lista telefônica na última gaveta e pensou que seria útil imitar Favero e conservar uma agenda com os números que discava com mais freqüência. Mas aquele era um número para o qual nunca ligara, pois não quisera cobrar o favor que lhe deviam.

Três anos antes, seu amigo Danilo, o farmacêutico, telefonou no início da noite pedindo-lhe que fosse ao seu apartamento, onde Brunetti o encontrou com um dos olhos inchado, quase incapaz de abri-lo, como se tivesse se metido numa briga. De fato, houvera violência, mas totalmente unilateral, pois Danilo não tinha oferecido resistência ao jovem que entrou na farmácia bem na hora de fechar. Tampouco o impediu de abrir o armário de narcóticos e apossar-se de sete ampolas de morfina. Mas Danilo reconheceu o rapaz, que já estava indo embora, e apenas disse: "Roberto, não faça isso", palavras suficientes para que ele o empurrasse de forma tão violenta a ponto de bater o rosto na quina do balcão.

Como Danilo, Brunetti e a maioria dos policiais da cidade estavam cansados de saber que Roberto era o único filho de Mario Beniamin, juiz-presidente do tribunal criminal de Veneza. Até aquela noite, o vício não o levara à violência, já que ele se arranjava com receitas falsas e com o que conseguia em troca de objetos roubados da casa de parentes e amigos. Mas após agredir o farmacêutico, ainda que sem intenção, o rapaz ingressou na lista dos criminosos da cidade. Depois de conversar com Danilo, Brunetti foi à casa do magistrado, onde ficou mais de uma hora; na manhã seguinte, Mario Beniamin levou o filho a uma pequena clínica particular nas proximidades de Zurique, na qual Roberto passou os seis meses seguintes e de onde só saiu para iniciar um curso num ateliê de cerâmica perto de Milão.

O favor que Brunetti oferecera tão espontaneamente ao magistrado ficara entre os dois durante todos aqueles anos, tal como um caríssimo par de sapatos que acaba esquecido no fundo de um armário até que o comprador chute o par acidentalmente e só então se lembre de sua existência, sobressaltando-se por ter sido otário a ponto de gastar tanto dinheiro à toa.

Ao terceiro toque, uma voz de mulher atendeu ao telefone do gabinete do presidente do tribunal. Brunetti se identificou e pediu para falar com o juiz.

Passado um minuto, o magistrado Beniamin o cumprimentou: "*Buon giorno*, comissário. Eu estava esperando seu telefonema".

"Pois é, meritíssimo, eu preciso falar com o senhor."

"Hoje?"

"Se for possível."

"Posso lhe dar meia hora às cinco da tarde. É suficiente?"

"Acho que sim, meritíssimo."

"Então está agendado. Aqui mesmo", disse o juiz. E desligou.

O principal tribunal criminal da cidade ficava ao pé da ponte de Rialto, não do lado de San Marco, mas do outro, onde funcionava o mercado de frutas e verduras. Aliás, aqueles que passavam por lá bem cedo às vezes tinham oportunidade de ver homens e mulheres algemados sendo conduzidos pelas várias entradas e saídas do tribunal, e não era inusitado encontrar *carabinieri* armados de metralhadora entre os caixotes de uvas e couves, custodiando as pessoas que eram levadas para dentro. Brunetti apresentou as credenciais aos guardas à porta e subiu dois lances da larga escadaria de mármore que levava ao gabinete do juiz Beniamin. Cada patamar tinha uma janela enorme que dava para a Fondazione dei Tedeschi, o centro comercial dos mercadores alemães da cidade no tempo da república, agora agência central de correio. No alto da escada, dois *carabinieri* com colete à prova de balas e fuzis de assalto o detiveram e pediram para ver a identificação.

"O senhor está armado, comissário?", perguntou um deles depois de examinar detidamente seus documentos.

Brunetti lamentou não ter deixado a pistola no escritório; fazia tanto tempo que a estação de caça aos juízes estava aberta na Itália que todos andavam nervosos e, embora um tanto tarde, passaram a tomar cuidado. Abriu o paletó para que o policial pegasse a arma.

A terceira porta à direita era a de Beniamin. Brunetti bateu duas vezes e recebeu ordem de entrar.

Nos anos subseqüentes à visita à casa do juiz, os dois se encontraram ocasionalmente na rua, cumprimentando-se de longe, mas já fazia um ano que Brunetti não o via, e ficou espantado com a mudança. Embora o magistrado fosse apenas uma década mais velho que o comissário, parecia ter idade para ser seu pai. Rugas profundas desciam-lhe das asas nasais e, passando pela boca, desapareciam sob o queixo. Seus olhos, outrora castanhos, mostravam-se enevoados ou polvilhados. E estava tão magro que seu corpo praticamente desaparecia na toga preta.

"Sente-se, comissário", ofereceu Beniamin. A voz continuava a mesma, grave e sonora como a de um cantor.

"Obrigado, meritíssimo." Brunetti se acomodou numa das quatro cadeiras diante da escrivaninha.

"Lamento dizer que tenho menos tempo do que eu imaginava." Concluindo a frase, o magistrado se calou um momento, como se avaliasse o que acabara de dizer. Com um sorriso triste, acrescentou: "Quer dizer, hoje. De modo que fico muito agradecido se o senhor for breve. Do contrário, podemos nos rever daqui a dois dias se necessário".

"Claro, meritíssimo. Nem preciso dizer que estou muito agradecido." Os dois se entreolharam, calados, plenamente conscientes do quanto aquela frase era artificial.

"Sim", respondeu o juiz.

"Carlo Trevisan", disse Brunetti.

"Especificamente?"

"Quem lucra com a sua morte? Qual era a relação dele com o cunhado? E com a esposa? Por que, há uns cinco anos, a filha dele andou dizendo que os pais temiam um seqüestro? E que ligação tinha Trevisan com a máfia, se é que a tinha?"

O juiz Beniamin não fez nenhuma anotação, restringiu-se a ouvir as perguntas. Apoiando os cotovelos na mesa, abriu os dedos no ar.

"Dois anos atrás, outro advogado, Salvatore Martucci, começou a trabalhar com ele, levando junto seus clientes. O contrato que firmaram estipulava que, no ano seguinte, Martucci passaria a ser sócio pleno do escritório. Dizem que Trevisan não queria honrar o contrato. Com a morte dele, Martucci passa a ser o único responsável pelo escritório." O polegar do juiz Beniamino desapareceu.

"O cunhado é esperto, espertíssimo. Corre o boato — mas não há provas, de modo que eu seria processado por calúnia se o divulgasse — de que quem quiser sonegar impostos em negócios internacionais ou saber quem subornar para receber cargas sem passar pela inspeção alfandegária, faz muito bem em consultá-lo." A metade superior de seu indicador desapareceu.

"A esposa tem um caso com Martucci." O dedo médio uniu-se aos outros.

"Há uns cinco anos, Trevisan — e isso também não passa de boato — se envolveu com uma espécie de transação financeira com dois homens da máfia de Palermo, dois homens muito violentos. Não sei se o envolvimento dele era criminoso ou não, tampouco se foi voluntário, mas sei que esses dois se interessaram por ele, ou ele se interessou pelos dois com a possibilidade de que a Europa Oriental se abrisse rapidamente, coisa que multiplicaria os negócios da Itália com esses países. Sabe-se que a máfia costuma seqüestrar ou matar os filhos de quem rejeita suas propostas de negócio. Durante algum tempo, andaram dizendo que Trevisan estava assustadíssimo, mas depois parece que o medo passou." Fechando os dois dedos restantes, o magistrado disse: "Creio que isso responde a todas as suas perguntas".

Brunetti se levantou. “Obrigado, meritíssimo.”

“De nada, comissário.”

Nenhum dos dois falou em Roberto, morto de *overdose* um ano antes, nem sobre o câncer que estava devorando o fígado do juiz. Lá fora, Brunetti recuperou a pistola e saiu do prédio do tribunal.

18

Na manhã seguinte, a primeira coisa que Brunetti fez ao chegar no escritório foi ligar para a casa de Barbara Zorzi. Após o bipe, disse: "*Dottoressa*, aqui é Guido Brunetti. Se estiver aí, por favor, atenda. Preciso conversar sobre Trevisan novamente. Eu soube que...".

"Pois não?", atendeu a médica, sem surpreendê-lo com a falta de prolegômenos ou saudação.

"Eu queria saber se a visita da *signora* Trevisan ao seu consultório tinha algo a ver com gravidez." Sem lhe dar tempo para responder, ele acrescentou: "Não da filha, dela mesma".

"Por que quer saber?"

"O laudo da autópsia diz que o marido fez vasectomia."

"Há quanto tempo?"

"Não sei. Faz diferença?"

Houve um prolongado silêncio antes que ela voltasse a falar. "Não, acho que não. Sim, quando me procurou, há dois anos, ela receava estar grávida. Tinha quarenta e um anos na época, de modo que era possível."

"E estava?"

"Não."

"Ela ficou particularmente preocupada com isso?"

"Na ocasião, eu achei que não, quer dizer, não mais do que teria ficado qualquer mulher da idade dela, já convencida de que não voltaria a passar por uma coisa dessas. Mas agora tenho de dizer que sim. É verdade, ela ficou bem preocupada."

"Obrigado."

"Só isso?" A médica não dissimulou a surpresa.

"Só."

"Não vai perguntar se eu sabia quem era o pai?"

"Não. Se você achasse que o filho era de outro homem, não de Trevisan, teria me contado na nossa conversa anterior."

Ela não respondeu de chofre, mas, quando o fez, foi arrastando a primeira palavra. "Sim, é bem provável."

"Ótimo."

"Talvez."

"Obrigado", repetiu Brunetti antes de desligar.

A seguir, telefonou para o escritório de Trevisan e tentou agendar uma entrevista com o *avvocato* Salvatore Martucci, mas lhe disseram que ele estava em Milão, a negócios, e retornaria o telefonema assim que voltasse a Veneza. Como não havia papéis novos na mesa, Brunetti se contentou em reler a lista que fizera na véspera e refletir sobre a conversa com o juiz.

Não lhe ocorreu nem mesmo fugazmente duvidar de suas revelações, de modo que não perdeu tempo tentando confirmá-las. Tendo em vista o provável envolvimento de Trevisan com a máfia, sua morte passava a apresentar todos os elementos de uma execução sumária, tão repentina e anônima quanto um raio. A julgar pelo nome, Martucci devia ser sulista; Brunetti tratou de se precaver contra o preconceito capaz de levá-lo a certas suposições, especialmente se o homem fosse siciliano.

Restavam a filha Francesca e o receio dos pais de que a seqüestrassem. Naquela manhã, antes de sair de casa, Brunetti teve o cuidado de dizer a Chiara que a polícia havia esclarecido a história do seqüestro, de modo que já não precisava da ajuda dela. A mais remota possibilidade de que alguém ficasse sabendo do interesse da menina por uma questão relacionada à máfia provocava-lhe um mal-estar profundo, e ele sabia que mostrar desinteresse era a melhor maneira de dissuadi-la de continuar fazendo perguntas.

Uma batida na porta o despertou desses pensamentos. "*Avanti*", ele gritou, e, ao erguer a vista, deu com a srta. Elettra dando passagem a um desconhecido. "Comissário", disse ao entrar, "quero lhe apresentar o senhor Giorgio Rondini. Ele quer conversar com o senhor."

Posto que bem mais alto, era improvável que o recém-chegado pesasse mais que a moça. Magro como o personagem de um quadro de El Greco, Rondini acrescentava à semelhança uma barba escura, pontiaguda, e olhos pretos que fitavam o mundo por baixo de um par de grossas sobrancelhas, também escuríssimas.

"Por favor, sente-se, *signor* Rondini", convidou Brunetti, levantando-se. "Em que posso servi-lo?"

Quando o homem se acomodou, Elettra foi para a porta que deixara aberta e se deteve. Ficou um momento ali, imóvel, e, quando Brunetti olhou para ela, apontou para as costas do visitante e moveu os lábios como se tivesse ficado muda, dizendo "Gi-or-gio". "*Grazie, signorina*", sorriu Brunetti, endereçando-lhe um sinal quase imperceptível. Ela saiu e fechou a porta.

Os dois passaram algum tempo no mais absoluto silêncio. Rondini olhava a sua volta; Brunetti examinava rapidamente a lista na escrivaninha. Por fim o homem se dispôs a falar, "Comissário, eu vim lhe pedir um conselho".

"Pois não, *signor* Rondini."

"É sobre a condenação", ele disse e se calou.

"Sobre a condenação?"

"Sim, pelo que aconteceu na praia." O rapaz lhe dirigiu um leve sorriso de estímulo, tentando lembrá-lo de algo que ele devia saber.

"Lamento, *signor* Rondini, mas eu não sei de condenação nenhuma. Quer fazer o favor de me esclarecer?"

O sorriso do visitante se esfumou, dando lugar a uma expressão dolorosamente constrangida.

"Elettra não lhe contou?"

"Não, acho que não chegou a falar sobre isso comigo." Como a expressão do recém-chegado ficasse ainda mais sombria, Brunetti acrescentou, sorrindo: "Falou foi na grande ajuda que o senhor nos tem prestado. Graças a ela, nós estamos fazendo muito progresso". O fato de ainda não ter havido nenhum progresso real no caso não chegava a transformar a observação numa mentira, pelo menos não a ponto de impedi-lo de fazê-la.

O visitante permaneceu em silêncio, e Brunetti tratou de incitá-lo. "Se o senhor me contar do que se trata, eu vejo se posso ajudá-lo."

O homem uniu as mãos no colo, os dedos da direita a massagearem os da esquerda. "Como eu disse, é a respeito da condenação." Encarou Brunetti, que sorriu, balançando a cabeça para incentivá-lo. "Por ato obsceno", acrescentou. Brunetti continuou sorrindo; Rondini se animou.

"Sabe, comissário, há dois anos, eu estava na praia de Alberoni." Brunetti não mudou de expressão, muito embora a praia mencionada, situada no fim do Lido, fosse mais conhecida por praia do Pecado devido ao grande número de homossexuais que a freqüentava. O sorriso permaneceu intacto, mas ele passou a examinar o rapaz e suas mãos com olhos mais atentos.

Rondini balançou a cabeça: "Não, não, comissário. Não sou eu. É o meu irmão". Calou-se e tornou a balançar a cabeça, num misto de constrangimento e confusão. "Espere, não é bem isso." Abriu um sorriso ainda mais nervoso, exalou um suspiro. "Vou recomeçar." Brunetti assentiu. "Acontece que meu irmão é jornalista. Naquele verão, resolveu escrever uma matéria sobre a praia e me pediu que o acompanhasse. Achava que, se fôssemos juntos, passaríamos por um casal e as bichas não nos importunariam. Quer dizer, não nos importunariam, mas concordariam em conversar com ele." Calou-se outra vez e olhou para as próprias mãos.

Como o silêncio se prolongasse e ele não desse sinal de estar disposto a prosseguir, Brunetti perguntou: "Foi lá que aconteceu?". Rondini não respondeu, de modo que ele acrescentou: "O incidente?".

O visitante respirou fundo antes de falar. "Eu fui nadar, mas, como começou a fazer frio, resolvi voltar e me vestir. O meu irmão estava longe, na praia, conversando sei lá com quem, e imaginei que eu estivesse sozinho. Quer dizer, não vi ninguém num raio de vinte metros da nossa esteira. Então me sentei, tirei o calção e, bem quando ia pôr a calça, chegaram dois policiais e me mandaram levantar. Eu tentei vestir a calça, mas um deles pisou nela e me impediu." À medida que ele falava, sua voz ia ficando mais tensa. Brunetti não sabia dizer se de constrangimento ou de raiva.

Rondini levou a mão ao queixo e esfregou distraidamente a barba. "Aí eu tentei vestir o calção, mas o outro policial o pegou e ficou com ele." Calou-se.

"E o que aconteceu então?"

"Eu me levantei."

"E?"

"E eles lavraram uma intimação, acusando-me de praticar ato obsceno."

"O senhor não explicou a situação?"

"Expliquei."

"E?"

"Eles não acreditaram."

"E o seu irmão? Não voltou?"

"Não, tudo aconteceu em menos de cinco minutos. Quando ele voltou, os guardas já tinham lavrado a intimação e ido embora."

"E o que o senhor fez depois disso?"

"Nada", respondeu o rapaz, fitando-o nos olhos. "O meu irmão disse que eu não precisava me preocupar, que eles teriam de me informar quando fossem fazer alguma coisa."

"E o informaram?"

"Não. Pelo menos, eu não soube de nada. Mas, dois meses depois, um amigo me telefonou contando que tinha visto o meu nome no *Gazzettino* daquele dia. Parece que houve uma espécie de processo, mas eu não fui notificado. Nem multado, nem nada. Não recebi nenhum comunicado, só quando chegou a carta dizendo que eu tinha sido condenado."

Brunetti refletiu um pouco e constatou que nada havia de estranho no fato. Aquele tipo de infração se perdia facilmente nas frestas do sistema judiciário, e qualquer um podia ser condenado sem ter sido acusado formalmente. O que ele não entendia era o motivo de Rondini estar falando no assunto.

"O senhor não recorreu?"

"Recorri, mas disseram que era tarde demais, que eu devia ter me manifestado antes. Não foi um processo normal." Brunetti balançou a cabeça, sabia perfeitamente do desleixo com que as autoridades lidavam com os pequenos delitos. "Mas isso significa que fui condenado por um crime."

"Por um pequeno delito."

"Mesmo assim, fui condenado", teimou Rondini.

Brunetti inclinou a cabeça para o lado e franziu a testa, num gesto que pretendia ser ao mesmo tempo de ceticismo e repúdio. "Não precisa se preocupar com isso."

"Acontece que eu vou casar", declarou o homem, deixando-o totalmente desconcertado.

"Não sei se entendi bem."

O outro disse com voz tensa: "A minha noiva. Eu não quero que a família dela saiba que eu fui condenado por ato obsceno numa praia de homossexuais".

"Ela não sabe?"

O rapaz fez menção de dar uma resposta, mas logo a modificou. "Não. Eu não a conhecia quando aconteceu, e ainda não encontrei uma ocasião adequada para lhe contar. Ou um modo. Para o meu irmão e meus amigos, isso não passa de uma história engraçada, mas duvido que a minha noiva goste quando souber." Afastando o mal-estar que o fato lhe causava, acrescentou: "E a família dela menos ainda".

"E o senhor veio ver se eu posso fazer alguma coisa?"

"Sim. Elettra fala muito no senhor, diz que é muito poderoso aqui na *questura.*" Rondini falou com muita deferência na voz; pior ainda, com muita esperança também.

Brunetti recebeu o elogio com um dar de ombros. "O que o senhor tem em mente?"

"Eu preciso de duas coisas. Queria que o senhor alterasse a minha ficha." Ao vê-lo ensaiar uma objeção, o homem atalhou: "Não custa nada fazer uma coisa tão fácil".

"O senhor está me pedindo para alterar um documento oficial"

"Mas Elettra diz que é..."

Brunetti achou bom que a frase tivesse ficado interrompida. Disse: "Essas coisas parecem muito mais fáceis que são".

Rondini lhe endereçou um olhar petulante, prestes a protestar. "Posso contar qual é a segunda coisa?"

"Claro."

"Eu preciso de uma carta explicando que a denúncia inicial foi um erro e que o tribunal me absolveu. Aliás, o ideal é que a carta me peça desculpas pela dor de cabeça."

Brunetti sentiu-se tentado a rejeitar a idéia por ser impossível, mas preferiu perguntar: "Por que o senhor precisa dela?".

"Para a minha noiva. E para a família dela. Caso venham a saber."

"Mas se a sua ficha for alterada, para que quer a carta? Quer dizer, caso seja possível alterá-la."

"Não se preocupe com a ficha, *dottore.*" Rondini falou com uma autoridade tão absoluta que Brunetti foi obrigado a recordar que ele trabalhava no setor de informática da SIP; também se lembrou da caixinha retangular na escrivaninha de Elettra.

"E quem assinaria essa carta?"

"Eu preferia que fosse do *questore*, mas sei que é impossível." Brunetti notou que, convencido de que o acordo estava definitivamente selado e de que só restava acertar os detalhes, Rondini cessou de movimentar as mãos, deixando-as docemente pousadas no colo; chegou até a relaxar na cadeira.

"Serve a carta de um comissário?"

"Sim, acho que serve."

"E quanto a cancelar os dados da sua ficha?"

O homem fez um gesto vago. "Em um dia. No máximo, dois."

Brunetti preferiu não perguntar qual deles, Rondini ou Elettra, se encarregaria da coisa, não queria saber. "No fim da semana eu verifico se o senhor está fichado."

"Não vou estar", garantiu o outro, mas não havia arrogância na afirmação, apenas certeza.

"Quando eu tiver averiguado isso, escrevo a carta."

O rapaz se levantou. Ofereceu-lhe a mão por cima da mesa. Quando Brunetti a apertou, disse: "Se eu puder lhe fazer um favor, comissário, qualquer coisa, basta o senhor se lembrar de onde eu trabalho". Brunetti o acompanhou até a porta e, quando ele se foi, desceu para conversar com Elettra.

"O senhor falou com Giorgio?", perguntou ela ao vê-lo entrar.

Sem saber se devia ficar ofendido com o fato de a moça achar a coisa mais natural do mundo discutir a alteração de documentos oficiais do Estado e esperar que ele escrevesse cartas inteiramente fraudulentas, Brunetti optou pela ironia: "O que eu não entendo é você mandá-lo falar comigo. Não podia ter resolvido tudo sozinha?".

Ela abriu um sorriso. "Bom, é claro que eu pensei em fazer isso, mas achei melhor o senhor mesmo conversar com ele."

"Por causa da alteração da ficha?"

"Não, não. Isso tanto Giorgio quanto eu podemos fazer num minuto."

"Mas não há uma senha secreta que impeça as pessoas de entrar nos nossos computadores?"

Elettra hesitou antes de responder. "Há uma senha, claro, mas não tão secreta assim."

"Quem a conhece?"

"Não sei, mas é muito fácil de achar."

"E de usar?"

"Provavelmente."

Brunetti achou melhor dar outro rumo à conversa. "E a tal carta?", perguntou, imaginando que Elettra soubesse do pedido de Rondini.

"Ora, *dottore*. Eu mesma podia tê-la escrito. Mas achei que seria bom ele conhecer o senhor pessoalmente, ver que está disposto a ajudá-lo.

"Para o caso de nós precisarmos de mais informações da SIP?"

"Exatamente", sorriu ela com genuína satisfação ao perceber que o comissário começava a entender como funcionavam as coisas.

19

A notícia que Brunetti recebeu na manhã seguinte, quando estava fazendo a barba, apagou de vez o sr. Rondini de sua memória. Ubaldo Lotto, o irmão da viúva de Carlo Trevisan, tinha sido encontrado morto em seu carro estacionado na estrada secundária que dava na autopista entre Mestre e Mogliano Vêneto. Parecia ter sido baleado três vezes à queima-roupa, provavelmente por uma pessoa sentada ao seu lado, no banco dianteiro do veículo.

O cadáver foi descoberto aproximadamente às cinco da manhã por um morador da região que, devido à lama formada pela chuva durante a noite, teve de passar lentamente pelo automóvel de luxo estacionado no acostamento da estradazinha e não gostou do que viu: o motorista tombado sobre o volante, o motor ainda ligado. Ele parou, retornou a pé a fim de examinar o interior do veículo e, após ver o sangue empoçado no banco, chamou a polícia. Esta, ao chegar, isolou a área e começou a procurar pistas do assassino ou dos assassinos. Havia sinais de que outro carro estivera estacionado atrás do de Lotto, mas a chuva torrencial do outono destruiu qualquer esperança de tirar o molde das marcas de pneu. O policial que abriu a porta chegou a passar mal com o cheiro de sangue e matéria fecal, além do forte perfume da loção de barba da vítima, mistura intensificada pelo sistema de aquecimento do automóvel, que funcionara em grau máximo durante as horas que Lotto passou tombado na direção. Com muito cuidado, a equipe de criminalística examinou a área ao redor do veículo e, depois, quando ele foi levado à garagem da polícia de Mestre, vistoriou-o em busca de fibras, fios de cabelo e quaisquer outras partículas capazes de informar sobre a pessoa que estava ao lado de Lotto quando ele morreu.

O carro já tinha sido rebocado quando Brunetti e Vianello chegaram ao local do crime numa radiopatrulha da polícia de Mestre. Sentados no banco traseiro, viram apenas uma pista estreita e árvores ainda gotejando, embora a chuva tivesse cessado ao amanhecer. Na garagem, examinaram o sedã Lancia marrom, o banco da frente coberto de manchas que pouco a pouco iam adquirindo cor igual à do automóvel. E, no necrotério, deram com o homem que tinha sido chamado para identificar o cadáver: Salvatore Martucci, o sócio sobrevivente do escritório de advocacia de Trevisan. Um brilho nos olhos e um leve movimento da cabeça de Vianello informaram Brunetti de que aquele era o advogado com o qual o sargento conversara e que não demonstrara nenhum pesar pela morte do colega e sócio.

Muito magro, Martucci era mais alto que a maioria dos sulistas, e seu cabelo loiro avermelhado, mais curto do que o habitual, fazia-o parecer um descendente dos invasores de normandos que devastaram a ilha durante gerações e cuja herança, séculos depois, ainda se encontrava nos olhos verdes e penetrantes de muitos sicilianos, assim como no punhado de expressões francesas que salpicavam seu dialeto.

Quando Vianello e Brunetti chegaram, Martucci estava saindo da sala em que se conservavam os cadáveres. Ambos notaram que faltava pouco para que o próprio advogado parecesse um defunto: tinha olheiras tão escuras que mais pareciam hematomas e realçavam a palidez de seu rosto.

"*Avvocato* Martucci?", perguntou Brunetti, detendo-se a sua frente.

O homem olhou para ele aparentemente sem vê-lo, depois para Vianello, a quem pareceu notar, talvez apenas porque reconhecesse a farda azul-marinho.

"Pois não?"

"Eu sou o comissário Guido Brunetti. Queria lhe fazer algumas perguntas sobre o *signor* Lotto."

"Eu não sei de nada", respondeu ele. Apesar da voz monotônica, seu sotaque siciliano ainda era bem acentuado.

"Sei que esta é uma ocasião dificílima para o senhor, mas tenho de lhe fazer algumas perguntas."

"Eu não sei de nada."

"*Signor* Martucci", disse Brunetti, firmemente plantado ao lado de Vianello para lhe obstruir a passagem, "se o senhor não conversar conosco, só nos restará fazer as mesmas perguntas à *signora* Trevisan."

"O que Franca tem a ver com isso?", perguntou o advogado, erguendo a cabeça e olhando ora para Brunetti, ora para o sargento.

"O homem assassinado é irmão dela e seu marido morreu do mesmo modo há menos de uma semana."

O siciliano desviou a vista, pensativo. Brunetti pensou se o homem poria em dúvida a semelhança dos dois homicídios, se insistiria em dizer que ela nada significava. Mas ele simplesmente disse: "Tudo bem, o que o senhor quer saber?".

"Vamos conversar num dos escritórios", propôs Brunetti, que já havia pedido emprestada ao legista a sala de seu substituto.

Voltando-se, seguiu pelo corredor, secundado por Martucci e Vianello, que não tinha dito uma palavra nem demonstrara que já falara com o advogado. Quando os três homens se sentaram, Brunetti perguntou: "O senhor pode nos dizer onde estava na noite passada?".

"Não vejo necessidade disso", respondeu o homem com voz mais confusa que resistente.

"Nós queremos saber onde todos os que conheciam

o *signor* Lotto estavam ontem. Essa informação, como o senhor sabe, é necessária em qualquer investigação de homicídio."

"Eu estava em casa."

"Havia alguém com o senhor?"

"Não."

"O senhor é casado, *signor* Martucci?"

"Sou. Mas me separei da minha mulher."

"Mora sozinho?"

"Moro."

"Tem filhos?"

"Tenho. Dois."

"Eles moram com o senhor ou com a sua esposa?"

"Não entendo o que isso tem a ver com Lotto."

"No momento, nós estamos interessados no senhor, não no *signor* Lotto", disse Brunetti. "Os seus filhos moram com a sua esposa?"

"Sim, moram."

"A sua separação é judicial, que leva ao divórcio?"

"Nós nunca discutimos isso."

"Como assim, *signor* Martucci?", indagou o comissário, embora aquela fosse uma situação muito comum.

O siciliano falou com tranqüila sinceridade. "Embora eu seja advogado, a idéia de enfrentar o divórcio me horroriza. E minha mulher se oporia a qualquer tentativa minha de divórcio."

"Mas vocês nunca discutiram isso?"

"Não. Eu a conheço muito bem e sei qual será a resposta. Não vai concordar, e eu não tenho nenhum motivo para me divorciar. Se tentasse fazê-lo contra a sua vontade, ela tomaria tudo que possuo."

"Ela tem motivos para se divorciar do senhor?" Como Martucci não respondesse, ele repetiu a pergunta, optando por um eufemismo: "O senhor está com alguém atualmente?".

A resposta foi imediata: "Não".

"Difícil de acreditar", sorriu Brunetti com ar de camaradagem.

"O que o senhor quer dizer com isso?"

"O senhor é bonitão, está na flor da idade, é um profissional evidentemente bem-sucedido. Tenho certeza de que muitas mulheres o acham atraente e gostariam de receber sua atenção."

O homem não disse nada.

"Ninguém mesmo?", insistiu o investigador.

"Ninguém."

"Quer dizer que, ontem à noite, o senhor estava sozinho em casa?"

"Foi o que eu disse, comissário."

"Ah, sim, foi o que o senhor disse."

O advogado se levantou bruscamente. "Se o senhor não tiver mais perguntas, eu preciso ir."

Brunetti fez um gesto delicado: "Só mais algumas perguntas, *signor* Martucci".

Seu olhar severo fez com que o homem sentasse de novo.

"Qual era a natureza da sua relação com o *signor* Trevisan?"

"Eu trabalhava para ele."

"Para ele ou com ele, *avvocato* Martucci?"

"As duas coisas, pode-se dizer." Brunetti o instigou com um olhar inquisitivo, e o siciliano prosseguiu: "Primeiro uma, depois a outra". Fitou-o, mas quando notou que aquilo não bastava, continuou: "Eu comecei trabalhando para ele, mas, no ano passado, nós combinamos que, no fim deste ano, eu passaria a sócio do escritório".

"Sócio igualitário?"

Martucci conservou a firmeza tanto nos olhos quanto na voz. "Isso nós não chegamos a discutir."

Brunetti achou o lapso inusitado, especialmente tratando-se de dois advogados. Um lapso ou então outra coisa, já que a segunda e única testemunha do acordo estava morta.

"E no caso do falecimento dele?"

"Nós não discutimos isso."

"Por que não?"

A voz de Martucci ficou mais ríspida. "Ora, isso é óbvio: as pessoas não planejam morrer."

"Nem por isso deixam de morrer."

O outro não respondeu.

"E agora que o *signor* Trevisan morreu, o senhor vai assumir a responsabilidade pelo escritório?"

"Se assim a *signora* Trevisan me pedir."

"Entendo", murmurou Brunetti. Voltando a concentrar a atenção no interrogado, perguntou: "Quer dizer que, de certo modo, o senhor herdou os clientes do *signor* Trevisan?".

O esforço do advogado para conter a raiva ficou visível. "Se os clientes quiserem, sim."

"E eles querem?"

"Faz muito pouco tempo que o *signor* Trevisan morreu, ainda é cedo para saber."

"E o *signor* Lotto?", indagou o comissário, dando novo rumo à conversa. "Qual era sua relação ou envolvimento com o escritório?"

"Ele era o nosso contador e administrador."

"Do senhor e do *signor* Trevisan quando vocês trabalhavam juntos?"

"Sim."

"E, depois da morte de Trevisan, o *signor* Lotto continuou sendo seu contador?"

"Claro que sim. Ele conhecia muito bem a firma. Fazia mais de quinze anos que trabalhava para Carlo."

"E o senhor pretendia mantê-lo na função de contador e administrador?"

"Claro."

"O *signor* Lotto tinha alguma participação no escritório?"

"Acho que não entendi."

Brunetti estranhou a resposta, não só porque a pergunta tinha sido clara mas também porque Martucci era advogado e, com toda a certeza, a compreendera. "Por acaso o escritório de advocacia tinha outros sócios e o *signor* Lotto era um deles?", indagou.

O siciliano pensou um pouco antes de responder. "Que eu saiba, não, mas é possível que eles tenham feito um acordo em separado."

"Que tipo de acordo?"

"Não tenho a menor idéia. Qualquer um que tenham preferido."

"Compreendo", disse Brunetti e, a seguir, perguntou com toda a naturalidade: "E a *signora* Trevisan?".

O silêncio de Martucci mostrou que ele já esperava essa pergunta. "O que tem ela?"

"Tinha algum interesse no escritório?"

"Isso depende das disposições do testamento de Carlo."

"Foi o senhor que o lavrou?"

"Não, ele mesmo se encarregou disso."

"E o senhor conhece o seu conteúdo?"

"Não, claro que não. Como ia conhecer?"

"Imaginei que, sendo sócio dele...", arriscou Brunetti, concluindo a frase com um gesto compassado.

"Eu ainda não era sócio dele, só seria a partir do início do ano que vem."

"Sim, claro. É que eu imaginei que, devido a sua associação, o senhor tivesse uma idéia do conteúdo do testamento."

"Não, não tenho."

"Entendo. Acho que é tudo por ora, *signor* Martucci. Agradeço muito a sua colaboração." O comissário levantou-se.

"Terminou? Posso ir?"

"Naturalmente." E, em seguida, como que para comprovar sua boa-fé, abriu a porta para ele. Eles se despediram, e o advogado foi embora. Os dois policiais aguardaram alguns minutos e então saíram do escritório para retornar a Veneza.

Quando a lancha da polícia os deixou no embarcadouro em frente à *questura*, ambos concordaram que, embora Martucci estivesse preparado para as perguntas referentes à sra. Trevisan e as tivesse respondido com segurança, era evidente que as questões sobre o falecido e sua sociedade com ele o deixaram nervoso. Fazia tanto tempo que Vianello trabalhava com Brunetti que não foi preciso mandá-lo fazer as averiguações de praxe — os vizinhos, os amigos, a esposa — para confirmar se o advogado estava em casa na noite anterior. Ainda não tinham feito a autópsia, e, devido ao efeito do calor intenso no carro, seria difícil determinar a hora exata da morte.

Ao atravessar o vasto *hall* da *questura*, Brunetti se deteve e encarou o sargento. "O tanque de gasolina", disse de chofre.

"Como, comissário?"

"O tanque de gasolina. Mande-os verificar a quantidade de combustível e, então, se for possível, descubra quando ele o abasteceu pela última vez. Isso nos dará uma idéia de quanto tempo o motor ficou ligado. Talvez ajude a calcular a hora da morte."

Vianello assentiu com um gesto. Aquilo não podia definir muito as coisas, mas, caso a autópsia não conseguisse dar uma indicação clara do horário da morte, não deixava de ser uma ajuda. Não que, àquela altura, houvesse uma necessidade premente de determinar a hora da morte.

Ele foi tomar as providências, e Brunetti subiu ao escritório. No entanto, antes de chegar ao alto da escada, encontrou-se com a srta. Elettra, que, vindo pelo corredor, desceu em sua direção. "Ah, finalmente, comissário. O *vice-questore* está atrás do senhor." Ele parou e ergueu os olhos para a moça que se acercava. Atrás dela pairava um comprido lenço cor de açafrão, leve como uma teia de aranha, erguido à altura de seus ombros pela corrente de ar quente que soprava escada acima. Se Niké de Samotrácia saltasse do pedestal, recuperasse a cabeça e descesse a escadaria do Louvre, seria parecidíssima.

"Como?"

"O *vice-questore*, comissário. Disse que quer muito falar com o senhor."

“Quer muito”, repetiu ele, impressionado com a formulação do recado. Paola achava graça em um personagem de Dickens que previa a chegada de coisas ruins quando o vento soprava a partir de certo lugar; Brunetti não se lembrava do personagem nem do lugar, mas sabia que quando Patta “queria muito” falar com ele, podia-se dizer que o vento estava soprando daquele mesmíssimo lugar.

“Ele está no gabinete?”, perguntou, dando meia-volta e tornando a descer a escada com a secretária.

“Está, sim, e passou boa parte da manhã telefonando.” Isso também era um péssimo sinal.

“*Avanti*”, gritou o *vice-questore* Patta ao ouvi-lo bater na porta. “Bom dia, Brunetti”, disse quando ele entrou no gabinete. “Sente-se, por favor. Eu quero discutir umas coisas com você.” Três educadas observações que, antes mesmo que o subordinado se sentasse, o deixaram de sobreaviso.

Atravessando a sala, Brunetti se instalou na cadeira habitual. “Pois não?”, perguntou, tirando do bolso o caderno de anotações a fim de mostrar a seriedade com que pretendia tratar aquela conversa.

“Quero que você me conte o que sabe da morte de Rino Favero.”

“Favero, senhor?”

“Sim, um contador de Pádua que foi encontrado morto na garagem de casa na semana passada.” Depois de uma pausa que pretendia ser significativa, acrescentou: “Suicídio”.

“Ah, sim, Favero. Eu soube que ele tinha o número do telefone de Trevisan na agenda.”

“Aposto que tinha muitos números de telefone na agenda.”

“O de Trevisan estava sem nome.”

“Sei. Algo mais?”

“Havia outros números. Nós estamos tentando verificá-los.”

“Nós, comissário? Nós?” A voz do *vice-questore* não

denotou senão polida curiosidade. Quem não o conhecesse ouviria apenas isso, não a ameaça implícita.

"Quer dizer, a polícia de Pádua."

"E você sabe que números são esses?"

"Não, senhor."

"Está investigando a morte de Favero?"

"Não, senhor", respondeu Brunetti com sinceridade.

"Ótimo." Patta olhou para a escrivaninha e empurrou uma caderneta de telefones e examinou o papel sob ela. "E quanto a Trevisan? O que você me diz?"

"Houve outro assassinato."

"Lotto? Sim, eu sei. Você acha que há relação entre os dois crimes?"

Brunetti respirou fundo antes de responder. Os dois homens eram parceiros de negócios e foram mortos da mesma maneira, talvez com a mesma arma, e Patta queria saber se havia relação entre os crimes. "Sim, senhor. Acho que sim."

"Nesse caso, é melhor dedicar o seu tempo e a sua energia à investigação dessas mortes e deixar a história de Favero para o pessoal de Pádua. A incumbência é deles." Patta empurrou o segundo papel para o lado e ficou examinando um terceiro.

"Mais alguma coisa, senhor?"

"Não, acho que isso é tudo", respondeu ele sem se dar ao trabalho de erguer a vista.

Brunetti tornou a guardar o caderninho, levantou-se e saiu, desconcertado com a civilidade do *vice-questore*. Lá fora, deteve-se à mesa de Elettra. "Sabe com quem ele andou conversando?"

"Não, não sei, mas vai almoçar no Do Forni", revelou a moça, citando um restaurante outrora famoso pela cozinha, agora pelo preço.

"Você reservou mesa para ele?"

"Não. Aliás, num desses telefonemas, ele deve ter recebido um convite melhor, pois me mandou cancelar a reserva no Corte Sconto", explicou Elettra, aludindo a outro restaurante igualmente caro. Antes que Brunetti tomasse coragem de pedir à funcionária da polícia que comprometesse seus princípios, ela mesma propôs: "Mais tarde, eu posso telefonar perguntando se alguém achou a agenda do *vice-questore*. Como ele não costuma andar com a agenda por aí, é improvável. Mas com certeza me contam quem estava com ele se eu disser que preciso telefonar para saber se a tal pessoa a encontrou".

"Eu ficaria muito agradecido", sorriu Brunetti. Não sabia se a informação teria importância, mas, com o passar dos anos, aprendera que era útil ter uma idéia do que Patta andava fazendo e com quem se encontrava, especialmente nos períodos em que ele resolvia tratá-lo com cortesia.

20

Uma hora depois de voltar ao escritório, Brunetti recebeu um telefonema de Della Corte, de um telefone público de Pádua. Ao menos foi essa a impressão que teve, pois às vezes mal conseguia ouvi-lo, tal era o barulho do trânsito e das buzinas.

"Descobrimos o restaurante em que ele jantou na noite em que morreu", informou o capitão, obviamente referindo-se a Favero.

Pouco interessado em saber onde e como a polícia o localizara, Brunetti fez a única pergunta pertinente: "Estava sozinho?".

"Não", informou o capitão. "Estava com uma mulher uns dez anos mais nova. Muito bem vestida e, pelo que diz o garçom, lindíssima."

"E?", resmungou Brunetti, sabendo que aquela descrição era praticamente inútil para identificá-la.

"Um momento. Achei, aqui está. Trinta e poucos anos, loira, cabelo nem curto nem comprido. Da mesma altura de Favero." Lembrando-se da descrição do contador no laudo da autópsia, Brunetti concluiu que era uma estatura e tanto para uma mulher. "O garçom não a ouviu dizer muita coisa, mas a moça parecia ser tão cara quanto a roupa que vestia — pelo menos foi assim que ele a descreveu."

"Onde foi isso?"

"Num restaurante perto da universidade."

"Como vocês descobriram?"

"Ninguém aqui lê o *Gazzettino*, de modo que ninguém viu quando publicaram o retrato de Favero. O garçom só topou com o jornal esta manhã, quando foi cortar o cabelo e folheou uma pilha de jornais velhos. Reconheceu-o pela fotografia e nos telefonou. Eu acabo de saber disso pelos rapazes, mas ainda não fui falar com ele. Imagino que você também queira ir."

"Quando?"

"É um restaurante. Que tal na hora do almoço?"

Brunetti consultou o relógio. Faltavam vinte para as onze. "Eu chego à estação ferroviária em meia hora e tomo o primeiro trem que partir. Você pode ir me buscar?"

"Posso", concordou o capitão. E desligou.

E lá estava ele, aguardando na plataforma, quando o trem chegou a Pádua. Brunetti abriu caminho na multidão de estudantes universitários que povoavam a estação, todos tentando embarcar no instante em que o trem abriu as portas.

Os dois policiais trocaram um aperto de mão e desceram a escada que dava numa passagem por baixo dos trilhos e levava à saída, onde os esperava um carro com o motor ligado e o motorista ao volante.

Quando o veículo mergulhou no trânsito congestionado, Brunetti perguntou: "Alguém daqui entrou em contato com o meu chefe?".

"Com Patta?", disse Della Corte, pronunciando o nome de modo levemente explosivo que podia ter um significado. Ou então não.

"É."

"Que eu saiba, não. Por quê?"

"Ele me mandou deixar a investigação da morte de Favero para vocês. Do suicídio, aliás. Desconfio que a sugestão partiu do pessoal daqui."

"Pode ser."

"Você não teve mais problemas?"

"Não. Todo o mundo trata o caso como suicídio. Quanto a mim, o que faço é por conta própria."

"Como isto aqui?", indagou Brunetti, abarcando o automóvel com um gesto.

"Sim. Ainda tenho liberdade de almoçar onde me der na telha."

"E de convidar um amigo de Veneza?"

"Exatamente." O carro acabava de parar em frente ao restaurante. O motorista fardado desceu e abriu a porta para que eles saíssem. "Vá almoçar, Rinaldi", disse Della Corte. "Esteja aqui às três."

O rapaz bateu continência e tornou a entrar no carro.

Duas araucárias-anãs em vasos grandes de terracota flanqueavam a porta do restaurante, a qual se abriu assim que eles se aproximaram. "Boa tarde, cavalheiros", cumprimentou-os um sujeito de terno escuro, cara comprida e olhos de *basset hound*.

"Boa tarde", sorriu o capitão. "Della Corte. Eu reservei mesa para dois."

"Já está posta. Por aqui, por favor."

O homem pegou dois compridos cardápios no aparador junto à porta antes de conduzi-los a uma sala tão pequena que não comportava mais que seis ou sete mesas, todas ocupadas, com exceção de uma. Ao passar por um arco alto, Brunetti viu outro cômodo também lotado, provavelmente de homens de negócios. Como era escassa a luz que entrava pelas altas janelas, ambas as salas estavam suavemente iluminadas por lâmpadas escondidas nas vigas de carvalho que atravessavam o teto. Eles passaram por uma mesa redonda repleta de *antipasti*: salame, marisco, *prosciutto*, polvo. O homem os conduziu à mesa vazia, puxou a cadeira para Brunetti e colocou os cardápios diante deles. "Posso servir um prosecco, cavalheiros?", ofereceu.

Os dois assentiram, e ele se afastou.

"Esse aí é o proprietário?", quis saber Brunetti.

"É."

"Por que está tão preocupado?"

"Todo mundo fica preocupado quando a polícia chega para fazer perguntas", esclareceu o capitão, pegando o cardápio e voltando a atenção para o seu conteúdo. Leu-o bem longe da vista e então o depositou na mesa, dizendo: "Ouvi dizer que o pato aqui é ótimo".

Estudando o cardápio, Brunetti concluiu que nada prometia ser melhor. Fechou-o e o colocou ao lado do prato justamente quando o proprietário retornava com uma garrafa de prosecco. Depois de encher dois copinhos estreitos à direita dos pratos, entregou a garrafa ao garçom que o acompanhava.

"Já escolheu, *capitano*?"

"Eu quero o *fettuccine* com trufas", disse Della Corte. Brunetti acenou a cabeça para o proprietário. "E depois o pato." Brunetti repetiu o gesto.

"Eu recomendo o Merlot del Piave", sugeriu o proprietário. Ante o gesto afirmativo do capitão, o homem esboçou uma mesura e se foi.

Della Corte pegou o copo e sorveu o vinho frisante. Brunetti fez o mesmo. Até a chegada do primeiro prato, os dois ficaram conversando à toa, o capitão a explicar por que as eleições recentes provavelmente provocariam uma verdadeira convulsão na polícia de Pádua, pelo menos nos níveis superiores.

Recordando o comportamento lastimável que ele próprio tivera na última eleição para prefeito de Veneza, Brunetti não disse nada. Achava ruins os dois candidatos — tanto o filósofo sem nenhuma experiência administrativa apoiado pelos ex-comunistas quanto o empresário patrocinado pela Lega —, de modo que saiu da cabine eleitoral sem conseguir votar, coisa que preferiu não contar a Paola, que, de tão contente com a vitória do filósofo, nem se lembrou de lhe perguntar em quem tinha votado. Talvez essas eleições novas acabassem impondo alguma mudança. Brunetti duvidava, fazia muito tempo que convivia com o governo e seus dirigentes para acreditar na possibilidade de uma mudança real.

Voltou a prestar atenção na mesa e nos pratos de *fet-*

tuccine, reluzentes de manteiga. O proprietário retornou trazendo uma travessa branca com uma pequena trufa e um ralador de metal. Tendo-a colocado na mesa, curvou-se sobre o *fettuccine* do capitão e ralou o cogumelo, a seguir repetiu a operação no prato de Brunetti. O cheiro de madeira e mofo subiu da massa ainda fumegante, envolvendo não só os três homens como toda a área que os cercava. Brunetti enrolou o *fettuccine* no garfo e começou a comer, entregando-se de bom grado à delícia da manteiga, da massa impecável, e ao sabor agradável, forte, da trufa.

Della Corte era, evidentemente, um homem que se recusava a perder tempo com conversa quando comia, de modo que os dois quase não falaram até o fim da refeição, o pato quase tão gostoso quanto o cogumelo — para Brunetti, nada se comparava à trufa —, quando lhes serviram dois copinhos de Calvados.

Nesse momento, um homenzinho baixo e atarracado se acercou da mesa. Estava de paletó branco e faixa preta de garçom. "O *signor* Germani disse que o senhor quer falar comigo, *capitano*."

"Foi com você que eu conversei de manhã?", perguntou Della Corte, oferecendo-lhe uma cadeira.

O recém-chegado a afastou um pouco mais, abrindo espaço para a volumosa pança, e sentou. "Sim, senhor, comigo mesmo."

"Quero que repita tudo para o meu colega."

Olhando para o capitão, o garçom disse: "Como contei no telefone, eu só reconheci o homem quando vi a fotografia no jornal. Mas o barbeiro estava cortando meu cabelo, só depois foi que me lembrei dele. Então liguei para a polícia".

O capitão sorriu balançando a cabeça para exaltar o senso de responsabilidade cívica do garçom. "Continue."

"Acho que não tenho mais nada a contar, *capitano*, só o que já contei de manhã. Ele estava com uma mulher. Eu a descrevi no telefone."

Della Corte pediu: “Pode repetir?”.

“Era bem alta, do tamanho dele, tinha olhos e pele claros, cabelo também, não chegava a ser loira, mas faltava pouco. Aliás, ele já tinha estado aqui com aquela moça.”

“Quando?”

“Há mais ou menos um mês, e também veio uma vez no verão, não lembro o dia. Só sei que fazia um calorão e a moça estava de vestido amarelo.”

“Como eles se comportaram?”

“Como assim? Está se referindo aos modos deles?”

“Não, quero saber como eles se comportaram um com o outro.”

“Ah, se havia alguma coisa entre os dois?”

“Isso mesmo.” O capitão balançou a cabeça.

“Acho que não”, disse o garçom e calou-se, pensativo. Depois de algum tempo, prosseguiu: “Estava na cara que eles não eram casados”. E sem lhe dar tempo de perguntar, explicou: “Não sei o que me leva a dizer isso, mas, nesses anos todos, eu observei um milhão de casais aqui e sei perfeitamente quando são casados. Quer dizer, seja um casamento bom ou ruim, por mais que se detestem, sempre ficam à vontade um com o outro”. Demonstrou com um gesto que não tinha como explicar um tema tão complicado. Brunetti entendeu perfeitamente o que o homem estava dizendo, mas, tal como ele, não se atreveria a arriscar uma explicação.

“E os dois não davam essa impressão?”, perguntou, falando pela primeira vez.

O homem balançou a cabeça.

“Sabe sobre o que conversaram?”

“Não, mas devia ser uma coisa que os deixou muito contentes. Houve um momento, durante o almoço, em que ele lhe mostrou uns papéis. Ela passou algum tempo olhando. Chegou a pôr os óculos.”

“Que papéis?”, indagou o capitão.

“Não sei. Quando eu cheguei para servir a massa, ela os devolveu.”

"E o que ele fez?"

"Deve tê-los guardado no bolso. Não reparei." Brunetti olhou para Della Corte, que mexeu a cabeça: nenhum papel fora encontrado no cadáver de Favero.

"Fale um pouco mais na aparência da moça."

"Bom, como eu já disse, tinha trinta e poucos anos. Era alta, cabelo claro, mas não natural. Devia ser tingido. Olhos claros também."

"Algo mais?", interferiu Brunetti, sorrindo e tomando um trago para dar a entender que a pergunta não tinha nenhuma importância especial.

"Bem, agora que eu sei que ele morreu, que se matou, não sei dizer se reparei na própria ocasião ou se comecei a pensar nisso depois que descobri o que aconteceu." Brunetti e Della Corte permaneceram calados. "Bom, havia alguma coisa errada entre eles." O homem estendeu o braço e empurrou umas migalhas na mesa, recolheu-as e, sem saber o que fazer com elas, guardou-as no bolso do paletó.

Diante do silêncio dos dois policiais, prosseguiu, falando devagar, como a pensar naquilo pela primeira vez. "Foi durante o jantar, quando ela estava lendo os papéis. O modo como olhou para ele."

"Como assim?", inquiriu o capitão após um prolongado silêncio.

"Sei lá. Não chegou a ser um olhar zangado, isso não. Olhou como se estivesse no zoológico, sabe, como se nunca tivesse visto uma coisa como ele. Como se o cara fosse de uma espécie diferente ou tivesse caído de um disco voador. Não sei se estou sendo claro", disse com voz arrastada, incapaz de chegar a uma conclusão.

"Você chegou a detectar algum tipo de ameaça nesse olhar?"

"Não, não, de jeito nenhum." O garçom balançou a cabeça, esforçando-se para convencê-los. "Foi justamente isso que eu achei estranho, não havia ódio. Não havia nada." Enfiou as mãos nos bolsos e mostrou um sorriso amarelo. "Desculpem. Não consigo explicar."

"Favero notou?", quis saber Brunetti.

"Não, ele estava servindo o vinho. Mas eu vi."

"E nas outras ocasiões? Eles pareciam se dar bem?"

"Sim, sim. Ficaram muito bem todas as outras vezes. Eu não quis dar a entender que eles não se davam bem. Eram sempre muito amáveis, mas de um modo meio formal."

"Ele mostrou algum papel nas outras ocasiões?"

"Não, não. Os dois pareciam ser amigos, ou melhor, pareciam ser parceiros de negócios jantando juntos. Era a impressão que davam, feito dois homens que se encontram para fechar um acordo. Acho que era isso que eu achava esquisito: uma moça tão linda, ele também bonitão, mas não havia aquela tensão que a gente vê entre um homem e uma mulher. É, pensando bem, era isso que eu estranhava." Ele sorriu, finalmente conseguira se exprimir.

"Você se lembra do vinho que tomaram?", perguntou Brunetti. Tanto o garçom quanto Della Corte olharam intrigados.

O homem pensou um pouco antes de responder. "Barolo. Um tinto muito bom, bem encorpado. Combina com as *bistecche*. E depois *vin santo* na sobremesa."

"Ele chegou a sair da mesa alguma vez?", interpelou Brunetti, pensando no quanto aqueles vinhos eram encorpados e na possibilidade de colocarem alguma substância no copo.

"Não lembro. Pode ser que sim."

"Pagou a conta com cartão de crédito?"

"Não, pagou em dinheiro, aliás, tenho a impressão de que nas outras vezes também pagou em dinheiro."

"Sabe se ele esteve aqui em outras ocasiões? Fora essas em que você o viu?"

"Eu perguntei aos outros garçons, mas ninguém se lembra. Mas duvido. O restaurante fecha às terças e às quartas, e eu trabalho todos os outros dias. Faz treze anos que não perco um dia de trabalho, de modo que, se eles tivessem vindo, eu estaria aqui, mas só me lembro de tê-los visto na semana passada e nessas duas outras oportunidades. Aquela mulher não passa despercebida."

O capitão encarou Brunetti, mas este fez um movimento com a cabeça. Não tinha mais perguntas, pelo menos por ora. Della Corte tirou do bolso um cartão de visita. "Se você se lembrar de mais alguma coisa, entre em contato comigo na *questura*", disse, entregando-lhe o cartão. E acrescentou com voz tranqüila e neutra: "Peça para falar diretamente comigo".

O homem guardou o cartão, levantou-se e começou a se afastar da mesa. Súbito, parou e deu meia-volta. "O senhor quer os óculos dela?", perguntou sem preâmbulo.

"Como?"

"Os óculos. A moça esqueceu aqui, na cadeira. Deve tê-los tirado depois de ler os papéis. Nós encontramos depois. Quer ficar com eles?"

O capitão se recompôs imediatamente: "Claro que quero".

O garçom se foi. Pouco depois voltou com um par de óculos de aro de metal. Exibiu-o com um prazer quase pueril, dizendo: "Veja só". E, segurando-o pelas hastes, retorceu como se o aro fosse de borracha. Os óculos se dobraram feito um *pretzel* e, assim que ele aliviou a pressão, retornaram à forma original instantaneamente. "Não é fantástico?", perguntou. Entregou a Della Corte e, afastando-se novamente, desapareceu atrás da porta da cozinha.

"Por que será que eles não quebram?", indagou o capitão, segurando a armação numa mão e dobrando-a com a outra, tal como havia feito o garçom.

"Titânio", disse Brunetti, posto que a pergunta fosse totalmente retórica.

"O quê?"

"Titânio. No mês passado, a minha mulher comprou óculos de leitura novos e me falou nesses. Com licença?", pediu. Della Corte lhe entregou os óculos, e Brunetti os aproximou dos olhos procurando o nome do fabricante na parte interna da haste, perto da articulação. "Olhe", disse, devolvendo-os e apontando para o pequeno logotipo.

"O que é isso? Eu não trouxe os meus óculos."

"O aro é japonês. Pelo menos, parece. Só os japoneses fazem isso."

"Os japoneses?", surpreendeu-se o capitão. "Eles fabricam óculos?"

"Fabricam os aros. E eu acho que estes custam quase um milhão de liras. Foi o que Paola disse. Se forem de titânio, e parece que são", Brunetti retorceu-os uma vez mais e então os soltou para que voltassem rapidamente à forma normal, "não custam menos que isso." Sorriu, olhando para os óculos como se tivessem se transformado em um milhão de liras e ele estivesse autorizado a embolsar o dinheiro.

"Qual é a graça?"

"Um aro de um milhão de liras, principalmente um aro importado do Japão: deve ser fácil rastreá-lo."

E o milhão de liras se estampou no sorriso do capitão.

21

Foi por sugestão de Brunetti que os dois levaram os óculos a uma óptica para examinar a receita das lentes e facilitar ainda mais a identificação. Como o aro era importado, além de caríssimo, seria fácil rastreá-lo. Mas isso significava desdenhar o fato de Della Corte, tendo recebido ordem de tratar a morte de Favero como suicídio, ser obrigado a procurar pessoalmente a óptica que vendera os óculos; e da mesma forma desprezar a possibilidade de eles terem sido comprados em outra cidade, não em Pádua.

Brunetti fez o que pôde; mandou um subordinado telefonar para todas as ópticas da região de Mestre-Veneza perguntando se vendiam aquele tipo de aro e, em caso afirmativo, se tinham aviado a receita em questão. A seguir, voltou a atenção para o triângulo Trevisan-Lotto-Martucci, concentrando-se nos sobreviventes, ambos beneficiados de algum modo com a morte do advogado. A viúva provavelmente tinha o que herdar, e Martucci poderia se tornar herdeiro da viúva. No entanto, o assassinato de Lotto não se ajustava a nenhuma das possibilidades concebidas por Brunetti envolvendo Martucci e a sra. Trevisan. Ele jamais questionaria o fato de maridos e esposas matarem uns aos outros e que, muitas vezes, isso chegava a acontecer, mas achava difícil acreditar que uma irmã matasse um irmão. Maridos e até filhos podiam ser substituídos, mas pais idosos não geravam prole. Antígona sacrificou a vida por essa verdade. Brunetti chegou à conclusão de que precisava conversar uma vez mais com a sra. Trevisan e o advogado Martucci, e achou interessante entrevistar os dois ao mesmo tempo para ver o que sucedia.

Não obstante, antes de tomar uma providência como essa, voltou a atenção para os papéis acumulados em sua mesa. Lá estava a prometida lista dos clientes de Trevisan, sete páginas em letras miúdas, os nomes em rigorosa lista alfabética perfeitamente neutra. Passou os olhos por ela; deixou escapar um assobio de admiração; pelo jeito, Trevisan fincara sua bandeira no território dos cidadãos mais ricos da cidade, e também entre os que se proclamavam aristocratas. Retornando à primeira página, começou a ler os nomes com mais cautela. Deu-se conta de que, para um não-veneziano, aquela atenção passaria por uma sóbria reflexão; mas qualquer um que tivesse crescido em meio aos incestuosos rumores e intrigas da cidade perceberia que ele não estava senão cavoucando fofoca, calúnia e difamação ao pensar em cada um dos nomes. Lá estava Baggio, o diretor do porto, homem acostumado ao poder e ao seu uso implacável. Lá estava Seno, o proprietário da maior fábrica de vidro de Murano, patrão de mais de trezentos operários, um sujeito cujos concorrentes pareciam compartilhar a desgraça de ser assolados por greves constantes e incêndios inexplicáveis. E lá estava Brandoni, o conde Brandoni, cuja imensa fortuna tinha origem tão obscura quando seu título nobiliárquico.

Sem dúvida, figuravam na lista algumas pessoas com reputação ilibada; mas o que chamava atenção era a promiscuidade dos nomes: o homem de bem misturado com o suspeito, o mais honrado de braços dados com o crápula. Foi para a letra F em busca do nome de seu sogro, mas não encontrou nenhum conde Orazio Falier. Deixou a lista de lado, sabendo que não lhe restava senão interrogar a todos, um por um, e censurando-se pela relutância em telefonar para o sogro e perguntar sobre Trevisan. Ou sobre seus clientes.

Debaixo da lista, havia um recado porcamente datilografado e muito longo do policial Gravini, explicando que a prostituta brasileira e seu rufião apareceram no Pinetta, na noite anterior, e que ele havia "procedido" a sua prisão. "Procedido?", murmurou Brunetti. Era nisso que dava admitir gente com diploma universitário na polícia. Quando telefonou para o andar inferior para saber do paradeiro dos presos, foi informado de que, por recomendação de Gravini, ambos tinham sido tirados da cadeia naquela manhã e estavam em salas separadas, à disposição do comissário para interrogatório.

Também havia um fax da polícia de Pádua, relatando que as balas extraídas do corpo de Lotto eram de uma pistola calibre 22, mas que eles ainda não haviam feito os testes para determinar se era a mesma arma que matara Trevisan. Brunetti tinha certeza de que os testes não fariam senão confirmar o que ele já sabia.

Por baixo, havia outras folhas de fax com o timbre da SIP e os registros telefônicos que Elettra solicitara a Giorgio. Ao pensar em Rondini e nas muitas listas que providenciara, Brunetti se lembrou da carta que tinha de escrever, coisa que ainda não fizera. A necessidade do rapaz de mostrar a tal carta à noiva o intrigava: por que ele queria se casar com ela? Mas fazia tempo que Brunetti renunciara à idéia de entender o casamento.

Mesmo consciente de não saber o que extrair de Mara ou de seu proxeneta, decidiu falar com eles. Desceu ao primeiro andar, onde ficavam as três salas com aparência de cela em que a polícia costumava interrogar suspeitos e entrevistar testemunhas.

À porta de uma delas estava Gravini, um belo rapaz que ingressara na polícia no ano anterior, depois de passar dois anos procurando quem se dispusesse a empregar um acadêmico de vinte e sete anos, com diploma de filosofia e sem nenhuma experiência de trabalho. Brunetti sempre se perguntava o que teria instigado Gravini a tomar aquela decisão, que preceito filosófico o levara a adotar a farda, a pistola e o quepe das forças da lei. Ou — saindo do nada, a idéia se esgueirava em sua mente —, quem sabe, o rapaz não encontrara no *vice-questore* Patta a manifestação viva do rei-filósofo de Platão.

"Bom dia, comissário", saudou Gravini, batendo continência e sem demonstrar a menor surpresa com o fato de o superior ter chegado rindo consigo. Segundo os boatos, os filósofos toleravam essas coisas.

"Qual dos dois está aí dentro?", perguntou Brunetti, apontando com o queixo para a porta atrás do policial.

"A mulher, comissário." E, em seguinda, Gravini lhe entregou uma pasta azul-marinho. "Esta é a ficha do homem. Não há nada nela."

Brunetti pegou a pasta e examinou as duas folhas grampeadas na capa interior. Apenas o habitual: agressão, tráfico de drogas, exploração do lenocínio. Franco Silvestri era apenas um entre milhares. Depois de ler tudo com atenção, devolveu a pasta ao subordinado. "Você teve algum problema para prendê-los?"

"Com a moça não, comissário. Foi como se ela já esperasse ser presa. Mas o homem tentou fugir. Ruffo e Vallot estavam comigo e o agarraram do lado de fora."

"Muito bem, Gravini. Quem teve a idéia de levá-los?"

"Bem, comissário", disse, tossindo, o rapaz. "Eu contei o que ia fazer, e os dois se ofereceram para me acompanhar. Estavam de folga, compreende?"

"Você se dá bem com eles, não?"

"Sim, senhor, é verdade."

"Ótimo, ótimo. Muito bem, vamos bater um papo com essa garota." Brunetti entrou na saleta escura. A pouca luz vinha de uma janela encardida e alta demais para que alguém chegasse a pensar em pulá-la e da lâmpada de sessenta watts numa arandela guarnecida de arame no centro do teto.

Mara estava sentada na beira de uma das três cadeiras. Essa era a única mobília, não havia mesa nem pia, apenas as cadeiras de encosto reto e muitas pontas de cigarro espalhadas no chão. Ela ergueu a vista ao ouvi-lo entrar, reconheceu-o e disse com voz relaxada: "Bom dia".

Parecia cansada como se não tivesse dormido bem na noite anterior, mas não se mostrava particularmente perturbada com a prisão. O mesmo casaco de pele de leopardo da ocasião anterior estava pendurado no espaldar de uma cadeira vazia, mas a blusa e a saia amarrotadas eram outras. Sua maquiagem se apagara ou então ela a tinha lavado; em todo caso, o rosto limpo a rejuvenescia pareceria pouco mais que uma adolescente.

"Você já passou por isto, imagino", disse Brunetti, sentando-se na terceira cadeira.

"Muitas vezes, já perdi a conta", sorriu ela. "Me dá um cigarro? Os meus acabaram, e o policial lá fora não quer abrir a porta."

Brunetti foi até a porta e bateu três vezes. Quando ela se abriu, pediu o maço de cigarros de Gravini e o levou a Mara.

Agradecendo, ela tirou do bolso da saia o isqueiro plástico e acendeu um. "A minha mãe morreu disso", murmurou. Erguendo o cigarro diante do rosto, agitou-o no ar, seguindo com os olhos o rastro de fumaça. "Pedi que colocassem no atestado de óbito, mas o médico não quis. Escreveu 'câncer', mas devia ter escrito 'Marlboro'. Ela me fez prometer nunca fumar, e eu prometi."

"E chegou a descobrir que você fumava?"

Mara negou. "Não, nem isso nem um monte de outras coisas."

"Por exemplo?"

"Por exemplo, que eu estava grávida quando ela morreu. Grávida de quatro meses, mas era a primeira vez e eu era muito menina, não dava para perceber."

"Talvez ela tivesse ficado contente", arriscou Brunetti. "Principalmente sabendo que estava para morrer."

"Eu tinha quinze anos."

"Oh", fez ele, desviando a vista. "Você teve outros?"

"Outros o quê?"

"Outros filhos. Você disse que foi o primeiro."

"Não, eu disse que foi a minha primeira gravidez. Tive

o bebê, mas depois abortei na segunda e então comecei a tomar mais cuidado."

"E a criança, onde está?"

"No Brasil, com a irmã da minha mãe."

"Menino ou menina?"

"Menina."

"Que idade?"

"Seis." Ela sorriu ao pensar na filha. Olhou para o chão, depois para Brunetti, fez menção de dizer alguma coisa, hesitou, então perguntou: "Quer ver o retrato dela?".

"Quero, sim." Ele aproximou a cadeira.

Mara jogou o cigarro no chão e, enfiando a mão na blusa, tirou um medalhão banhado a ouro do tamanho de uma moeda de cem liras. Apertou o fecho, abriu-o e o mostrou. Brunetti se inclinou para examinar a foto. De um lado, viu um bebê de cara redonda, todo enrolado num xale e, no outro, uma menina de tranças compridas e pretas, perfilada e formal, trajando o que parecia ser um uniforme escolar. "Ela está num colégio de freiras", explicou a brasileira, baixando desajeitadamente a cabeça para ver a fotografia. "Acho melhor assim."

"É, eu também acho", concordou ele. "Nossa filha estudou num colégio de freiras até o fim do ciclo fundamental."

"Que idade ela tem?" Mara fechou o medalhão e tornou a guardá-lo na blusa.

"Catorze anos." Brunetti suspirou. "É uma idade difícil", disse, e só então se lembrou do que a moça lhe contara momentos antes.

Por sorte, ela também parecia ter se esquecido e se limitou a dizer: "Sim, é difícil. Aposto que é uma boa garota".

Ele sorriu com orgulho: "É, sim, isso ela é. Muito boa".

"O senhor tem mais filhos?"

"Um jovem de dezessete anos."

Mara balançou a cabeça como se soubesse perfeitamente como eram os garotos daquela idade.

Após um prolongado intervalo, Brunetti abrangeu a sala com um gesto. "Por que isto?", perguntou.

A moça deu de ombros. "Por que não?"

"Se você tem uma filha no Brasil, está muito longe dela." Ele falou com um sorriso nos lábios, e ela não se ofendeu.

"Aqui eu ganho o suficiente para mandar dinheiro para minha tia, o suficiente para pagar o colégio, boa comida e uniforme novo quando ela precisa." Mara falou com a voz tensa de orgulho ou raiva, Brunetti não soube dizer.

"E você não podia ganhar dinheiro em São Paulo? Para não ter de ficar tão longe?"

"Eu parei de estudar aos nove anos para cuidar dos meus irmãos. Minha mãe ficou muito tempo doente, e eu era a única mulher na casa. Depois que minha filha nasceu, arranjei emprego num bar." Vendo o olhar dele, Mara acrescentou: "Não, não era o que o senhor está pensando. Eu só servia a bebida".

Como ela não se dispusesse a dizer mais nada, Brunetti perguntou: "Quanto tempo ficou nesse emprego?".

"Três anos. Dava para pagar o aluguel e sustentar Ana e minha tia, que cuidava dela. Mas não sobrava para mais nada." A moça calou-se novamente, mas ele notou que sua voz tinha entrado no ritmo da narrativa.

"E depois?"

"Depois veio o Eduardo, meu *latin lover*", respondeu ela com amargura, pisando numa das bitucas, reduzindo-a a fragmentos de papel e fumo.

"Eduardo?"

"Eduardo Alfieri. Pelo menos foi esse o nome que ele me falou. Me viu no bar uma noite e ficou esperando até fechar, aí me convidou para um café. Não um drinque, entende, um café, como se eu fosse uma moça respeitável."

"E o que aconteceu?"

"O que podia ter acontecido?", sorriu ela com tristeza. "Nós tomamos o tal café, e ele começou a aparecer toda noite no bar, sempre esperava até fechar e então me convidava para o tal café, sempre respeitoso, educado. A minha avó ia gostar dele, um moço tão fino. Era a primeira vez que um homem me tratava assim, como se eu não fosse uma coisa que só servia para trepar, por isso eu fiz o que qualquer garota faria, me apaixonei por ele."

"Sei, sei."

"E ele disse que queria casar comigo, mas, para isso, eu tinha de vir conhecer sua família aqui na Itália. Ficou de providenciar tudo, o visto e um emprego quando eu chegasse. Disse que não seria difícil aprender o italiano." Ela sorriu com melancolia. "Acho que essa foi a única mentira que o sacana não contou."

"O que aconteceu?"

"Eu vim para cá. Assinei toda a papelada, embarquei em um avião da Alitalia e, quando percebi, estava em Milão: Eduardo a minha espera no aeroporto." Ela fitou Brunetti nos olhos. "O senhor já deve estar cansado de ouvir histórias assim."

"Ouvi muitas parecidas. Problemas com a documentação?"

Mara sorriu quase com humor, lembrando-se de sua ingenuidade. "Exatamente. Problemas com a documentação. Burocracia. Mas Eduardo disse que ia me levar para o seu apartamento, tudo ia dar certo. Eu estava apaixonada, acreditei. Naquela noite, ele me pediu o passaporte para providenciar a papelada do casamento no dia seguinte." Mara pegou um cigarro, mas tornou a guardá-lo. "Não dá para eu tomar um café?"

Uma vez mais, Brunetti foi até a porta, bateu e mandou Gravini ir buscar café e sanduíches. Quando voltou, notou que ela estava fumando. "Eu o vi mais uma vez, só mais uma vez. Naquela noite, ele voltou dizendo que havia um problema grave com o visto e que não podia casar comigo enquanto aquilo não fosse resolvido. Não sei quando foi que eu parei de acreditar naquele cara e comecei a perceber o que estava acontecendo."

"Por que não deu parte na polícia?"

Mara não dissimulou o assombro. "Na polícia? Eduardo estava com o meu passaporte e mostrou o papel que eu tinha assinado — chegou até a reconhecer a minha firma, jurou que assim nós teríamos menos problemas na Itália. O papel dizia que ele me havia emprestado 50 milhões de liras."

"E daí?"

"Eduardo ficou de me arranjar emprego num bar, garantiu que eu só teria de trabalhar até pagar a dívida."

"E?"

"Ele me apresentou ao dono do bar, que me deu o emprego. Prometeu me pagar um milhão de liras, mas explicou que ia descontar uma parte para pagar o quarto em que eu ia morar, em cima do bar. Não podia ficar em nenhum outro lugar porque não tinha passaporte nem visto. Também descontava o dinheiro da comida e da roupa que me deu. Eduardo sumiu com a minha bagagem, e eu só tinha a roupa do corpo. Resultado: eu ia ganhar mais ou menos 50 mil liras por mês. Não sabia falar italiano, mas sabia contar; percebi que quando mandasse esse dinheiro a minha tia, não chegaria lá nem a trinta dólares. Não dava para uma velha e um bebê viverem com isso, nem mesmo no Brasil."

Ouviu-se uma batida, então a porta se abriu. Gravini entregou uma bandeja a Brunetti. Enquanto isso, Mara puxou a terceira cadeira para que ele tivesse onde colocá-la. Os dois adoçaram o café. Brunetti lhe ofereceu o prato de sanduíches, mas ela recusou.

"Só quando eu terminar", disse, e tomou o café. "Eu não era boba; sabia que não tinha escolha. Então fiquei trabalhando no bar. Foi difícil no começo, mas acabei me acostumando. Isso foi há dois anos."

"O que aconteceu de lá para cá? Como você foi parar em Mestre?"

"Eu fiquei doente. Pneumonia, parece. Detesto o frio que faz aqui", disse a brasileira, estremecendo inconscientemente ao pensar nos rigores do inverno. "Quando eu estava no hospital, o bar pegou fogo. Disseram que foi incêndio criminoso. Tomara que tenha sido mesmo. Mas, quando me deram alta, Franco", ela apontou com a cabeça para a esquerda, como se soubesse que Franco estava na cela vizinha, "apareceu, pagou a conta e me trouxe para cá. Desde então, trabalho para ele." Terminou de tomar o café e recolocou a xícara na bandeja.

Brunetti já ouvira uma infinidade de histórias semelhantes, no entanto, era a primeira vez que via uma narradora sem o menor vestígio de autocomiseração, sem o menor intuito de se fazer passar por uma vítima involuntária de forças avassaladoras.

"Ele", perguntou Brunetti, apontando para a mesma parede, muito embora Franco estivesse preso atrás da parede oposta, "tem alguma coisa a ver com o bar de Milão ou com esse em que você trabalha agora? Ou com Eduardo?"

Mara olhou para o chão. "Sei lá." Pensou um pouco. "Acho que Franco me comprou. Ou comprou o meu contrato." Ergueu a vista. "Por que o senhor quer saber?"

Brunetti não tinha por que mentir. "Foi durante outra investigação que nós descobrimos o número do telefone do bar em que você trabalha. Estamos tentando descobrir qual é a relação entre uma coisa e outra."

"Que investigação é essa?"

"Não posso contar. Mas não tem nada a ver com você nem com Eduardo nem com nada disso."

"Posso perguntar uma coisa?"

Sempre que Chiara lhe fazia essa pergunta, Brunetti lhe respondia que seria mais fácil fazer a pergunta diretamente, mas agora ele respondeu: "Claro que sim".

"Isso tem algo a ver com..." Mara hesitou, escolhendo as palavras. "Bom, com uma de nós que morreu?"

"Nós?"

"As putas", explicou ela.

"Não." A resposta foi instantânea, e a moça acreditou. "Por que a pergunta?"

"Por nada. Coisas que a gente ouve dizerem por aí." Ela pegou um sanduíche, mas com delicadeza, pela extremidade, e, distraída, sacudiu as migalhas que lhe caíram na blusa.

"Que coisas?"

"Nada."

"Mara", disse Brunetti, sem saber ao certo que tom usar. "Se você quiser me contar ou perguntar algo, palavra que fica só entre nós." Antes que ela respondesse, acrescentou: "A menos que se trate de um crime. Mas tudo que você me contar ou quiser saber fica entre nós".

"É extra-oficial?"

"Sim, extra-oficial."

"Qual é o seu nome?"

"Guido."

A brasileira sorriu ao ouvi-lo dar o prenome. "Guido, o encanador?"

Brunetti fez que sim.

Ela deu outra mordida no sanduíche e, ainda mastigando, disse: "A gente ouve coisas por aí", olhou para baixo e se livrou das novas migalhas. "Sabe, quando acontece algo, todo mundo acaba sabendo, mas é difícil ter certeza sobre lugares e pessoas."

"O que foi que você ouviu?"

"Que andam nos matando." Mara sacudiu bruscamente a cabeça. "Não, não é isso. Não é que estejam nos matando. Mas que nós estamos morrendo."

"Qual é a diferença?"

"Aquela menina, por exemplo. Não lembro o nome dela, a iugoslava. Ela se matou no verão, e depois Anja, a da Bulgária. Num terreno baldio. A iugoslava eu não conheci, mas Anja sim. Ela dava para qualquer um." Brunetti se lembrava desses crimes e também que a polícia não conseguira descobrir nem mesmo o nome das vítimas. "E também aquele caminhão que saiu da estrada." Mara se calou e o fitou. A combinação de substantivos dizia alguma coisa, mas Brunetti não conseguia recordar claramente.

Diante de seu silêncio, ela prosseguiu: "Uma das garotas contou que ouviu dizer — ela não lembrava onde — que as garotas vinham para cá. Não sei de onde".

"Para se prostituir?", ele perguntou. E se arrependeu imediatamente.

A brasileira retrocedeu e parou de falar. Seus olhos mudaram de expressão, como se um véu os tivesse encoberto. "Não lembro."

Pelo tom de voz, Brunetti entendeu que a tinha perdido, que sua pergunta rompera o débil fio que os havia unido por alguns momentos.

"Você contou isso..."

"Para a polícia?", completou com incredulidade. Jogou na bandeja o que restava do sanduíche. "O senhor vai me indiciar?"

"Não."

"Então eu posso ir embora?" A mulher com que ele conversara tinha desaparecido, em seu lugar estava a prostituta que o levara ao sórdido quartinho de Mestre.

"Pode. Pode ir embora quando quiser." Sem lhe dar tempo para se levantar, ele perguntou: "Mas não é perigoso você sair antes dele?", apontando uma vez mais para a parede atrás da qual Franco não estava.

"Esse aí?", riu com desprezo.

Brunetti foi até a porta e bateu três vezes. "A *signorina* vai sair", disse quando Gravini a abriu.

Mara pegou o casaco, passou por ele e saiu sem dizer uma palavra. Brunetti se voltou para o policial. "Obrigado pelo café", disse, tomando-lhe a pasta da mão.

"De nada, comissário."

"Se você tirar essa bandeja daqui, eu converso com o cara."

"Quer que eu traga mais cigarros, comissário? Ou café?"

"Não, não precisa. Só quando Franco devolver as minhas 50 mil liras", respondeu Brunetti. E tornou a entrar na sala.

Bastou-lhe um relance para saber tudo quanto precisava saber de Franco: era um sujeito durão, roía as unhas e não tinha medo da polícia. Mas pela ficha em sua mão e pelo que dissera Della Corte, também sabia que o homem era viciado em heroína e que estava detido havia mais de dez horas.

"Bom dia, *signor* Silvestri", disse alegremente, como se estivesse ali para discutir o resultado das partidas de futebol do fim de semana.

Franco descruzou os braços e o encarou, reconhecendo-o de imediato. "Oi, encanador", disse, cuspindo no chão.

"Por favor, *signor* Silvestri", pediu Brunetti com paciência, ao mesmo tempo que puxava uma das duas cadeiras vazias e se sentava. Tornou a abrir a pasta e examinou os papéis, virou a primeira folha, leu a segunda. "Agressão, exploração de lenocínio e já foi preso por tráfico de drogas em, vejamos...", voltou para a primeira folha à procura da data, "janeiro do ano passado. Agora, mais dois processos por aceitar dinheiro oferecido a uma prostituta vão lhe causar um bocado de dor de cabeça, mas eu desconfio que..."

"Olhe, ande logo com isso, certo, encanador?", cortou Franco. "Pode me indiciar, eu chamo o meu advogado e ele me tira daqui." Brunetti o examinou tranqüilamente e notou suas mãos crispadas junto ao corpo, a fina camada de suor em sua testa.

"Fazer isso vai ser um prazer, *signor* Silvestri, mas acho que agora a coisa é muito mais grave que as acusações no seu prontuário." Brunetti fechou a pasta e bateu com ela no joelho. "Aliás, é coisa fora da competência da polícia municipal."

"Como assim?" Foi evidente o esforço do homem para relaxar as mãos, abri-las e apoiá-las casualmente no colo, as palmas voltadas para baixo.

"O bar que o senhor freqüenta com os seus, digamos, colegas está sendo vigiado há algum tempo. Até o telefone foi grampeado."

"Quem fez isso?"

"O SISMI. Especificamente, o esquadrão antiterrorismo.

"Antiterrorismo?", repetiu Franco, apalermado.

"Isso mesmo. Parece que o bar foi usado pelo pessoal

envolvido com o atentado a bomba contra o museu de Florença", mentiu Brunetti. "Eu não devia contar nada disso, mas já que o senhor está enterrado nessa história até o pescoço, não vejo por que não falar."

"Em Florença?", Silvestri apenas repetia o que acabava de ouvir.

"É, e pelo pouco que sei, o telefone do bar foi usado para transmitir mensagens. Os rapazes o grampearam durante mais ou menos um mês. Tudo dentro da lei — com autorização da Justiça." Brunetti agitou a pasta no ar. "Ontem à noite, quando os meus homens o prenderam, eu tentei convencer o pessoal do SISMI de que o senhor não passava de um peixe miúdo, um dos nossos, mas eles não acreditaram."

"Isso quer dizer o quê?", indagou Franco já sem vestígio de ódio na voz.

"Significa que o senhor vai ser enquadrado na lei antiterrorismo." Brunetti fechou a pasta e se levantou. "É apenas um mal-entendido entre as duas polícias, compreende, *signor* Silvestri? Eles vão detê-lo por quarenta e oito horas."

"Mas e o meu advogado?"

"Pode telefonar para ele depois disso. São só quarenta e oito horas, e o senhor já passou..." Brunetti empurrou o punho da camisa para consultar o relógio, "... dez horas aqui. De modo que falta apenas um dia e meio para que tenha toda a liberdade de telefonar para o advogado, e, com toda certeza, ele o tira daqui em dois tempos." Abriu um sorriso cândido.

"O que você veio fazer aqui?", desconfiou Franco.

"Como foi um dos meus homens que o prendeu, eu senti... Bem, senti que fui eu que meti o senhor nisso, aí achei melhor dar uma explicação. Eu conheço bem os caras do SISMI", acrescentou Brunetti com desânimo, "e sei que é impossível chamá-los à razão. A lei diz que eles podem mantê-lo preso durante quarenta e oito horas sem notificar ninguém, e não há o que se possa fazer contra isso." Tornou a consultar o relógio. "Não há de ser nada, *signor*

Silvestri, tenho certeza. Se quiser umas revistas, é só avisar o policial lá fora, está bem?" E, assim dizendo, levantou-se e foi até a porta.

"Por favor", provavelmente era a primeira vez na vida que Franco dizia aquelas palavras a um policial. "Por favor, espere um pouco."

Brunetti deu meia-volta e inclinou a cabeça com muita curiosidade. "Já escolheu as revistas? A *Panorama*? A *Architectural Digest*? A *Famiglia Christiana*?"

"O que você quer afinal?", perguntou Franco com rispidez, mas sem ódio na voz. Grossas gotas de suor lhe brotaram na testa.

Brunetti entendeu que já não havia necessidade de manipulá-lo. O valentão estava vencido.

Com voz severa e uniforme, perguntou: "Quem telefona para você lá no bar? E para quem você telefona?".

Franco Silvestri passou as mãos no rosto e no cabelo denso, esticando-o até a nuca. Esfregou a boca, insistindo muito na comissura, como se quisesse tirar uma mancha. "É um sujeito que liga avisando quando vão chegar garotas novas."

Silêncio.

"Não sei quem ele é nem de onde telefona. Mas liga mais ou menos uma vez por mês e me diz onde é para ir buscá-las. Elas já são profissionais. É só mandá-las trabalhar."

"E o dinheiro?"

Franco ficou calado. Brunetti girou nos calcanhares e foi para a porta.

"Eu entrego tudo a uma mulher. Uma vez por mês. Quando ele telefona, diz onde a mulher vai estar, aí eu vou lá e passo a grana para ela."

"Quanto?"

"Tudo."

"Tudo o quê?"

"Tudo que sobra depois de pagar os quartos e as garotas."

"Quanto é?"

"Depende", o rufião foi evasivo.

"Não me faça perder tempo, Silvestri", ameaçou Brunetti.

"Há meses em que são 40 ou 50 milhões. Há meses em que é menos." O que, para Brunetti, significava que havia meses em que era mais.

"Quem é a mulher?"

"Eu não sei. Nunca a vi."

"Como assim?"

"O cara me diz onde o carro vai ficar estacionado. É uma Mercedes branca. Eu chego por trás, abro a porta traseira e ponho o dinheiro no banco. Aí a mulher vai embora."

"E você nunca a viu?"

"Ela está sempre com um lenço na cabeça e óculos escuros."

"É alta? Magra? Branca? Preta? Loira? Velha? Ora, Silvestri, ninguém precisa ver a cara de uma mulher para saber essas coisas."

"Baixa ela não é, mas eu não sei qual é a cor do seu cabelo. Nunca vi a cara dela, mas acho que não é velha."

"Qual é a chapa do carro?"

"Sei lá."

"Você nunca olhou?"

"Não. Sempre entrego o dinheiro à noite, e o carro fica com as luzes apagadas." Era evidente que Franco estava mentindo, mas Brunetti percebeu que já não tinha muito que contar.

"Onde vocês se encontram?"

"Na rua. Em Mestre. Uma vez, foi em Treviso. Sempre em lugares diferentes. Quando telefona, ele me diz aonde ir."

"E as garotas? Onde você vai buscá-las?"

"É a mesma coisa. O cara indica uma esquina, diz quantas são, e eu vou buscá-las de carro."

"Quem as traz?"

"Ninguém. Quando eu chego, elas já estão me esperando."

"Assim, feito gado?"

"Nenhuma delas é louca de querer bancar a esperta", disse Franco com uma súbita ferocidade na voz.

"De onde elas vêm?"

"De toda parte."

"Como assim?"

"De um monte de cidades. De outros países."

"Como chegam aqui?"

"Como assim?"

"Como elas acabam fazendo parte do seu... da sua carga?"

"Sei lá, são putas, como você quer que eu saiba? Porra, eu nem falo com elas." De repente, Franco enfiou as mãos nos bolsos e perguntou: "Quando você vai me deixar sair daqui?".

"Quantas garotas são?"

"Chega", gritou o proxeneta, levantando e avançando na direção do comissário. "Agora chega. Eu quero ir embora."

Brunetti não se moveu, e Franco recuou alguns passos. Brunetti bateu na porta, que se abriu prontamente. Saindo ao corredor, aguardou que Gravini tornasse a fechá-la e então disse: "Solte-o daqui a uma hora e meia".

"Sim, senhor." O jovem policial bateu continência, mas seu superior já havia dado as costas e se afastava.

22

O contato com Mara e seu rufião não deixou Brunetti com ótima disposição para tratar com a sra. Trevisan e o sócio de seu falecido esposo — para mencionar só uma das funções exercidas por Martucci —, mas isso não o impediu de dar o necessário telefonema para a viúva, asseverando que uma conversa tanto com ela como com o sr. Martucci era imprescindível ao progresso da investigação. A informação que ambos deram, separadamente, sobre onde estavam na noite em que Trevisan foi assassinado tinha sido conferida: a empregada da sra. Trevisan confirmou que a patroa não saiu de casa aquela noite, e um amigo de Martucci telefonou para ele às nove e meia e o encontrou em casa.

Os longos anos de experiência diziam-lhe que sempre era melhor deixar as próprias pessoas escolherem o lugar da entrevista; invariavelmente, optavam por aquele em que se sentiam mais à vontade e, assim, cometiam o ledo engano de acreditar que o controle do lugar equivalia ao controle do conteúdo. Como era de se prever, a sra. Trevisan optou por recebê-lo em casa; Brunetti se apresentou às cinco e meia em ponto. Ainda mal-humorado devido ao encontro com Franco Silvestri, vinha disposto a recusar qualquer coisa que lhe oferecessem: um coquetel seria demasiado cosmopolita; um chá, demasiado pernóstico.

Mas, quando a sra. Trevisan — naquele dia trajando um sóbrio *tailleur* azul-marinho — o levou a uma saleta decorada com pouquíssimas poltronas e excessivo bom gosto, Brunetti percebeu que atribuíra demasiada importância a si mesmo e que seria, isso sim, tratado como um intruso, não como um representante do Estado. A viúva lhe apertou a mão, e Martucci se levantou para ser conduzido à saleta, mas nenhum dos dois se dispôs a ultrapassar as mais elementares normas de civilidade. E Brunetti desconfiou que os modos solenes e a cara de enterro de ambos eram para demonstrar a dor e o luto que ele acabava de invadir, dor e luto comuns pela perda do marido querido e do grande amigo. Mas ele passara a encará-los com ceticismo depois da conversa com o juiz Beniamin e, no fundo, o cepticismo estendia-se à própria humanidade depois da breve conversa com Franco Silvestri.

Em todo caso, apressou-se a desembuchar um cerimonioso agradecimento por ter sido recebido. Martucci acenou levemente a cabeça; a viúva não deu sinal de tê-lo ouvido.

"*Signora* Trevisan, eu ficaria agradecido se a senhora me informasse sobre as finanças do seu marido." A mulher não disse nada, não pediu explicações. "Pode me dizer o que vai ser feito do escritório de advocacia?"

"Isso o senhor pode perguntar para mim", interpôs-se o siciliano.

"Eu lhe perguntei há dois dias. O senhor não me contou muita coisa."

"Agora nós estamos mais informados."

"Quer dizer que já leram o testamento?", perguntou Brunetti, secretamente satisfeito com a surpresa dos dois ante sua falta de elegância.

O advogado conservou a voz serena e cortês. "A *signora* Trevisan me pediu que atuasse como seu advogado no inventário do marido, se é isso que o senhor quer dizer."

"Imagino que essa resposta seja tão útil quanto qualquer outra", ele retrucou, interessado no fato de Martucci não se deixar irritar facilmente. Devia ser devido à prática do direito corporativo, refletiu, que exigia excessiva educação de todos. "O que vai acontecer com o escritório?"

"A *signora* Trevisan ficará com sessenta por cento."

Brunetti permaneceu tanto tempo calado que o outro foi obrigado a acrescentar: "E eu com quarenta".

"Posso saber quando o testamento foi feito?"

"Há dois anos", respondeu o homem sem titubear.

"E quando foi que o senhor entrou no escritório do *signor* Trevisan, *avvocato* Martucci?"

A viúva pousou os olhos claríssimos em Brunetti e falou pela primeira vez desde que entraram na saleta. "Comissário, antes que o senhor se entregue totalmente a sua curiosidade vulgar, posso saber qual é o objetivo dessas perguntas?"

"Caso elas tenham um objetivo, *signora*, há de ser obter informações que ajudem a encontrar a pessoa que assassinou o seu marido."

"Parece-me", disse ela, apoiando os cotovelos nos braços da poltrona e unindo as mãos diante do corpo, "que isso só teria sentido se houvesse uma conexão entre os termos do testamento do meu marido e a sua morte. Ou será que eu estou sendo muito simplória para o senhor?" Como não obtivesse uma resposta rápida, ela o agraciou com um leve sorriso. "É possível que as coisas sejam muito simplórias para o senhor, não é, comissário?"

"Com toda a certeza, *signora*", admitiu Brunetti, contente por ter conseguido provocar pelo menos um dos dois. "É por isso que eu gosto de fazer perguntas com respostas simples. Esta pode ser respondida com um número: quanto tempo o *signor* Martucci trabalhou para o seu marido?"

"Dois anos", disse o advogado.

Voltando toda a atenção para ele, Brunetti indagou: "Eu poderia saber quais são as outras disposições do testamento?".

Martucci fez menção de responder, mas a sra. Trevisan o silenciou com um gesto. "Essa eu mesma respondo, *avvocato.*" Voltou-se para Brunetti. "Como é comum e perfeitamente legal, o grosso do patrimônio de Carlo fica para mim, a viúva, e para seus filhos em partes iguais. Há um ou outro legado a parentes e amigos, mas a maior parte é nossa. Satisfiz a sua curiosidade?"

"Sim, *signora*, satisfez."

O advogado se moveu na cadeira, preparando-se para se levantar, e disse: "Caso o senhor já tenha terminado...".

"Eu tenho outras perguntas", atalhou Brunetti, voltando-se para a mulher, "para a senhora."

Ela fez um gesto afirmativo, sem se dar ao trabalho de responder, ao mesmo tempo que endereçava um olhar tranqüilizador a Martucci.

"A senhora tem carro?"

Fez-se um breve silêncio. "Não sei se entendi a pergunta, comissário."

Brunetti repetiu: "A senhora tem carro?".

"Tenho."

"Que carro?"

"Eu não vejo o menor sentido nisso", interveio o siciliano.

Sem lhe dar ouvidos, a sra. Trevisan respondeu: "Um BMW. Três anos. Verde".

"Obrigado", disse Brunetti, impassível, e então perguntou: "O seu irmão, *signora*, deixou família?".

"Não. Ele era separado da mulher e não tinha filhos."

Martucci tornou a interferir. "Tenho certeza de que isso consta no seu arquivo."

Sem lhe dar atenção, Brunetti perguntou, escolhendo as palavras com cuidado: "O seu irmão tinha alguma coisa a ver com prostitutas?".

O advogado se levantou de um salto, mas Brunetti não deu a mínima; estava com a atenção totalmente concentrada na viúva. Ao ouvir a pergunta, a mulher ergueu bruscamente a cabeça e, a seguir, como que às voltas com o eco daquelas palavras, desviou a vista, mas logo voltou a fitá-lo nos olhos. Decorreram dois prolongados segundos antes que a raiva se estampasse em seu rosto, então ela disse em voz alta, peremptória: "O meu irmão nunca precisou de mulheres da vida".

O siciliano aproveitou a cólera da viúva para despejar a sua em Brunetti. "Eu não admito que o senhor insulte a memória do irmão da *signora* Trevisan. A sua acusação é asquerosa e insolente. Não temos por que ouvir essas insinuações." Fez uma pausa para tomar fôlego, e Brunetti só faltou ouvir a mente do advogado entrar em ação. "Além disso, essa observação é difamatória, e a *signora* Trevisan é testemunha do que o senhor acaba de dizer." Olhou para ambos, à espera de uma reação, mas nenhum deu a menor atenção à explosão.

Brunetti não tirava os olhos da mulher, tampouco ela tentava evitar seu olhar. Martucci voltou a tomar a palavra, mas logo se interrompeu, confuso com o fascínio que um parecia ter pelo outro, sem perceber que o que os prendia não era o potencial difamatório da observação de Brunetti, e sim sua formulação exata.

O comissário aguardou até que os outros se dessem conta de que ele queria uma resposta, não uma manifestação de indignação. Viu-a pensar na pergunta e tentar enunciar a resposta. Teve a impressão de notar uma revelação passar de seus olhos aos seus lábios, mas, bem quando ela ia falar, o siciliano ingeriu-se uma vez mais: "Eu exijo um pedido de desculpas". Como Brunetti não se desse ao incômodo de responder, ele avançou dois passos, colocando-se entre os dois, impedindo-os de se verem. "Exijo um pedido de desculpas", repetiu encarando-o.

"Claro, claro", disse Brunetti com uma singular falta de interesse. "O senhor terá todos os pedidos de desculpas que quiser." Levantando-se, colocou-se ao seu lado, mas a sra. Trevisan desviara os olhos e não voltou a fitá-lo. Ficou claro que a interrupção de Martucci arrefecera nela o ímpeto de fazer confidências; Brunetti entendeu que era inútil se repetir.

"Quando a senhora estiver disposta a responder a minha pergunta", disse, "pode me procurar na *questura*." E, sem mais nenhuma palavra, desviou-se do advogado, saiu da saleta e foi embora.

A caminho de casa, pensou no quanto se aproximara daquele momento de contato que às vezes conseguia criar, entre si e uma testemunha ou um suspeito, aquele delicadíssimo ponto de equilíbrio em que uma frase ou palavra ao acaso instigava subitamente a pessoa a revelar aquilo que queria esconder. O que ela estivera a ponto de dizer? E que relação tinha Lotto com prostitutas? E a mulher da Mercedes branca? Acaso era a que jantou com Favero na noite em que o mataram? Brunetti se perguntou o que podia acontecer, num jantar, que deixasse uma mulher nervosa a ponto de esquecer os óculos de mais de um milhão de liras. E o que a deixara tão nervosa? Algo ocorrido durante o jantar ou algo que ela sabia que ia ocorrer depois? As perguntas rodopiavam em sua mente, Fúrias a gritar e escarnecer porque ele não tinha nenhuma resposta e, pior ainda, nem sabia quais perguntas eram as importantes.

Ao sair do apartamento dos Trevisan, Brunetti tomou automaticamente o rumo da ponte da Accademia e de casa. Ia tão absorto naqueles pensamentos que demorou um pouco até reparar que havia muita gente na rua. Consultou o relógio, intrigado com a multidão aglomerada naquela parte da cidade meia hora antes que as lojas fechassem. Olhando mais detidamente, viu que eram italianos: homens e mulheres bem vestidos demais para ser outra coisa.

Abandonou a idéia de se apressar e deixou-se levar pelo fluxo em direção ao *campo* San Stefano. Da ponte mais próxima, ouviu um som amplificado, mas não conseguiu distingui-lo claramente.

A multidão o arrastou pela estreita abertura da última *calle* e então, de repente, ele foi despejado na penumbra do *campo*. Bem a sua frente, erguia-se a estátua que, para ele, foi sempre a do "homem-merengue", tão branco e poroso era o mármore em que o esculpiram. Aqueles que observavam a pilha de livros que parecia sair de sob seu casaco, davam-lhe um apelido mais indelicado.

À direita de Brunetti, ao lado da igreja de San Stefano, haviam montado um palanque de madeira. De lá viam-se algumas cadeiras; nos cantos da frente, alto-falantes enormes. Dos três mastros do fundo pendiam bandeiras com as cores da Itália, o leão de San Marco e o recém-criado símbolo daquele que outrora atendia pelo nome de Partido Democrata Cristão.

Ele se aproximou da estátua e da cerca baixa que rodeava o pedestal. Havia umas cem pessoas diante do palanque; três homens e uma mulher se afastaram do grupo e subiram a escadinha improvisada. Uma música altíssima explodiu de repente. Brunetti achou que era o hino nacional, mas o volume e a estática não lhe permitiram ter certeza.

Um sujeito de jeans e blusão de aviador entregou um microfone de fio comprido a um dos homens lá em cima. Este o manteve junto ao corpo durante algum tempo, sorriu para a platéia, passou-o para a mão esquerda e usou a direita para cumprimentar as pessoas no palanque. Lá embaixo, o sujeito do blusão de aviador ergueu o braço num gesto de encerramento, mas a música não parou.

No palanque, o homem aproximou o microfone da boca e disse alguma coisa, mas a música tornava suas palavras incompreensíveis. Esticando os braços, ele tamborilou os dedos no microfone, mas o que se ouviu foi algo parecido com seis abafados tiros de pistola.

Um grupo se destacou da multidão e entrou num bar. Seis outras pessoas rumaram para a frente da igreja e desapareceram na *calle* della Mandorla. O homem do blusão de aviador subiu no palanque e mexeu no fio atrás de um dos alto-falantes. Este emudeceu, mas a estática e a música prosseguiram no outro. Apressado, ele atravessou o palanque e se ajoelhou atrás do segundo alto-falante.

Mais algumas pessoas desertaram. A mulher desceu e desapareceu na multidão, rapidamente seguida por dois dos três homens. Como o barulho não cessasse, o sujeito do blusão se levantou e foi conferenciar com o do microfone. Quando Brunetti tornou a olhar a sua volta, só um punhado de gente continuava diante do palanque.

Afastando-se da cerca baixa, ele tomou o caminho da

ponte da Accademia. Quando estava passando pelo pequeno quiosque do florista, no fim do *campo*, percebeu o súbito cessar da música e da estática, e uma voz de homem amplificada somente para exortar a raiva, "*Cittadini, italiani*", mas Brunetti não se deteve nem se incomodou em olhar para trás.

Estava com vontade de conversar com Paola. Como sempre, transgredira o regulamento e a mantinha informada quanto ao progresso da investigação; contava-lhe a impressão que tinha das pessoas que interrogava e das respostas que lhe davam. Desta vez, como não havia nenhum suspeito escandalosamente notório, ela se abstivera de apontar quem, em sua opinião, era o assassino, um hábito que Brunetti não conseguia eliminar. Certezas à parte, Paola era uma ouvinte perfeita, crivava-o de perguntas e o obrigava a esclarecer tudo tintim por tintim. Com muita freqüência, ele era forçado a explicar uma coisa que o intrigava, e, assim, acabava compreendendo melhor a situação. Desta vez, sua esposa não havia dito nem sugerido nada, não suspeitava de nenhuma das pessoas mencionadas. Limitava-se a ouvir com interesse, nada mais.

Quando Brunetti chegou, Paola ainda não estava em casa, mas Chiara o aguardava. "*Papà*", gritou do quarto ao ouvi-lo abrir a porta. Um segundo depois, apareceu com uma revista aberta na mão. Ele reconheceu as bordas amarelas da capa da *Airone*, assim como reconhecia na abundância de fotografias, no papel brilhante e na simplicidade da prosa, outras características da revista americana que a versão italiana imitava.

"O que foi, filhinha?", perguntou, curvando-se para lhe beijar a cabeça e, a seguir, tratando de pendurar o casaco no armário junto à porta.

"Tem um concurso, *papà*, e quem ganhar recebe uma assinatura grátis."

"Mas você já não é assinante?" Afinal esse tinha sido seu presente de Natal.

"Não é isso, *papà*."

"O que é então?", perguntou ele, dirigindo-se à cozinha. Acendeu a luz e foi diretamente para a geladeira.

"A questão é ganhar." A menina seguiu o pai, que se perguntava se a tal revista não era americana demais para a filha.

Achou uma garrafa de Orvieto, examinou o rótulo, tornou a guardá-la e pegou a de Soave que tinham começado a beber no jantar anterior. Encheu um copo e sorveu um gole. "Sei. Que concurso é esse?"

"A gente tem de escolher o nome do pingüim."

"De que pingüim?", perguntou Brunetti, desnorteado.

"Olhe aqui." A garota lhe mostrou uma fotografia na revista. Ele viu uma imagem parecidíssima com a massa amorfa que Paola às vezes tirava do aspirador de pó. "O que é isso?" Ele pegou a revista e a aproximou da luz.

"Um filhote de pingüim, *papà*. Nasceu no zoológico de Roma, no mês passado, e ainda não tem nome. E dão um prêmio a quem escolher o melhor nome para ele."

Brunetti abriu a revista e examinou a fotografia mais de perto. Conseguiu distinguir um bico e dois olhinhos redondos. Duas nadadeiras amareladas. Na página oposta, havia um pingüim adulto, mas era difícil encontrar semelhança entre os dois.

"Que nome?", perguntou enquanto folheava a revista e via hienas, cegonhas e elefantes.

"Mancha", sorriu Chiara.

"O quê?"

"Mancha."

"Isso é nome de pingüim?" Ele voltou as páginas até o artigo em questão e examinou uma vez mais as fotos das aves adultas. "Mancha?"

"Claro. Qualquer um é capaz de querer chamá-lo de Barbatana ou Garçom, mas ninguém vai ter a idéia de batizá-lo Mancha."

Brunetti admitiu que isso talvez fosse verdade. "É melhor você guardar esse nome", propôs, recolocando a garrafa na geladeira.

"Guardar para quê?"

"Para o caso de haver um concurso para escolher o nome de uma zebra."

"Oh, *papà*, às vezes você é tão bobo", zangou-se Chiara. E voltou para o quarto, sem saber o quanto aquela opinião lhe agradava.

Na sala, Brunetti pegou o livro que deixara virado ao ir para a cama na noite anterior. Enquanto esperava Paola, podia perfeitamente voltar a enfrentar a Guerra do Peloponeso.

Paola chegou uma hora depois, entrou no apartamento e foi para a sala de estar. Jogou o sobretudo no respaldo do sofá e se sentou ao seu lado, o cachecol ainda no pescoço. "Guido, você acha que eu sou louca?"

"Claro que acho", respondeu ele, virando a página.

"Não, palavra. Só posso ser! Para trabalhar com aqueles cretinos."

"Que cretinos?". Brunetti não tirou os olhos do livro.

"Os que dirigem a universidade."

"O que aconteceu?"

"Há três meses, eles me pediram que desse uma palestra em Pádua, para os docentes do departamento de inglês. Disseram que era sobre o romance britânico. Por que você acha que eu passei os últimos dois meses lendo tantos livros?"

"Porque gosta. É por isso que você lê tanto há vinte anos."

"Ah, pare com isso, Guido", disse ela, dando-lhe uma leve cotovelada nas costelas.

"Mas o que aconteceu, afinal?"

"Hoje eu fui pegar minha correspondência na secretaria, e me disseram que houve um engano, que, na verdade, eu vou falar sobre poesia americana, só que ninguém teve a idéia luminosa de me avisar. Mesmo porque está tudo escrito em inglês mesmo."

"E agora, sobre o que você vai falar?"

"Só vou saber amanhã. Vão pedir a Pádua que mude o meu tema para o romance britânico se o Magnífico aprovar." Os dois se divertiam com aquela sobrevivência da

Idade da Pedra acadêmica, o fato de o reitor da universidade ser conhecido como "Il Magnifico Rettore", a única coisa que Brunetti soubera, em vinte anos de convívio com a universidade, que conseguia fazer com que a vida acadêmica lhe parecesse interessante.

"O que é mais provável que ele faça?"

"Com certeza, vai tirar cara ou coroa."

"Desejo-lhe sorte." Brunetti fechou o livro. "Você não gosta dessas coisas americanas, gosta?"

"Pelo amor de Deus, não", explicou Paola, mergulhando o rosto nas mãos. "Puritanos, caubóis e mulheres histéricas. Prefiro dar aula de *silver fork novel*".

"Do quê?"

"De *silver fork novel*", repetiu ela. "Um gênero de livros de enredo simples escritos para ensinar os novos-ricos a se comportarem bem na companhia de gente fina."

"Para *yuppies*?" Ele estava sinceramente interessado.

Paola caiu na gargalhada. "Não, Guido, não era para *yuppies*. Esses livros foram escritos no século XVIII, quando a Inglaterra tirava muito dinheiro das colônias e as mulheres dos tecelões de Yorkshire ainda estavam aprendendo a usar os talheres." Calou-se um instante, pensando no que acabava de dizer. "Mas, pensando bem, *mutatis mutandis*, pode-se dizer a mesma coisa de Bret Easton Ellis, embora ele seja americano." Pousou o rosto no ombro dele e riu até não poder mais de sua própria piada, que Brunetti não entendera.

Terminando de rir, tirou o cachecol e o jogou na mesa. "E você?"

Ele colocou o livro nos joelhos e se voltou para encará-la. "Eu conversei com a prostituta e o cafetão, depois com a *signora* Trevisan e o advogado." Devagar, atento aos detalhes da história, contou-lhe tudo que tinha acontecido naquele dia, concluindo com a reação da viúva à pergunta sobre as prostitutas.

"O irmão dela tinha alguma coisa a ver com prostitutas?", questionou Paola para repetir a formulação do marido. "E será que ela entendeu o que você quis dizer?"

Brunetti fez que sim.

"Mas o advogado o interpretou mal?"

"Sim, mas duvido que tenha sido de propósito. Ele simplesmente não entendeu, a pergunta foi ambígua e não queria dizer, necessariamente, que o irmão transava com elas."

"Mas a viúva entendeu?"

Brunetti tornou a balançar a cabeça. "Ela é muito mais inteligente que ele."

"As mulheres sempre são", alfinetou Paola. "O que você acha que ele tinha com as prostitutas?"

"Não sei, mas a reação da viúva mostra que ela sabia o que era."

Paola ficou calada, dando-lhe tempo para pensar. Ele lhe tomou as mãos, beijou-as e as reteve entre as suas; ela continuou aguardando.

"É apenas o fio que os liga", disse Brunetti mais para si mesmo que para a esposa. "Os dois, Trevisan e Favero, tinham o número do telefone do bar de Mestre, e é lá que o cafetão administra um grupo de mulheres e sempre recebe as novas. A única coisa que eu sei de Lotto é que ele cuidava dos negócios de Trevisan."

Passou os dedos nas veias azuladas que eram visíveis no dorso de sua mão.

"Isso é pouco, não acha?", perguntou Paola.

Ele concordou com um gesto.

"Essa que conversou com você, Mara, o que ela perguntou a respeito das outras?"

"Queria saber de umas garotas que morreram no verão passado, parece que num caminhão. Não sei do que se trata."

Tal como uma velha carpa nadando lentamente na direção da luz do dia, um lembrança se agitou nos recessos da mente de Paola, algo que tinha a ver com um caminhão e com mulheres. Reclinando a cabeça no espaldar do sofá, fechou os olhos. E viu neve. E esse pequeno detalhe bastou para que a recordação subisse à tona.

"Guido, no começo do outono — acho que foi quando você estava em Roma por causa daquele congresso — um caminhão saiu da estrada, acho que perto da fronteira da Áustria. Não me lembro dos detalhes — acho que derrapou no gelo e despencou na ribanceira ou algo assim. Enfim, havia mulheres na carroceria, e todas morreram, umas oito ou dez. Foi estranho. Só foi notícia por um dia, depois desapareceu, não voltei a ler uma linha sobre o acidente." Ela sentiu o marido lhe apertar a mão com mais força. "Será que não era disso que Mara estava falando?"

"Eu me lembro vagamente desse acidente, de uma referência a ele num relatório da Interpol sobre mulheres trazidas para se prostituírem aqui", disse Brunetti. "O motorista morreu, não?"

Paola concordou. "Acho que sim."

A polícia de lá devia ter o inquérito; era só telefonar no dia seguinte. Ele tentou recordar os detalhes do relatório da Interpol, mas também podia ser de outra agência — só Deus sabia onde estava arquivado. Ia perder muito tempo com isso.

Paola lhe puxou delicadamente a mão. "Por que vocês as usam?"

"Como?" E não deu muita atenção.

"Por que vocês usam as prostitutas?" E, antes que ele a interpretasse mal, se apressou a explicar: "Quer dizer, vocês em geral, os homens".

Ele lhe agarrou as mãos unidas e as sacudiu no ar, um gesto vago, sem sentido. "Sexo sem culpa, imagino. Sem vínculos nem obrigações. Sem necessidade de ser educado."

"Não me parece muito excitante", disse Paola, e acrescentou: "Mas acredito que as mulheres sempre querem sentimentalizar o sexo".

"É, nisso você acredita."

Ela soltou as mãos das dele e se levantou. Fitou-o durante algum tempo e então foi para a cozinha preparar o jantar.

23

Brunetti passou a primeira parte da jornada de trabalho vasculhando os arquivos em busca do relatório da Interpol sobre prostituição e esperando que a telefonista completasse a ligação para a polícia de Tarvisio. Ela foi mais rápida no cumprimento de sua missão, e Brunetti passou quinze minutos ouvindo o capitão dos *carabinieri* descrever o acidente. Encerrou a conversa solicitando que lhe enviasse por fax todos os documentos importantes para o caso.

Tardou vinte minutos a localizar o relatório sobre o tráfico internacional de prostitutas e o leu em meia hora. Achou a experiência enriquecedora e custou a acreditar no que dizia a última linha: "Diversas instituições policiais e internacionais estimam em quinhentas mil as mulheres envolvidas nesse tráfico". O documento catalogava um fenômeno que ele, como a maioria dos policiais europeus, sabia que ocorria; o surpreendente eram sua enormidade e sua complexidade.

O padrão não diferia muito do que Mara dizia ter vivido: moças de países subdesenvolvidos seduzidas pela promessa de vida nova na Europa — às vezes, o motivo era amor ou paixão, mas em geral o que se prometia era uma colocação como empregada doméstica, eventualmente como artista. Diziam-lhes que, no Velho Continente, teriam oportunidade de uma existência decente, bom salário a ponto de poder mandar dinheiro aos parentes e, um dia, até levar a família a morar com elas naquele paraíso terreno.

Ao chegar, as várias descobertas que faziam eram exatamente como as de Mara: ficavam sabendo que o contrato de trabalho que haviam assinado antes de partir geralmente era o compromisso de pagar cerca de 50 mil dólares ao encarregado de transportá-las à Europa. E davam consigo num país estrangeiro, o passaporte em poder daquele que as levara para lá, convencidas de que sua mera presença transgredia a lei e de que estavam sujeitas a uma longa pena de prisão por causa da dívida assumida ao firmar o contrato. Mesmo assim, muitas opunham resistência e não se deixavam intimidar pela perspectiva da prisão. O estupro coletivo geralmente as sujeitava. Caso contrário, uma violência ainda maior acabava por persuadi-las. Algumas morriam. A notícia corria. Havia pouca resistência.

E, assim, os bordéis do mundo desenvolvido ficavam lotados de exóticas garotas de pele e cabelo escuros: tailandesas cuja delicada simplicidade agradava ao senso de superioridade masculino; mulatas dominicanas — e o mundo inteiro sabia como as negras gostavam de sexo —; e não faltavam brasileiras, as tórridas cariocas, nascidas para ser prostitutas.

O relatório prosseguia afirmando que, devido ao custo do transporte, uma nova oportunidade de mercado se abrira no Leste, onde milhares de loiras de olhos azuis estavam desempregadas ou viam suas economias serem devoradas pela inflação. Os setenta anos de privação física no comunismo as tornavam presas fáceis dos chamarizes do Ocidente, de modo que elas migravam de carro, caminhão, a pé e até mesmo de trenó, todas em busca do grande eldorado que era a vizinha ocidental. Quando chegavam, no entanto, descobriam que careciam de documentos, direitos e esperança.

Brunetti acreditou em tudo e ficou assombrado com o número final: meio milhão. Nas últimas páginas, leu os nomes das pessoas e instituições que haviam preparado o relatório; isso o convenceu de que a cifra merecia crédito, embora não deixasse de ser intolerável. Havia províncias na Itália que não tinham meio milhão de habitantes do sexo feminino. Aquela multidão de mulheres podia povoar cidades inteiras.

Terminada a leitura, depositou o relatório no centro da escrivaninha e, a seguir, afastou-o um pouco mais, como se temesse seu poder de contágio. Abriu a gaveta, pegou um lápis, um pedaço de papel e fez rapidamente uma lista de três nomes: um deles era o de um policial brasileiro que ele conhecera anos antes, durante um seminário em Paris; o outro, o do proprietário de uma empresa de importação e exportação com filial em Bangkok; e o terceiro, o de Pia, uma prostituta. Os três lhe deviam favores, e a melhor maneira de cobrá-los era pedir-lhes informações.

Passou as duas horas seguintes ao telefone, aumentando uma conta que, posteriormente, a digitação de algumas teclas no computador central da SIP faria com que se volatizasse. Ao terminar, sabia pouco mais do que lera no relatório, porém, de maneira mais plena e muito mais pessoal.

O delegado Vedia, no Rio, não compartilhou da preocupação de Brunetti e nem entendeu sua indignação. Afinal de contas, sete policiais do seu comando haviam sido presos naquela semana por formação de um esquadrão da morte financiado pelos comerciantes da cidade na matança de garotos de rua que obstruíam o acesso às lojas. "As mais sortudas são as que vão para a Europa, Guido", disse ele antes de desligar. Tampouco seu contato em Bangkok o compreendeu. "Comissário, mais da metade das prostitutas daqui estão com aids. As que conseguem sair da Tailândia têm muita sorte."

A informante mais valiosa foi Pia, que Brunetti encontrou em casa, às voltas com sua *golden retriever*, Carolina, prestes a dar cria pela primeira vez. Ela conhecia muito bem o *métier* e achou curioso a polícia se importar com isso. Deu uma boa gargalhada ao saber que o interesse do comissário fora despertado pela morte de três homens de negócios. E após recuperar o fôlego, explicou que as garotas vinham de toda parte; algumas trabalhavam na rua, porém muitas ficavam confinadas em casas, onde era mais fácil controlá-las. Sim, eram muito maltratadas, quando não pelos homens que as administravam, por alguns dos que as usavam. Queixar-se? A quem? Não tinham documento, estavam convencidas de que sua presença na Itália era um crime; algumas não sabiam falar italiano. Afinal a profissão que exerciam não exigia muita eloqüência.

Ainda que não manifestasse hostilidade pelas recém-chegadas, Pia não ocultava a preocupação com a concorrência. Pelo menos ela e suas amigas, nenhuma das quais tinha cáften, gozavam de certa estabilidade econômica — carro, apartamento, algumas possuíam até casa própria —, mas as estrangeiras não e, como se isso não bastasse, tampouco podiam se dar ao luxo de rejeitar um cliente, fossem quais fossem as exigências deles. Essas moças e as viciadas em drogas viviam numa situação terrível, tinham de aceitar tudo, podiam ser obrigadas a fazer qualquer coisa. Impotentes, sofriam todo tipo de brutalidade e, pior ainda, eram vetores de doenças.

Ele perguntou quantas havia na região do Vêneto, e Pia disse, rindo, que o número era de perder de vista. Mas, nesse momento, Carolina latiu tão alto que até Brunetti chegou a ouvir, e ela anunciou que ia desligar.

"Quem dirige o negócio, Pia?", perguntou esperando arrancar-lhe mais uma informação antes de se despedir.

"É um *big business*, *dottore*. A mesma coisa que perguntar quem dirige os bancos ou o mercado de ações. São os mesmos sujeitos de cabelo bem cortado e terno sob medida. Não faltam à igreja aos domingos, vão ao escritório diariamente e, quando ninguém está vendo, contam o dinheiro que ganham com as mulheres que trabalham na horizontal. Nós somos apenas uma mercadoria, *dottore*. Não demora muito, vamos estar na lista do mercado de futuros." Riu, sugeriu um nome obsceno para os tais futuros, Carolina uivou e Pia desligou.

Brunetti começou a fazer contas num pedaço de papel. Queria calcular o preço médio de um negócio a 50 mil liras, mas logo se deu conta de que não sabia quantos eram por dia. Decidiu que o número dez simplificaria a multiplicação. Mesmo tirando os fins de semana, luxo a que aquelas mulheres dificilmente tinham acesso, chegou a 2,5 milhões de liras semanais, 10 milhões por mês. Para arredondar, fixou uma renda anual de 100 milhões de liras e a dividiu por dois a fim de compensar os erros que eventualmente tivesse cometido no cálculo anterior. Depois disso, ao tentar multiplicar por meio milhão, já não encontrou nome para a importância e foi obrigado a simplesmente contar os zeros: uns quinze, concluiu. Pia tinha razão, tratava-se mesmo de um *big business.*

A intuição e a experiência diziam-lhe que era impossível obter mais informações de Mara ou de seu rufião. Ele telefonou a Vianello para saber se ele havia localizado a óptica que vendera os óculos encontrados no restaurante de Pádua. O sargento cobriu o fone com a mão, dando a impressão de que havia desaparecido, mas logo voltou a falar com voz tensa de raiva ou de algum sentimento ainda mais intenso. "Eu subo aí num instante, *dottore*", disse. E desligou.

Vianello entrou ainda corado de raiva, coisa que Brunetti notou logo de cara porque o conhecia bem. Fechou a porta mansamente e se aproximou da escrivaninha. "Riverre", referindo-se à negra nêmesis de sua vida, aliás, de toda a equipe da *questura.*

"O que foi que ele fez desta vez?"

"Descobriu a óptica ontem, anotou o endereço, mas largou-o na escrivaninha até agora, quando eu lhe perguntei." Se o sargento não estivesse tão mal-humorado, Brunetti teria gracejado, dizendo que pelo menos Riverre tinha se dado ao trabalho de anotar o endereço, mas ele próprio estava impaciente e mal-humorado. A experiência já ensinara a ambos que, no caso da incompetência de Riverre, todo e qualquer comentário era dispensável.

"Qual é?"

"A Carrato, na *calle* della Mandorla."

"Ele conseguiu o nome?"

Involuntariamente, Vianelo cerrou os punhos e mordeu o lábio superior. "Não, contentou-se em saber que os óculos tinham sido vendidos com aquela receita. Alegou que foi isso que o mandaram fazer, e que assim procedeu."

Brunetti abriu a lista telefônica e não tardou a achar o número. O óptico que atendeu disse que já estava esperando outro telefonema da polícia e lhe forneceu, imediatamente, o nome e o endereço da mulher que havia comprado os óculos. Deu a impressão de acreditar que a polícia só estava interessada em saber se os óculos haviam sido devolvidos à dona. Brunetti não fez a menor questão de contradizer essa idéia.

"Mas eu duvido que o senhor a encontre em casa", alertou o oculista. "Ela deve estar trabalhando."

"Onde trabalha?"

"É dona de uma agência de viagens perto da universidade, quase vizinha da loja de tapetes."

"Ah, sim, eu sei onde é", disse Brunetti, lembrando-se de uma vitrine coberta de pôsteres pela qual havia passado uma infinidade de vezes. "Muito obrigado. Vou providenciar para que os óculos sejam devolvidos."

Desligando, olhou para o sargento. "Regina Ceroni. O nome lhe diz alguma coisa?"

Vianello sacudiu a cabeça.

"Tem uma agência de viagens perto da universidade."

"Quer que eu vá para lá, comissário?"

"Não. Acho que eu mesmo vou devolver os óculos à senhora Ceroni antes do almoço."

Sob a garoa de uma tarde de novembro, Brunetti ficou olhando para a praia banhada de sol. Na rede estendida entre duas enormes palmeiras, balançava-se uma moça que, ao que tudo indicava, vestia apenas a parte de baixo do biquíni. Mais além, ondas mansas lambiam a areia da praia e o azul do mar se perdia no horizonte. Tudo isso podia ser dele, durante uma semana, pela módica soma de 1,8 milhão de liras, quarto de casal, passagem de avião incluída.

Ele abriu a porta da agência e entrou. Viu uma bela morena diante do computador. Erguendo a vista, ela lhe endereçou um sorriso alegre.

"*Buon giorno*", cumprimentou Brunetti, retribuindo o sorriso. "A *signora* Ceroni está?"

"Quem eu devo anunciar?"

"O *signor* Brunetti."

Com um gesto, a moça lhe pediu que aguardasse, digitou mais algumas teclas e se levantou. A impressora começou a funcionar a sua esquerda, expelindo pouco a pouco o que parecia ser uma passagem de avião.

"Vou avisá-la, *signor* Brunetti." A moça voltou-se para o fundo da agência, onde havia uma porta fechada. Bateu e entrou sem esperar. Pouco depois, tornou a sair e, deixando a porta aberta, fez sinal para que ele entrasse.

A sala interior era bem menor que a externa, mas o que lhe faltava em espaço sobejava em luxo. Ao que tudo indicava, a escrivaninha era de teca e chegava a brilhar de tão envernizada; a ausência de gavetas proclamava que ela não precisava da desculpa da utilidade para explicar sua presença. O tapete era de seda Isfahan dourada, parecido com o que forrava o piso do escritório do sogro de Brunetti.

A mulher à escrivaninha estava com o cabelo claro preso à nuca por um pente de marfim. A simplicidade do penteado contrastava tanto com o tecido quanto com o corte de seu *tailleur* de seda crua cinzenta, com enchimento nos ombros e mangas bem justas. Aparentava trinta e poucos anos, mas, devido à maquiagem perfeita e ao porte elegante, era difícil saber se estava mais perto dos vinte ou dos quarenta. Usava óculos de aro grosso. O canto inferior da lente esquerda tinha um cortezinho semicircular pouco maior que uma ervilha.

Ela o encarou, sorriu sem abrir a boca, tirou os óculos, colocou-os nos papéis a sua frente, mas não disse nada. Brunetti notou que a cor de seus olhos era tão exatamente igual à do *tailleur* que não podia ser mera coincidência. Fitando-a, não pôde deixar de pensar na descrição que Figaro dava da mulher pela qual o conde Almaviva estava apaixonado: cabelo claro, faces rosadas, olhos brilhantes.

"*Sì?*", perguntou a bela mulher.

"*Signora* Ceroni?"

"Eu mesma."

"Vim trazer os seus óculos", disse Brunetti, tirando-os do bolso, mas sem deixar de olhar para ela.

A expressão de prazer que se estampou imediatamente em seu rosto tornou-a ainda mais encantadora. "Oh, que ótimo! Onde o senhor os achou?" Ele notou um leve sotaque, eslavo talvez, certamente da Europa Oriental.

Ainda calado, entregou-lhe os óculos. A sra. Ceroni pegou o estojo de couro e o colocou na mesa sem examinar seu conteúdo.

"Não vai ver se são mesmo os seus?"

"Não preciso, eu conheço o estojo." A moça tornou a sorrir. "Mas como o senhor descobriu que eram meus?"

"Nós telefonamos para os ópticos da cidade."

"Nós?", estranhou. Mas, lembrando-se das boas maneiras, convidou-o: "Sente-se, por favor. Acho que estou sendo grosseira".

"Obrigado." Brunetti escolheu uma das três cadeiras em frente à mesa de teca.

"Desculpe, mas Roberta não me disse o seu nome."

"Brunetti. Guido Brunetti."

"Obrigada, *signor* Brunetti, pelo trabalho que teve. Podia ter me telefonado, eu iria buscá-los. Não precisava ter se dado ao trabalho de atravessar toda a cidade para devolvê-los."

"Toda a cidade?"

A pergunta a surpreendeu, mas só momentaneamente. Com um gesto de desdém, ela disse: "É modo de dizer. A agência fica um pouco longe do centro".

"Sim, claro."

"Não sei como lhe agradecer."

"Podia me contar onde os perdeu."

A moça tornou a sorrir. "Ora, se eu soubesse onde os larguei, não os teria perdido, certo?"

Encarou-o, mas Brunetti permaneceu em silêncio. Ela olhou para o estojo dos óculos e o puxou para junto de si. Tirou-os e, tal como ele próprio fizera no restaurante, dobrou uma haste, depois puxou ambas com força para os lados; os óculos cederam sem se quebrar.

"Incrível, não?", comentou sem erguer a vista.

Ele continuou calado.

Sem alterar o tom de voz despreocupado, a sra. Ceroni disse: "Eu achei melhor não me envolver".

"Conosco?", perguntou Brunetti, considerando que, se ela sabia que ele tinha atravessado a cidade para lá chegar, naturalmente sabia de onde vinha.

"É."

"Por quê?"

"Ele era casado."

"Dentro de poucos anos nós vamos entrar no século XXI, *signora.*"

Sinceramente confusa, a bela mulher ergueu os olhos: "O que o senhor quer dizer com isso?".

"Que ser ou não ser casado já não tem muita importância."

"Tinha para a mulher dele", disse ela com rispidez. Voltou a guardar os óculos no estojo.

"Achou melhor não se envolver mesmo depois que ele foi encontrado morto?"

"Principalmente depois disso. Não queria que suspeitassem que eu tive algo a ver com isso."

"E teve?"

"Comissário Brunetti", disse a moça, surpreendendo-o com o uso de seu título, "demorei cinco anos para me naturalizar italiana, e, mesmo assim, tenho certeza de que podem cancelar minha cidadania no instante em que eu chamar a atenção das autoridades. Por isso, prefiro não fazer nada que lhes chame a atenção."

"Está chamando a nossa atenção agora."

Ela comprimiu os lábios num involuntário esgar de aflição. "Pois esperava não chamar."

"Mas sabia que deixou os óculos lá?"

"Sabia que os perdi naquele dia, mas esperava que fosse em outro lugar."

"Estava tendo um caso com ele?"

A sra. Ceroni pensou um pouco antes de fazer um gesto afirmativo.

"Há quanto tempo?"

"Há três anos."

"Tinha a intenção de mudar a situação?"

"Não entendi a pergunta."

"Tinha esperança de se casar com ele?"

"Não. A situação me convinha perfeitamente."

"Que situação era essa?"

"A gente se encontrava de vez em quando, só isso."

"Para fazer o quê?"

Ela o fuzilou com o olhar. "Também não entendi essa pergunta."

"O que vocês faziam quando se encontravam?"

"Ora essa, o que é que os amantes costumam fazer, comissário?"

"Eles fazem amor."

"Muito bem, *dottore*. Exatamente, eles fazem amor, e era isso que nós fazíamos." Brunetti percebeu que ela estava irritada, mas teve a impressão de que sua irritação não se dirigia às suas perguntas nem era causada por elas.

"Onde?"

"Como?"

"Onde vocês faziam amor?"

A resposta saiu espremida entre lábios apertados. "Na cama."

"Onde?"

Silêncio.

"Onde ficava essa cama, *signora*? Aqui em Veneza ou em Pádua?"

"Nos dois lugares."

"Num apartamento ou num hotel?"

Antes que a sra. Ceroni respondesse, o telefone tocou discretamente na escrivaninha e ela atendeu. Ouviu durante algum tempo, então disse: "Eu telefono para você mais tarde", e desligou. A interrupção no ritmo das perguntas foi mínima, mas suficiente para que a mulher se recompusesse.

"Desculpe, comissário, pode repetir a última pergunta?"

Brunetti a repetiu, sabendo que a interrupção provocada pelo telefonema lhe dera tempo para pensar na resposta. Mas estava interessado em ouvi-la mesmo assim.

"Eu perguntei onde vocês faziam amor."

"Aqui no meu apartamento."

"E em Pádua?"

Ela se fingiu confusa. "Como?"

"Em Pádua, onde vocês se encontravam?"

A moça esboçou um sorriso. "Acho que não entendi bem a pergunta. Nós costumávamos nos encontrar aqui."

"Com que freqüência?"

A sra. Ceroni mostrou-se subitamente gentil, como era habitual quando as pessoas começavam a mentir. "Na verdade, já quase não restava nada da nossa relação, mas nós tínhamos afeto um pelo outro e continuávamos sendo bons amigos. E jantávamos juntos de vez em quando, aqui ou em Pádua."

"Lembra-se da última vez em se encontraram aqui em Veneza?"

Ela virou o rosto e ficou pensando na resposta que ia dar. "Não, não me lembro. Deve ter sido no verão passado."

"A senhora é casada?"

"Divorciada."

"Mora sozinha?"

Ela fez que sim.

"Como soube da morte do *signor* Favero?"

"Li no jornal no dia seguinte."

"E não entrou em contato conosco?"

"Não."

"Mesmo tendo estado com ele na véspera?"

"Justamente por isso. Como expliquei há pouco, não tenho motivos para confiar nas autoridades."

Nos seus piores momentos, Brunetti desconfiava que ninguém os tinha, mas achou melhor não revelar sua opinião.

"Qual é o seu país de origem, *signora*?"

"A Iugoslávia. Sou de Mostar."

"E há quanto tempo está na Itália?"

"Há nove anos."

"Por que se mudou para cá?"

"Na verdade, eu vim como turista, mas depois arranjei emprego e resolvi ficar."

"Em Veneza?"

"Sim."

"Que emprego era esse?", indagou ele, embora soubesse que tal informação devia estar no arquivo do Ufficio Stranieri.

"Primeiro trabalhei num bar, mas depois consegui colocação numa agência de viagens. Falo várias línguas, de modo que foi fácil arranjar emprego."

"E agora isto aqui?" Brunetti abarcou o pequeno escritório com um gesto. "É seu?"

"É."

"Há quanto tempo?"

"Há três anos. Eu passei mais de quatro economizando para pagar a entrada aos ex-proprietários. Mas agora é meu. Esse é outro motivo pelo qual não quero saber de encrencas."

"Mesmo não tendo nada que esconder?"

"Francamente, comissário, a minha experiência diz que as repartições do Estado não ligam muito para o fato de as pessoas terem ou não terem o que esconder. Muito pelo contrário, aliás. E como eu não conheço os detalhes da morte do *signor* Favero, concluí que não tinha nenhuma informação a dar à polícia, por isso não entrei em contato."

"Sobre o que vocês conversaram no jantar daquela noite?"

Ela desviou a vista e ficou algum tempo calada, recordando a ocasião. "Conversa de amigos. Sobre o trabalho dele. Sobre o meu. Sobre os filhos dele."

"Sobre a mulher dele?"

Uma vez mais, a sra. Ceroni comprimiu os lábios num inequívoco sinal de reprovação. "Não, nós não falamos na mulher dele. Nenhum dos dois achava que era de bom gosto."

"Sobre o que mais conversaram?"

"Não me lembro. Ele disse que queria comprar um carro novo, mas não sabia que modelo escolher. E eu não pude ajudá-lo nisso."

"Por quê? A senhora não dirige?"

"Não, não há necessidade, há?", sorriu a moça. "E não entendo de carros. Como a maioria das mulheres."

Brunetti se perguntou por que ela estava fazendo aquele apelo óbvio ao seu senso de superioridade masculino; era uma atitude deslocada numa mulher que estabelecera com tanta facilidade sua própria igualdade com os homens.

"O garçom do restaurante disse que ele lhe mostrou uns papéis durante o jantar."

"Ah, sim. Foi aí que eu pus os óculos. Não consigo ler sem eles."

"Que papéis eram?"

Ela demorou um pouco, vasculhando a memória ou tentando inventar a resposta. "Era o prospecto de uma empresa na qual Rino queria que eu investisse. Como a agência está dando lucro, ele achava que eu devia começar a aplicar o dinheiro que ganhava — 'Fazê-lo render' — eram essas as suas palavras. Mas eu não me interessei."

"Lembra-se de que empresa era?"

"Não, acho que não. Não dou muita atenção a essas coisas. Isso tem importância?"

"Nós encontramos muitas pastas de arquivo no porta-malas do carro dele", mentiu Brunetti, "e queremos saber se alguma delas tem uma importância especial."

Notou que ela fez menção de perguntar sobre esses documentos, mas desistiu.

"A senhora não se lembra de nada em particular naquela noite? Ele estava preocupado ou chateado com alguma coisa?" Ocorreu-lhe que qualquer um acharia esquisito ele ter demorado tanto tempo a chegar a essa pergunta.

"Estava mais calado que de costume, mas talvez fosse pelo excesso de trabalho. Disse mais de uma vez que andava muito ocupado."

"Não mencionou nada em particular?"

"Não."

"E aonde vocês foram depois do jantar?"

"Ele me deixou na estação ferroviária, e eu voltei para Veneza."

"Em que trem?"

A sra. Ceroni pensou um pouco antes de responder. "Eu devo ter embarcado lá pelas dez e meia."

"O trem em que Trevisan viajou", disse Brunetti, e percebeu que o nome não lhe era estranho.

"O homem que foi assassinado na semana passada?", perguntou ela após uma breve pausa.

"Exatamente. A senhora o conhecia?"

"Era cliente nosso. Nós é que providenciávamos suas viagens, as dele e as do pessoal que trabalhava para ele."

"Estranho, não?"

"O que é estranho?"

"Dois conhecidos seus morrerem na mesma semana."

A moça falou com voz fria e desinteressada. "Não, não acho tão estranho assim, comissário. O senhor decerto não está querendo dizer que há uma ligação entre as duas coisas, ou está?"

Em vez de responder, ele se levantou. "Obrigado pela atenção, *signora* Ceroni", disse, estendendo a mão para apertar a dela.

Ela se levantou e, com passos graciosos, contornou a escrivaninha. "Eu é que agradeço o trabalho que o senhor teve para me devolver os óculos."

"Não fiz mais que a minha obrigação."

"Mesmo assim, fico muito agradecida." Acompanhou-o até a porta e fez com que ele passasse na sua frente ao sair para o escritório externo. A morena continuava à escrivaninha, e uma longa folha de passagens pendia da impressora. Ceroni o acompanhou até a porta da rua. Brunetti a abriu, virou-se e tornou a lhe apertar a mão. A seguir, tomou o caminho de casa. A bela mulher ficou postada diante da praia até que ele desaparecesse na esquina.

24

Chegando à *questura*, Brunetti passou primeiro pelo escritório de Elettra a fim de ditar a carta para Giorgio — fez questão de tratá-lo pelo prenome como se fossem velhos amigos —, na qual pedia desculpas pelo que denominou "equívocos burocráticos" por parte da *questura*. Esperava que o texto sossegasse a noiva de Giorgio e sua família e, ao mesmo tempo, que fosse vago o suficiente para não comprometê-lo.

"Ele vai ficar contentíssimo", disse a secretária sem deixar de olhar para as anotações taquigrafadas na escrivaninha.

"E o boletim de ocorrência?"

Elettra fitou o comissário com os olhos mais límpidos do mundo. "Boletim?" Pegou uma folha impressa que estava ao lado do bloco de papel. "A carta há de lhe pagar isto aqui."

"Os números da agenda de Favero?"

"Exatamente", respondeu sem dissimular o orgulho.

Brunetti sorriu, contagiado pela satisfação da moça. "Você já deu uma olhada?"

"Muito por cima. Giorgio levantou nomes e endereços e acho que também conseguiu as datas e os horários dos telefonemas para todos esses números de qualquer aparelho de Veneza ou Pádua."

"Como esse cara faz isso?", indagou com reverência na voz, cheio de respeito pela capacidade do rapaz de extrair informações da SIP; era mais fácil entrar no arquivo do serviço secreto.

"Ele passou um ano estudando informática nos Estados Unidos e, quando estava lá, entrou num grupo de não sei o que chamado 'ackers'. Ainda tem contato com eles, vivem trocando informações sobre como fazer esse tipo de coisa."

"Giorgio faz isso no trabalho, usando as próprias linhas da SIP?", quis saber Brunetti, admirado e agradecido a ponto de esquecer o fato bem provável de essas atividades serem ilegais.

"Claro que sim."

"Deus o abençoe", disse ele com o fervor de uma pessoa cuja conta de telefone nunca correspondia ao uso dado ao aparelho.

"Esses 'ackers' estão espalhados pelo mundo", explicou Elettra, "e é impossível esconder muita coisa deles. Giorgio me contou que, para fazer isso, entrou em contato com gente na Hungria e em Cuba. E em mais um país. Há telefones no Laos?"

Já sem ouvi-la, Brunetti estava examinando as longas colunas de horários e datas, de lugares e nomes. Mas o nome de Patta ecoou em seu ouvido. "... Quer falar com o senhor."

"Depois" disse ele e, sem tirar os olhos dos papéis, foi para o seu escritório. Fechou a porta e se aproximou da janela. Lá ficou com pose de senador romano do tempo dos césares, as mãos estendidas, estudando vagarosamente um extenso relatório chegado das mais remotas cidades do império. Este não tratava da disposição das tropas nem do embarque de especiarias e azeite. Apenas abordava quando dois italianos relativamente obscuros telefonaram para Bangkok, Santo Domingo, Belgrado, Manila e para um punhado de outras cidades, mas nem por isso deixava de ser interessante. À margem das folhas, estava anotada a lápis a localização dos telefones públicos dos quais eles haviam feito algumas chamadas. Embora não faltassem ligações tanto do escritório de Trevisan quanto do de Favero, eram muito mais numerosas as que partiam de um aparelho da rua do escritório de Favero, em Pádua, e mais ainda as feitas de um telefone público instalado na pequena *calle* atrás do escritório de Trevisan.

No fim, constava o nome do assinante de cada telefone. Três deles, inclusive o de Belgrado, pertenciam a agências de viagem, ao passo que o número de Manila era de uma empresa chamada Euro-Employ. Diante desse nome, todos os fatos ocorridos desde a morte de Trevisan se transformaram em coloridos cacos de vidro no imenso caleidoscópio que só Brunetti enxergava. E foi esse mero nome o último giro do cilindro que pôs em movimento as diversas peças, obrigando-as a formar figuras. Ainda que incompleto, ainda que sem nitidez, lá estava ele. Brunetti compreendeu.

Pegou a agenda na gaveta da escrivaninha e a folheou em busca do número do telefone de Roberto Linchianko, um tenente-coronel da polícia militar filipina que, três anos antes, participara de um seminário em Lyon e com o qual ele fizera uma amizade que ainda perdurava, muito embora seus contatos agora fossem apenas telefônicos ou via fax.

O interfone tocou. Sem dar a mínima para isso, Brunetti pegou o telefone, digitou o número da linha externa e, a seguir, o da casa de Linchianko, posto que não soubesse que horas eram em Manila. Resultou que eram seis horas a mais, de modo que o filipino já estava se preparando para ir dormir. Sim, ele conhecia a Euro-Employ. Seu asco chegou via satélite, transpondo os oceanos. A Euro-Employ era apenas uma das muitas agências dedicadas ao tráfico de mulheres e não chegava a ser a pior delas. Toda a papelada que as vítimas assinavam antes de ir "trabalhar" na Europa era perfeitamente legal. O fato de ser assinada com o X de uma analfabeta ou por uma pessoa que não falava a mesma língua do contrato não comprometia sua legalidade, muito embora nenhuma das mulheres que conseguiam retornar às Filipinas pensasse ou tentasse processar a agência. Em todo caso, pelo que sabia Linchianko, pouquíssimas regressavam. Quanto ao número de mulheres enviadas, era estimado em qualquer coisa entre cinqüenta e cem por semana, só pela Euro-Employ. Ele deu o nome da agência que reservava as passagens, nome já conhecido por Brunetti, pois constava na lista. Antes de desligar prometeu enviar-lhe por fax o prontuário oficial tanto da Euro-Employ quanto da agência de viagens, assim como as fichas pessoais que ele guardava havia anos de todas as agências de emprego de Manila.

Brunetti não tinha contato em nenhuma das outras cidades citadas na lista da SIP, mas a informação passada por Linchianko era mais do que suficiente para que imaginasse o que ia encontrar nelas.

Uma das coisas que mais o intrigavam, em suas leituras sobre a história de Roma e da Grécia, era a tranqüilidade com que os antigos aceitavam a escravidão. Ele sabia que, na época, tanto as normas da guerra quanto a base econômica da sociedade eram diferentes, motivo pelo qual os escravos eram ao mesmo tempo disponíveis e necessários. O que tornava a idéia aceitável talvez fosse o fato de qualquer um poder ser escravizado caso seu país perdesse a guerra: um mero giro da roda da Fortuna podia fazer de uma pessoa escrava ou senhora. Mas ninguém se opunha à escravidão, nem Platão nem Sócrates, e, se acaso alguém a combateu, seus escritos não chegaram até nós.

E, ao que sabia Brunetti, hoje ninguém se opunha a ela tampouco, mas o silêncio atual provinha da convicção generalizada de que já não existia escravidão no planeta. Fazia décadas que ele conhecia o discurso político radical de Paola, quase ensurdecera de tanto ouvi-la bradar expressões como "escravos assalariados" e "grilhões econômicos", mas agora esses clichês começavam a ecoar em sua mente, pois a situação descrita por Linchianko não merecia outro nome senão escravidão.

A torrente de sua retórica interior foi suspensa pela insistência do interfone na escrivaninha.

"Pois não, senhor", disse ele ao atender.

"Eu quero falar com você", rosnou Patta, de péssimo humor.

"Já desço."

Elettra não estava à escrivaninha quando Brunetti chegou à ante-sala do *vice-questore*, de modo que não lhe restou senão entrar no gabinete sem saber o que o aguardava, muito embora as possibilidades não fossem tantas assim; afinal, quantas manifestações podia ter a contrariedade?

Percebeu logo que, naquele dia, não era ele o alvo da insatisfação de Patta: apenas o veículo que a comunicaria aos escalões inferiores. "É esse seu sargento", disse o *vice-questore* assim que o subordinado se sentou.

"Vianello?"

"Sim."

"Do que ele é acusado agora?" Brunetti então se deu conta do cepticismo implícito em suas palavras depois de tê-las proferido.

Patta também percebeu. "É acusado de ser prepotente com um dos policiais."

"Riverre?"

"Quer dizer que você sabia de tudo e não fez nada?", indignou-se o *vice-questore*.

"Não, eu não sabia de nada. Mas, se alguém aqui merece ser tratado com prepotência, só pode ser Riverre."

Patta ergueu as mãos num gesto óbvio de irritação. "Eu recebi queixa de um dos oficiais."

"Do tenente Scarpa?", indagou Brunetti, incapaz de disfarçar a antipatia que sentia pelo siciliano que chegara a Veneza com seu protetor, o *vice-questore*, e lhe servia tanto de espião quanto de auxiliar.

"Não importa quem apresentou a queixa. O que importa é o que aconteceu."

"Foi uma queixa oficial?"

"Isso é irrelevante", disse Pata com raiva. Tudo quanto ele não queria ouvir era irrelevante, fosse ou não fosse verdade. "Eu não quero encrenca com os sindicatos. Eles não vão tolerar uma coisa dessas."

Enojado com mais essa manifestação da covardia do *vice-questore*, Brunetti teve vontade de lhe perguntar se existia uma ameaça perante a qual ele não se curvava, porém, uma vez mais, achou melhor proteger-se contra a vingança dos loucos. "Eu vou falar com eles."

"Com *eles*?"

"Com o tenente Scarpa, com o sargento Vianello e com o policial Riverre."

Faltou pouco para que Patta se opusesse à sugestão de Brunetti, mas ao perceber que o problema, ainda que não solucionado, pelo menos já não estava em suas mãos, preferiu indagar: "E o caso Trevisan?".

"Estamos trabalhando nele, senhor."

"Algum progresso?"

"Pouca coisa." Pelo menos, nada que lhe conviesse discutir com o *vice-questore*.

"Muito bem, cuide desse problema com Vianello. E me informe do resultado." Patta voltou a atenção para os papéis diante dele, coisa que, no seu caso, equivalia a uma delicada dispensa.

Elettra ainda não tinha retornado, de modo que Brunetti desceu ao escritório de Vianello, onde o encontrou lendo o *Gazzettino* do dia.

"Scarpa?", perguntou Brunetti ao entrar.

O sargento amassou o jornal e o jogou na mesa com uma impublicável observação sobre a moralidade da mãe do tenente Scarpa.

"O que aconteceu?"

Vianello começou a alisar as páginas do *Gazzettino*. "Eu estava conversando com Riverre quando o tenente Scarpa chegou."

"Conversando?"

O sargento deu de ombros. "Riverre me ouviu e entendeu que devia ter dado o nome da mulher dos óculos ao senhor imediatamente. Era isso que eu estava dizendo quando o tenente chegou. Ele não gostou do meu modo de falar com Riverre."

"O que você disse?"

Vianello acabou de fechar o jornal, dobrou-o e o empurrou para o lado. "Eu o chamei de imbecil."

Brunetti, que conhecia bem Riverre, não viu nada de errado nisso.

"E o que ele disse?"

"Quem, Riverre?"

"Não, o tenente."

"Que eu não podia tratar os meus subordinados daquele jeito."

"Mais alguma coisa?"

Vianello não respondeu.

"Ele disse mais alguma coisa, sargento?"

Silêncio.

"Você disse alguma coisa a ele?"

O outro respondeu com voz defensiva. "Eu disse que a questão era entre mim e o meu subordinado: ele que não se metesse."

Brunetti achou perda de tempo comunicar ao sargento que cometera uma grande besteira.

"E Riverre?"

"Bom, já me procurou e disse que, pelo que ele se lembra da nossa conversa, eu estava lhe contando uma piada. De siciliano." O sargento esboçou um sorriso. "Riverre se lembra de que o tenente chegou bem na parte engraçada, sobre a burrice dos sicilianos, e o tenente não entendeu — a gente estava falando dialeto — e pensou que eu estivesse xingando Riverre."

"Bom, então não há problema nenhum", disse Brunetti, embora não estivesse nada satisfeito com o fato de Scarpa ter se queixado a Patta. Vianello já arranjara problemas mais que suficientes naquele trimestre, apenas por trabalhar sempre com Brunetti, de modo que não valia a pena provocar a hostilidade do tenente.

Mudando de assunto, aliviado por não ter de se confrontar com Scarpa, ele perguntou: "Você se lembra de um acidente de caminhão em Tarvisio no outono passado?".

"Lembro. Por quê?"

"Sabe quando foi?"

O sargento pensou um pouco antes de responder. "Em 26 de setembro. Dois dias antes do meu aniversário. Foi a primeira vez que nevou tão cedo lá."

Tratando-se de Vianello, Brunetti não achou necessário perguntar se ele tinha certeza da data. Deixando-o retomar a leitura do jornal, voltou ao seu escritório e às folhas impressas. Havia um telefonema do escritório de Trevisan para um número de Belgrado às nove horas da manhã do dia 26 de setembro, telefonema esse que durou três minutos. No dia seguinte, foi feita outra chamada para o mesmo número, esta, porém, do orelhão da *calle* atrás do escritório de Trevisan. Durou doze minutos.

O caminhão saiu da estrada; sua carga foi destruída. Decerto o comprador quis saber se era sua a mercadoria que tinha se espalhado na neve, e a melhor maneira de sabê-lo era telefonar para o fornecedor. Brunetti estremeceu ao pensar que aquela gente era capaz de encarar as pobres mulheres como mercadoria; sua morte súbita, como a perda de um carregamento.

Virou as páginas até a data da morte de Trevisan. Duas ligações tinham sido feitas no dia seguinte ao do assassinato, ambas para o número de Belgrado. Se os primeiros telefonemas foram dados para notificar a perda de uma carga, os dois últimos não teriam sido para avisar que, com a morte de Trevisan, o negócio passava para outras mãos?

25

Brunetti examinou os papéis acumulados na escrivaninha havia dois dias. Descobriu que a viúva de Lotto foi entrevistada e declarou que passara a noite da morte do ex-marido no hospital, à cabeceira da mãe agonizante. Duas enfermeiras confirmaram. Vianello a entrevistou e, com sua precisão habitual, não deixou de indagar onde ela estava na noite da morte de Trevisan e na de Favero. A primeira noite passara no hospital; a segunda, em casa. Mas, em ambas as ocasiões, sua irmã de Turim estava junto, de modo que a sra. Lotto deixou de ocupar um lugar na imaginação de Brunetti.

Súbito, ele se perguntou se Chiara continuava empenhada na tentativa maluca de tirar informações de Francesca e, ao pensar nisso, sentiu uma certa repugnância. Ele se dava ao luxo de ficar indignado com homens que usavam adolescentes como prostitutas, mas não sentira o menor estranhamento ao transformar a própria filha numa espiã. Pelo menos até aquele momento.

O telefone tocou. Era Paola chamando-o com voz estridente, desesperada. No fundo, ouvia-se barulho e gritaria.

"O que aconteceu, Paola?"

"Guido, venha já para cá. Venha. É Chiara", gritou para ser ouvida apesar do choro que vinha de algum canto do apartamento.

"Mas o que aconteceu? Ela está bem?"

"Eu não sei, Guido. Estava na sala de estar e, de repente, começou a gritar. Agora se trancou no quarto." Brunetti notou o pavor na voz da esposa: uma subcorrente que a arrastava e que começava a arrastá-lo também.

"Ela se machucou?"

"Não sei. Você não está ouvindo? Chiara está histérica, Guido. Por favor, venha para cá, mas venha já!"

"Eu estou indo." E desligou. Pegando o casaco, saiu do escritório correndo, já calculando o itinerário mais rápido para chegar em casa. Ao sair à rua, não viu nenhuma lancha da polícia atracada no *embarcadero* em frente à *questura*; virou à esquerda e seguiu em disparada, o casaco a tremular furiosamente atrás dele. Dobrou a esquina e seguiu pela *calle* estreita, tentando decidir se atravessava a ponte do Rialto ou tomava a gôndola pública. A sua frente, três garotos iam caminhando lado a lado. Ao se aproximar, ele gritou "*Attenti*", bem alto, como que para retirar do grito o menor sinal de cortesia. Os meninos abriram espaço e Brunetti passou velozmente. Quando chegou ao *campo* Santa Maria Formosa, estava ofegante e teve de reduzir a carreira a um desajeitado trote. Perto da Rialto, topou com uma multidão de pedestres e, em dado momento, teve que dar um tranco brusco na mochila de uma turista para abrir caminho. Chegou a ouvir o protesto da moça em alemão, mas continuou correndo.

Saindo da passagem inferior e entrando no *campo* San Bartolomeo, rumou para a esquerda, disposto a tomar a gôndola e evitar a ponte agora congestionada com o trânsito da tarde. Por sorte, avistou uma atracada na parada, duas velhotas de pé na parte de trás. Avançou atropeladamente pelo cais de madeira e embarcou. "Vamos", gritou para o *gondoliere* que estava no fundo, apoiado no remo. "Polícia! Leve-me para o outro lado."

Tranqüilamente, como se fizesse aquilo todo santo dia, o *gondoliere* da frente se apoiou no corrimão da escadinha que dava acesso à embarcação, e empurrou, fazendo com que a gôndola deslizasse e entrasse de ré no Gran Canale. O de trás deslocou o peso do corpo e forçou o remo; o barco girou e começou a atravessar o canal. Assustadas, as velhas se abraçaram e trataram de se sentar no banquinho que atravessava a traseira do barco.

"O senhor me leva me leva até o fim da *calle* Tiepolo?", pediu Brunetti ao homem da frente.

"Você é da polícia mesmo?"

"Sou", disse enquanto tirava as credenciais do bolso.

"Tudo bem." O *gondoliere* da frente se dirigiu às mulheres, dizendo em veneziano: "Vamos fazer um desvio, *signore*".

Amedrontadas com o que estava acontecendo, as duas não se atreveram a responder.

Viajando de pé, Brunetti estava cego para os barcos, para a luz, para tudo que não fosse a lenta travessia do canal. Por fim, após um intervalo que pareceu durar horas, os dois gondolieri atracaram no fim da *calle* Tiepolo e seguraram a embarcação com firmeza para que ele subisse à margem. Brunetti pôs dez mil liras na mão do homem da frente e saiu em disparada.

Tinha recuperado o fôlego durante a viagem, de modo que não tardou a chegar ao prédio e subir precipitadamente os três primeiros lances da escada. Avançou pelo quarto, quinto, resfolegando, com as pernas bambas. Ouviu a porta se abrir e avistou a esposa a segurá-la para que ele entrasse.

"Paola..."

Ela o interrompeu aos berros: "Você vai ficar contente quando vir o que a sua pequena investigadora descobriu. Vai ficar contente quando descobrir o mundo em que a meteu com suas perguntas e investigações". Estava vermelha e explodindo de raiva.

Brunetti entrou no apartamento e fechou a porta. Paola seguiu pelo corredor. Ele a chamou, mas, em vez de responder, ela entrou na cozinha e bateu a porta. Brunetti se aproximou do quarto de Chiara e parou. Silêncio lá dentro. Nenhum pranto, nenhum sinal da presença da menina. Nada. Voltou pelo corredor e bateu na porta da cozinha. Paola a abriu e lhe endereçou um olhar duro como pedra.

"Agora conte", pediu ele. "O que aconteceu?"

Ela rilhou os dentes e sugou o ar através deles. Os tendões de seu pescoço estavam contraídos e saltados. Brunetti aguardou.

Quando Paola finalmente falou, a voz lhe saiu quase inaudível de tão tensa. "Chiara chegou agora à tarde, dizendo que queria assistir a um vídeo. Eu estava ocupada no escritório e mandei-a vê-lo sozinha, mas com o volume baixo." Calou-se um momento e o encarou com firmeza. Ele não disse nada.

Ela tornou a respirar entre os dentes e prosseguiu. "Uns quinze minutos depois, Chiara começou a gritar. Quando saí do escritório, dei com ela no corredor, estava completamente histérica. Você a ouviu. Tentei segurá-la, conversar um pouco, mas ela não parava de gritar. Agora está no quarto.

"O que aconteceu afinal?"

"Ela trouxe um vídeo para casa e o viu."

"Que vídeo é esse?"

"Guido", disse Paola, ainda respirando com dificuldade, se bem que agora mais devagar. "Desculpe o que eu disse há pouco."

"Não tem importância. Onde ela arranjou esse vídeo?"

"Com Francesca."

"Trevisan?"

"Sim."

"Você o viu?"

Ela fez que sim.

"O que é?"

Desta vez, Paola sacudiu a cabeça com veemência. Num gesto desajeitado, apontou para a sala de estar.

"Chiara está bem?"

"Está. Deixou-me entrar no quarto há alguns minutos. Eu lhe dei uma aspirina e mandei-a se deitar. Ela quer falar com você. Mas assista ao vídeo primeiro."

Brunetti concordou com um gesto e foi para a sala de tevê. "Você fica com ela, Paola?"

"Fico." E foi para o quarto da filha.

Na sala, Brunetti encontrou o televisor e o videocassete ligados, a fita já parada no fim. Tendo apertado o botão para rebobiná-la, levantou-se e aguardou, ouvindo o chiado da fita no aparelho. Não pensou em nada, apenas se concentrou em apartar todas as possibilidades da mente.

Um clique fraco o despertou. Ele apertou o botão *play* e, afastando-se dos aparelhos, foi se sentar numa cadeira de espaldar reto. Não havia créditos, nem apresentação, nem som. O cinzento luminoso desapareceu, e a tela estampou uma sala com duas janelas altas, três cadeiras e uma mesa. A iluminação vinha das janelas e, ao que tudo indicava, de uma fonte de luz atrás de quem empunhava a câmera, pois a leve instabilidade da imagem deixava claro que alguém a estava segurando com as mãos.

O televisor emitiu um ruído, e a câmera girou até enquadrar uma porta; esta se abriu, e três rapazes entraram, rindo, gracejando e empurrando-se. Então, o último deles se virou, estendeu o braço no vão e arrastou uma mulher para dentro. Outros três homens se puseram atrás dela.

Os três primeiros eram meros adolescentes, os dois seguintes tinham mais ou menos a idade de Brunetti, o último, o que seguiu a mulher ao entrar na sala, devia ter trinta e poucos anos. Todos vestiam calça e camisa de leve aspecto militar e calçavam coturnos de solado grosso.

A mulher aparentava quarenta anos e vestia saia e suéter escuros. Não estava maquiada e trazia o cabelo solto e desgrenhado, como se antes o trouxera preso ou coberto com um turbante. Embora o filme fosse colorido, era impossível distinguir a cor de seus olhos, só se notava que eram escuros e cheios de pavor.

Brunetti ouviu os homens conversarem, mas não entendeu o que diziam. Os três mais jovens riram de alguma coisa que um dos mais velhos disse, mas a mulher se virou e o encarou como se não pudesse ou não quisesse acreditar no que acabava de ouvir. Com inconsciente timidez, cruzou os braços no peito e baixou a cabeça.

Todos passaram um bom tempo calados e imóveis; então uma voz gritou bem perto da câmera, mas nenhum dos que apareciam na tela falou. Brunetti tardou um instante a se dar conta que era o *cameraman* que gritara. Pelo tom de voz, devia ser uma ordem ou uma espécie de estímulo. Quando ele falou, a mulher ergueu a cabeça bruscamente e olhou na direção da câmera, mas não para a objetiva, um pouco mais à esquerda, para a pessoa que a segurava. A voz junto à câmera tornou a comandar, mais alto, e dessa vez os homens reagiram.

Dois adolescentes ladearam a mulher e lhe agarraram os braços. O de trinta e poucos anos se aproximou e lhe disse alguma coisa. Ela sacudiu a cabeça, e ele lhe deu um soco. Não a esbofeteou; desferiu um murro em seu rosto, perto da orelha. A seguir, com toda a calma, tirou uma faca da cintura e lhe cortou o suéter de cima a baixo. Ela começou a gritar, e ele tornou a esmurrá-la, depois lhe despiu o suéter, deixando-a nua da cintura para cima. Arrancou a manga do suéter e, quando ela abriu a boca para dizer alguma coisa ou gritar, enfiou-a em sua boca.

O mesmo homem se dirigiu aos rapazes que a seguravam, e os dois a colocaram em cima da mesa. Ele fez um gesto para os dois mais velhos. Estes se aproximaram rapidamente da mesa e agarraram os pés da mulher, imobilizando-lhe as pernas. O que tinha a faca tornou a usá-la, agora para cortar a saia da barra até a cintura. Tirou-a como se estivesse abrindo um livro nas páginas centrais.

O *cameraman* tornou a dar uma ordem, e o homem com a faca se deslocou até o outro lado da mesa; é que seu corpo estava encobrindo a imagem. Colocando a faca na borda da mesa, abriu o zíper da calça. Estava sem cinta. Subiu na mesa e se deitou sobre a mulher. Os dois que lhe seguravam as pernas tiveram de se afastar um pouco para que ele não os chutasse ao penetrá-la. Ficou alguns minutos em cima dela, depois desceu pelo outro lado da mesa. Um dos rapazinhos foi o seguinte. Depois chegou a vez dos outros dois.

O som ficou confuso, pois os homens se puseram a gritar uns com os outros, às gargalhadas, o *cameraman* a instigá-los. Ao mesmo tempo, qual um baixo contínuo, a mulher gemia e chorava, mas era quase impossível ouvi-la.

Os últimos a usá-la foram os dois sujeitos de meia-idade. Um deles titubeou junto à mesa e fez um movimento com a cabeça, mas isso lhe valeu um coro de risos de escárnio, de modo que ele também subiu na mesa e fez a sua parte. O último, o mais velho, estava tão excitado que chegou a empurrar o outro para montá-la.

Quando os seis terminaram, a câmera se moveu pela primeira vez, aproximando-se muito. Percorreu lentamente o corpo da vítima, detendo-se nas partes em que havia sangue. Parou em seu rosto. A mulher estava de olhos fechados, mas o *cameraman* a chamou baixinho, e ela os abriu a poucos centímetros da objetiva. Brunetti a ouviu suspirar e também ouviu o baque de sua cabeça no tampo da mesa quando ela tentou em vão se esconder da câmera.

Esta recuou, e o corpo da moça voltou a aparecer na tela. Retornando à posição inicial, o *cameraman* gritou uma vez mais, e o primeiro que a tinha usado pegou a faca. O *cameraman* falou com mais urgência, e o que empunhava a arma, com a naturalidade de quem acabava de receber ordem de preparar o frango para o jantar, talhou a garganta da mulher com a lâmina. O sangue jorrou, salpicando-lhe o braço e a mão, e os outros riram de sua cara de espanto. E continuaram rindo quando a câmera percorreu o corpo pela última vez. Não foi necessário enfocar nenhum detalhe: havia sangue em toda parte. A tela apagou-se lentamente.

A fita continuou rodando, mas só se ouvia um zumbido e também uma espécie de sussurro que, após um momento de confusão, Brunetti percebeu que ele próprio estava emitindo. Parou e tentou se levantar, mas foi impedido por suas mãos, que não conseguiam soltar as bordas da cadeira. Olhou para elas, fascinado, forçando os dedos a relaxar. Estes obedeceram pouco a pouco, e ele enfim se levantou.

Tinha identificado o idioma: servo-croata. Meses antes, lera no *Corriere della Sera* uma breve reportagem sobre esses vídeos gravados nas armadilhas mortais em que se transformaram as cidades da Bósnia, todos eles enviados ao exterior para serem reproduzidos e vendidos. Na época, Brunetti preferiu não dar crédito ao que estava lendo: apesar de tudo que vira nas últimas décadas, relutava em acreditar que seus semelhantes fossem capazes de tão extrema obscenidade. E agora, tal como o incrédulo são Tomé, acabava de enfiar o dedo na chaga aberta e já não podia duvidar.

Desligou o televisor e o videocassete. Foi para o quarto da filha. A porta estava aberta, de modo que entrou sem bater. Chiara estava reclinada nos travesseiros, abraçada à mãe e segurando junto ao corpo o surradíssimo beagle de pelúcia que ganhara ao completar seis anos.

"*Ciao, papà*", disse ao vê-lo entrar. Fitou-o sem sorrir.

"*Ciao, angelo*", respondeu ele, aproximando-se da cama. "Lamento que você tenha visto aquilo, filhinha." Sentiu-se tão idiota quanto suas palavras.

A menina o examinou, em busca de censura em suas palavras, mas não a encontrou, apenas um doloroso remorso que ela era jovem demais para reconhecer. "Aqueles homens a mataram, *papà*?", perguntou, destruindo-lhe subitamente a esperança de que ela tivesse fugido da sala antes que o vídeo chegasse ao fim.

Brunetti fez um gesto afirmativo. "Acho que sim, Chiara."

"Por quê?", quis saber ela, a voz eivada de confusão e horror.

O pensamento dele voou para longe do quarto em

busca de idéias nobres, à cata de palavras que dessem segurança à filha, que a convencessem de que, embora ela tivesse assistido a uma cena horripilante, o mundo era um lugar em que coisas como aquela eram raras, e a humanidade continuava sendo instintivamente boa.

"Por que, *papà*? Por que fizeram aquilo?"

"Não sei, minha filha."

"Mas eles a mataram mesmo?"

"Não fale mais nisso", interferiu Paola, estreitando-a mais e beijando-lhe a cabeça.

"Mataram, *papà*?"

"Sim, Chiara."

"Ela morreu de verdade?"

Paola o encarou, tentando silenciá-lo com o olhar, mas Brunetti respondeu: "Morreu, filhinha, de verdade".

Chiara colocou o velho cachorro de pelúcia no colo e ficou olhando para ele.

"Quem foi que lhe deu o vídeo?"

Ela puxou uma orelha do beagle, mas não com força, lembrando-se de que aquela já fora arrancada uma vez. "Foi Francesca", respondeu enfim. "Hoje de manhã, antes da aula."

"Ela disse alguma coisa?"

A menina colocou o cachorro de pé no colo. Então respondeu: "Disse que sabia que eu andava fazendo perguntas sobre ela por causa do que aconteceu ao seu pai. Pensou que eu estava fazendo isso para você, que é da polícia. E me mandou assistir ao vídeo se quisesse saber por que tinha gente querendo matar o pai dela". Inclinou o bichinho para um e outro lado, fazendo-o caminhar em sua direção.

"Disse mais alguma coisa?"

"Não, *papà*, só isso."

"Você sabe onde Francesca conseguiu a fita?"

"Não. Ela só disse isso, que o vídeo mostrava por que estavam querendo matar o pai dela. Mas o que o pai de Francesca tem a ver com isso?"

"Eu não sei."

Paola se levantou tão bruscamente que Chiara deixou o bicho de pelúcia cair no chão. Paola o pegou, segurou-o durante algum tempo, apertando mortalmente o velho boneco. Então, inclinou-se muito devagar e o devolveu à filha, afagou-lhe a cabeça e saiu do quarto.

"Onde eles estavam, *papà*?"

"Acho que eram sérvios, mas não tenho certeza. Só vamos saber quando alguém que conhece o idioma os ouvir."

"O que você vai fazer? Prendê-los?"

"Ainda não sei, meu bem. Não vai ser fácil encontrá-los."

"Mas eles deviam ser presos, não?"

"Deviam, sim."

"O que você acha que Francesca quis dizer sobre o pai dela?" Ocorreu-lhe uma possibilidade, e Chiara perguntou: "Será que era ele que estava segurando a câmera?".

"Não, tenho certeza de que não era ele."

"Então o que Francesca estava querendo dizer?"

"Não sei. É isso que eu tenho de descobrir." Brunetti a observou tentar amarrar as orelhas do cachorro. "Chiara."

"Sim, *papà*?" Ela o fitou, certa de que ia ouvir alguma coisa capaz de consertar tudo, de fazer com que nada daquilo tivesse acontecido.

"É melhor você não voltar a falar com Francesca."

"E não perguntar mais nada?"

"Não. Mais nada."

Esforçando-se para assimilar aquelas palavras, a menina perguntou com medo: "Você está zangado comigo?".

Brunetti se inclinou junto à cama. "Não, eu não estou zangado com você." Sem saber se conseguiria controlar a voz, calou-se um instante, depois disse, apontando para o cachorro: "Cuidado para não arrancar a orelha de Bark".

"Bark é engraçado, não é? Onde já se viu um cachorro quase careca?"

Ele passou o dedo no focinho do bicho. "A maioria dos cachorros não costuma ser mastigada, Chiara."

Ela sorriu e tirou as pernas de baixo das cobertas. “Acho melhor ir fazer a lição de casa”, disse, levantando-se.

“Ótimo. Eu vou conversar com a mamãe.”

“*Papà*!”

“Fale.”

“A mamãe não está zangada comigo, está?”

“Chiara”, disse Brunetti sem muita firmeza na voz, “você é a nossa maior alegria.” Antes que a garota dissesse alguma coisa, falou com voz mais empostada: “Agora vá fazer a lição”. Antes de sair do quarto, esperou que ela sorrisse.

Paola estava na cozinha, junto à pia, mexendo alguma coisa na centrífuga manual. “Ainda que o mundo desmorone, a gente precisa jantar, não acha?” Seu sorriso o aliviou. “Chiara está bem?”

Ele deu de ombros: “Foi fazer a lição de casa. Não sei como está. O que você acha? Você é que sabe”.

Paola interrompeu o trabalho e o encarou. O ruído do movimento da centrífuga dominou a cozinha. Quando este cessou, ela perguntou: “Você acha mesmo?”.

“Acho o quê?”

“Que quem sabe sou eu?”

“Você é a mãe dela”, explicou-se.

“Ora, Guido, não seja tão cego. Se você fosse uma moeda, Chiara seria a outra face.”

Sentindo-se estranhamente fatigado ao ouvir tal coisa, Brunetti puxou uma cadeira e se sentou à mesa. “Quem sabe? Ela ainda é nova. Talvez esqueça.”

Paola se sentou a sua frente. “Você vai esquecer?”

Ele sacudiu a cabeça. “Pode ser que me esqueça dos detalhes do filme. Mas nunca vou me esquecer de que o vi, nunca vou esquecer o que ele significa.”

“É justamente isso que eu não consigo entender. Quem há de querer ver uma coisa tão obscena?” Paola se calou um instante, depois acrescentou, surpresa com o próprio termo que escolheu. “Tanta maldade. Isso é que me horroriza; como se eu tivesse olhado pela janela e dado com a maldade humana me encarando.” Depois de uma pausa, perguntou: "Guido, como eles são capazes de fazer uma coisa dessas? Como podem fazê-la e continuar se considerando humanos?".

Brunetti nunca tinha resposta para aquelas que ele considerava as Grandes Perguntas. Preferiu fazer a sua: "E o *cameraman*? E as pessoas que pagam para assistir àquilo?".

"Pagam?", espantou-se Paola. "Pagam?"

Ele acenou com a cabeça. "Acho que sim. Esse vídeo foi gravado para ser vendido. Os americanos os chamam de '*snuff films*'. As pessoas são assassinadas mesmo. Já li a respeito. A Interpol fez um relatório meses atrás. Acharam alguns nos Estados Unidos, creio que em Los Angeles. Num estúdio de cinema; os filmes eram reproduzidos e vendidos."

"De onde vêm?", quis saber ela, o assombro substituído pelo horror.

"Você viu os caras, as fardas. Acho que a língua que falavam é servo-croata."

"Deus me livre!", sussurrou Paola. "E a mulher, coitada!" Tapou a boca. "Guido, Guido."

Brunetti se levantou. "Eu preciso falar com a mãe de Francesca", disse.

"Será que ela sabe?"

Ele não tinha a menor idéia; só sabia que estava muito cansado, tanto que era uma verdadeira agonia pensar em enfrentar a sra. Trevisan, seu mal disfarçado desprezo e sua pretensa ignorância. Suspeitava que, como havia entregado o vídeo a Chiara, Francesca era muito mais capaz do que a mãe de separar a realidade da ficção. Pensar que a garota conhecia o conteúdo da fita enchia-o de asco por ter de interrogá-la, mas bastou-lhe recordar os olhos da mulher martirizada, quando ela os abriu e deu com a objetiva fixada em seu rosto, para saber que ia infernizar a vida de Francesca e da mãe até descobrir o que as duas sabiam.

26

Ao abrir a porta e dar com Brunetti, a sra. Trevisan recuou como que reagindo à ferocidade que dele emanava e se irradiava no ar. Ele entrou no apartamento e bateu a porta com violência, sentindo certo prazer ao vê-la estremecer com o barulho.

"Agora chega, *signora*. Chega de evasivas e de mentir sobre o que a senhora sabia e não sabia."

"Não sei do que o senhor está falando", defendeu-se a mulher, erguendo a voz com uma indignação tão patentemente falsa que não chegou a dissimular o medo que a dominava. "Eu já conversei com o senhor e..."

"E mentiu e mentiu e não fez outra coisa senão mentir", atalhou Brunetti, dando vazão à raiva. "Pare de mentir, do contrário, eu levo a senhora e o seu amante à *questura* e mando a polícia financeira fuçar todas as transações bancárias que vocês fizeram nos últimos dez anos." Avançou um passo, e ela retrocedeu, erguendo a mão para se proteger de tanta cólera.

"Mas eu continuo sem saber...", insistiu ela, mas Brunetti a interrompeu com um gesto tão brusco que ele próprio se assustou.

"Nem pense em mentir para mim, *signora*. A minha filha assistiu ao vídeo, ao vídeo da Bósnia." Falou bem alto a fim de sustar o protesto que ela já se preparava para fazer. "A minha filha de catorze anos assistiu àquela porcaria." A mulher recuou pelo corredor, mas ele a seguiu implacavelmente. "A senhora vai me contar tudo que sabe sobre isso, sem nenhuma mentira, do contrário vai se arrepender até o último dia da sua vida."

A viúva pousou nele uns olhos tão apavorados quanto os da mulher do videoteipe, mas nem mesmo essa semelhança o abrandou.

Não foram as sinistras fauces do inferno que se abriram atrás dela, mas apenas uma porta, e sua filha pôs a cabeça para fora. "O que aconteceu, *mamma*?", indagou a menina. E olhou para Brunetti. Embora o tenha reconhecido instantaneamente, não disse nada.

"Volte para o quarto, Francesca", disse a mãe, surpreendendo-o com a frieza de sua voz. "O comissário veio fazer umas perguntas."

"Sobre o *papà* e o *zio* Ubaldo?", indagou a garota, sem disfarçar o interesse.

"Eu já disse que vou falar com ele, Francesca."

"Eu sei que vai", disse a garota, e fechou sem ruído a porta do quarto.

Com a mesma voz calma, a sra. Trevisan se dirigiu a ele. "Muito bem", e foi para a sala em que haviam conversado anteriormente.

Sentou-se, mas Brunetti permaneceu de pé enquanto ela falava, passando o peso do corpo de uma perna para outra ou avançando e recuando um ou dois passos. Emoções em excesso para ficar imóvel.

"O que o senhor quer saber?"

"Dos filmes."

"Foram feitos na Bósnia. Acho que em Sarajevo."

"Disso eu sei."

"O que o senhor quer saber então?", tentando simular ignorância, mas sem sucesso.

"Escute aqui", disse ele, parando um instante, "palavra de honra que eu a destruo se a senhora não me contar o que quero saber." Conservou o mesmo tom. "As fitas. Fale."

Recompondo a voz, a viúva conseguiu assumir os ares de uma anfitriã maltratada por um visitante casca-grossa em excesso. "São feitas lá, depois alguém manda para a França, onde são reproduzidas. Outras vão para os Estados Unidos, lá acontece a mesma coisa. São vendidas."

"Onde?"

"Em lojas. Ou pelo correio. Há listas."

"Quem tem essas listas?"

"Os distribuidores."

"E quem são eles?"

"Os nomes eu não sei. Os originais são enviados para caixas postais de Marselha e Los Angeles."

"E quem faz os originais?"

"Um sujeito de Sarajevo. Acho que trabalha para o exército sérvio, mas não tenho certeza."

"O seu marido sabia quem ele é?" Vendo que ela ia responder, Brunetti acrescentou: "Eu quero a verdade, *signora*".

"Sim, sabia."

"Quem teve a idéia de fazer esses filmes?"

"Não sei. Imagino que Carlo tenha assistido a um. Ele gostava dessas coisas. E, então, deve ter tido a idéia de distribuí-los. Já distribuía outras coisas pelo correio para lojas na Alemanha."

"Que outras coisas?"

"Revistas."

"Que revistas?"

"Pornográficas."

"*Signora*, revista pornográfica se vende em qualquer banca de jornal da cidade. Que tipo de pornografia?"

A viúva Trevisan falou tão baixo que ele teve de se inclinar para ouvi-la. "Infantil." E não disse mais nada, só essa palavra.

Brunetti continuou calado, aguardando que ela prosseguisse. "Carlo dizia que não havia nada de ilegal nisso." Ele demorou um pouco a perceber que ela estava falando a sério.

"Como sua filha conseguiu esses filmes?"

"Carlo guardava os originais aqui em casa, no escritório. Gostava de assistir aos vídeos novos antes de enviá-los." Foi com voz mais seca, eivada de censura, que ela disse: "Francesca deve ter entrado lá e pegado um deles. Isso não teria acontecido se Carlo ainda estivesse vivo".

Preferindo não interferir no luto da viúva, Brunetti perguntou: "Quantos videoteipes havia no escritório?".

"Eu não sei. Uns dez, talvez vinte."

"Todos do mesmo tipo?"

"Não sei. Não sei o que o senhor quer dizer com 'do mesmo tipo'."

"Vídeos de mulheres sendo estupradas e mortas."

A sra. Trevisan lhe endereçou um olhar de asco: que falta de delicadeza falar em coisas tão desagradáveis. "Acho que sim."

"Acha ou sabe?"

"Acho que sei."

"Quem mais estava envolvido nisso?"

A resposta dela foi imediata. "Eu não estava."

"Fora o seu marido e o seu irmão, quem mais estava envolvido?"

"Acho que o homem de Pádua."

"Favero?"

"É."

"Quem mais?"

"Com os vídeos? Que eu saiba, ninguém."

"E com o resto, com as prostitutas? Quem mais?"

"Acho que era uma mulher. Não sei quem é, mas sei que Carlo a ajudava a transferir garotas novas." Brunetti percebeu a naturalidade com que ela se referiu às prostitutas, "as garotas", uma naturalidade que denunciava pleno conhecimento da atividade do marido no tráfico de mulheres.

"De onde?"

"Não sei. Do mundo inteiro."

"Quem era essa mulher?"

"Eu não sei. Eles quase não falavam sobre ela."

"O que falavam?"

"Nada, nada."

"O que diziam dela?"

"Não me lembro. Uma vez, Ubaldo chegou a dizer não sei o quê, mas eu juro que não me lembro."

"O que foi que ele disse?"

"Ele a chamava de 'a eslava', mas não sei o que isso queria dizer."

Para Brunetti era claríssimo o que Ubaldo queria dizer. "Quer dizer que ela era eslava?"

A viúva baixou a voz e desviou a vista antes de responder. "Creio que sim."

"Quem é ela? Onde mora?"

Ele a viu sopesar a pergunta antes de responder, ela tentava prever os problemas que uma resposta sincera lhe valeria. Deu meia-volta e se afastou dois passos, a seguir, com a mesma subitaneidade, tornou a girar nos calcanhares e tornou a se colocar diante da viúva. "Onde ela está?"

"Acho que mora aqui."

"Em Veneza?"

"É."

"O que mais a senhora sabe?"

"Ela trabalha."

"Ora essa, a maioria das pessoas trabalha. Onde ela trabalha?"

"Faz, quer dizer, fazia a reserva dos vôos de Ubaldo e Carlo."

"A *signora* Ceroni?", perguntou Brunetti, surpreendendo a viúva.

"É, acho que sim."

"O que mais Ceroni fazia para eles?"

"Eu não sei", disse a viúva, porém, antes que ele se aproximasse mais, repetiu: "Não sei mesmo. Ouvi-os telefonarem para ela algumas vezes".

"Para fazer reserva de passagem?", ironizou.

"Não. Conversaram sobre outras coisas. Mulheres. Dinheiro."

"A senhora a conhece?"

"Não, nunca a vi."

"Ouviu-os mencionarem o nome dela quando estavam falando sobre os vídeos?"

"Eles nunca falavam sobre eles. Nunca. Diziam certas coisas, e eu sabia a que estavam se referindo."

Brunetti não se deu ao trabalho de contradizê-la, sabia que aquela passaria a ser a verdade em torno da qual ela trataria de construir seu futuro — suspeitar era muito diferente de saber, e quem não sabia não era nem podia ser responsável pelo que acontecia. Essa certeza era tão plena que ele chegou a se sentir mal e entendeu que já não suportava ficar no mesmo cômodo que aquela mulher. Sem a menor explicação, virou-se e saiu, batendo a porta. Tampouco suportou a idéia de conversar com a garota, de modo que abandonou apartamento, deixando-as ocupadas em começar a construir o futuro que lhes conviesse.

A escuridão e o frio da rua serviram para acalmá-lo. Ele consultou o relógio e viu que já passavam das nove horas. Sabia que devia estar com fome e com sede, mas a raiva lhe arruinara o apetite por completo.

Não conseguiu se lembrar do endereço residencial que a polícia obtivera da sra. Ceroni, só sabia que era em San Vio e que, ao lê-lo, tinha se perguntado a que distância ficaria da igreja de La Salute. Procurou-o na lista telefônica de um bar, foi ao Gran Canale e tomou o barco número 1 até a parada da Salute. Descobriu que o prédio não só estava perto como em frente à igreja, do outro lado de um pequeno canal que passava pela sua lateral. O nome estava na campainha. Ele a tocou e, um minuto depois, ouviu uma voz de mulher perguntar quem era. Deu o nome, e ela abriu a fechadura automática sem fazer perguntas.

Brunetti não prestou atenção no *hall* de entrada, na escada ou no modo como ela o recebeu à porta. Conduziu-o a uma ampla sala de estar com uma das paredes coberta de livros. A iluminação suave provinha de lâmpadas escondidas atrás das vigas que atravessavam o teto. Nada disso lhe chamou a atenção. Nem a gentileza da dona da casa nem a discreta elegância de sua indumentária.

"A senhora não me contou que conhecia Carlo Trevisan", disse ele quando se sentaram frente a frente.

"Como não? Eu disse que ele era meu cliente." Esforçando-se para se acalmar, Brunetti começou a reparar nela, vestido bege, cabelo cuidadosamente arrumado, fivelas de prata nos sapatos.

"*Signora*", disse com um gesto de desânimo, "eu não estou me referindo aos seus negócios com ele ou aos serviços que lhe prestava."

A moça ergueu um pouco a cabeça, a boca entreaberta, e passou algum tempo olhando para um lado da sala, como se Brunetti a estivesse obrigando a tomar uma decisão difícil. Passado um bom tempo, voltou a falar. "Na última vez em que nós conversamos, eu disse que não queria nenhum envolvimento com as autoridades."

"E eu disse que a senhora já está envolvida."

"Parece que sim", concordou ela sem o menor vestígio de humor.

"O que a senhora fazia para Trevisan?"

"Se o senhor sabe que eu trabalhava para ele, provavelmente não precisa me fazer essa pergunta."

"Responda, *signora* Ceroni."

"Eu ia buscar dinheiro para ele."

"Que dinheiro?"

"O que ele recebia de vários homens."

"O dinheiro das prostitutas?"

"Sim."

"A senhora sabe que é ilegal viver da exploração do lenocínio?"

"Claro que sei", irritou-se ela.

"Mas vivia disso?"

"Já disse o que eu fazia."

"O que mais fazia para ele?"

"Eu não tenho nenhum motivo para facilitar o seu trabalho, comissário."

"A senhora tinha alguma coisa a ver com os vídeos?"

Se ele a houvesse esbofeteado, sua reação não teria sido tão intensa. Regina Ceroni fez menção de se levantar, mas, lembrando-se de onde estava e de quem era ele, preferiu continuar sentada. Brunetti a encarou, preparando mentalmente a lista das coisas que precisavam ser feitas: localizar o médico daquela mulher e descobrir se alguma vez ele lhe havia receitado Roipnol; mostrar sua fotografia aos passageiros do trem em que Trevisan foi assassinado e ver se alguém a reconhecia; quebrar o sigilo telefônico da agência de viagens e de seu apartamento; mandar seu nome, fotografia e impressões digitais à Interpol; averiguar os recibos de cartão de crédito para saber se ela havia alugado um carro e, portanto, se sabia dirigir. Em suma, fazer tudo que ele devia ter feito no momento em que descobriu quem era a dona daqueles óculos.

"A senhora tinha alguma coisa a ver com os vídeos?", repetiu.

"O senhor sabe deles?" Mas logo se deu conta da redundância da pergunta. "Como ficou sabendo?"

"A minha filha viu um. A filha de Trevisan o entregou a ela, dizendo que aquilo explicava por que queriam matar seu pai."

"Que idade tem a sua filha?"

"Catorze."

"Lamento", disse Regina Ceroni, cravando os olhos nas próprias mãos. "Lamento muito mesmo."

"A senhora sabe o que há nos vídeos?"

"Sei."

Brunetti não procurou dissimular a repulsa na voz. "E ajudava Trevisan a vendê-los?"

"Comissário", disse ela, levantando-se, "sobre isso eu não falo. Se quiser me interrogar formalmente, pode fazê-lo na *questura*, na presença do meu advogado."

"A senhora os matou, não foi?", perguntou ele sem pensar.

"Eu não sei do que o senhor está falando. E agora, se não tiver mais perguntas, boa noite e passar bem."

“Era a senhora que estava no trem? A mulher do chapéu de pele?”

A bela iugoslava já estava a caminho da porta, mas ao ouvir tais palavras pisou em falso com o pé esquerdo. Recuperando rapidamente o equilíbrio e a compostura, seguiu adiante. Abriu a porta: “Boa noite, comissário”.

Na soleira, Brunetti se deteve a sua frente, mas ela se limitou a fitá-lo com frieza e indiferença. Ele se foi sem dizer uma palavra.

Ao sair do prédio, tratou de não se virar a fim de olhar para as janelas que deviam ser as do apartamento. Atravessando a ponte em frente, entrou na primeira *calle* à direita. Parou, desejando, não pela primeira vez, ter um telefone celular. Acionou a memória até que aparecesse a planta da cidade que todo veneziano levava na mente. Concluiu que tinha de ir à segunda *calle*, virar à esquerda e entrar na *calle* estreita que passava atrás do prédio de Ceroni. Assim chegaria lá: ao fim da *calle* em que ela morava, de onde teria uma visão clara da porta da rua.

Ao chegar, encostou-se numa parede e por lá ficou as duas horas seguintes. Por fim a bela mulher saiu do edifício. Antes, porém, tomou o cuidado de olhar para os lados; foi inútil, pois Brunetti estava protegido pela escuridão. Ela virou à direita, e ele a seguiu de longe, contente por estar calçando os sapatos marrons de sola e salto de borracha que abafavam o ruído dos passos. Quanto à sra. Ceroni, o toque-toque dos saltos altos deixava um rastro fácil de seguir como se estivesse permanentemente à vista.

Brunetti não tardou mais que alguns minutos para perceber que ela se dirigia à estação ferroviária ou à piazzale Roma, em direção às *calli* secundárias, afastando-se dos *vaporetti* do Gran Canale. No *campo* Santa Margherita, dobrou à esquerda, rumo à *piazzale* Roma e aos ônibus que iam para o continente.

Ele procurou manter a máxima distância possível, sem perder o ruído dos saltos. Já passavam das dez horas, de modo que havia pouca gente na rua e quase nenhum barulho que encobrisse o toque-toque regular e decidido de seus passos.

Ao chegar à *piazzale*, Ceroni o surpreendeu: afastando-se das muitas paradas de ônibus, atravessou o amplo espaço. No outro lado, subiu a escada da garagem municipal e, passando pela porta enorme, desapareceu lá dentro. Brunetti atravessou a *piazzale* correndo, mas parou à entrada da garagem, tentando enxergar na penumbra interior.

Havia um guichê de vidro à direita da porta. O homem lá instalado ergueu a vista quando ele se acercou. "Uma mulher de casaco cinzento entrou aqui?"

"Quem você pensa que é, a polícia?", disparou o sujeito e, em seguida, voltou a ler a revista a sua frente.

Sem dizer palavra, Brunetti tirou a carteira do bolso e pegou as credenciais. Jogou-as na página aberta. "Uma mulher de casaco cinzento entrou aqui?"

"A *signora* Ceroni", informou o porteiro, devolvendo-lhe obsequiosamente o documento.

"E o carro onde está?"

"No quarto piso. Ela vai passar por aqui em um minuto."

O barulho de um motor na rampa circular de acesso aos pisos superiores confirmou suas palavras. Brunetti se afastou do guichê e se dirigiu à porta que dava para a rua e para a estrada do continente. Postou-se no centro da soleira, as mãos junto ao corpo.

O carro, uma Mercedes branca, desceu a rampa e foi para lá. Os faróis lhe atingiram o rosto em cheio, cegando-o momentaneamente, obrigando-o a semicerrar as pálpebras.

"Ei, o que você está fazendo?", gritou o porteiro, levantando-se e saindo do guichê. Deu um passo em sua direção, mas, nesse momento, a buzina do carro tocou, ensurdecedora naquele espaço fechado, e ele saltou para trás, chocando-se com a ombreira. Viu o carro percorrer os dez metros que o separavam do homem parado no vão. Tornou a gritar, mas o policial não se mexeu. Pensou em correr e tirá-lo do caminho com um empurrão, mas lhe faltou coragem.

A buzina tocou outra vez, e o porteiro fechou os olhos. O chiado agudo do freio o obrigou a abri-los, e ele viu o automóvel derrapar bruscamente no piso sujo de óleo ao desviar do policial, que continuava plantado no mesmo lugar. A Mercedes colidiu de lado com um Peugeot estacionado na vaga 17 e tornou a rumar para a saída, parando a menos de um metro de Brunetti. O homem o viu aproximar-se da porta do passageiro e abri-la. Viu-o dizer alguma coisa, aguardar um pouco e entrar no carro. Este saiu velozmente da garagem, virou à esquerda e foi para a rodovia. Sem saber o que fazer, o porteiro achou melhor chamar a polícia.

27

Quando eles entraram na auto-estrada rumo às luzes de Marghera, Brunetti examinou o bonito perfil de Regina Ceroni, mas ela não se importou com isso, continuou olhando para a frente, de modo que ele desviou a vista para a direita, onde ficavam o farol de Murano e, mais além, as luzes de Burano. "O ar está bem limpo hoje", comentou. "Acho até que estou vendo Torcello lá embaixo."

A mulher pisou no acelerador e, em breve, estava avançando em velocidade maior que a de todos os outros veículos na estrada. "Se eu girar o volante para a direita, nós saímos da pista e caímos na água", disse.

"Tem razão", concordou Brunetti.

Ela tirou o pé do acelerador, a Mercedes diminuiu a velocidade. Um carro os ultrapassou pela esquerda. "Quando o senhor esteve na agência, tive certeza de que voltaria, era só questão de tempo. Devia ter partido imediatamente."

"Para onde teria ido?"

"Para a Suíça e, de lá, para o Brasil."

"Por causa dos seus contatos comerciais no Brasil?"

"Eu não poderia usá-los, poderia?"

Brunetti refletiu um pouco antes de responder. "Não, dadas as circunstâncias, acho que não. Por que o Brasil, então?"

"Eu tenho dinheiro lá."

"E na Suíça?"

"Também, claro. Todo mundo tem dinheiro na Suíça."

Embora não tivesse um centavo no exterior, Brunetti compreendeu o que ela queria dizer. "Claro. Mas a senhora não podia ficar lá?"

"Não. O Brasil é melhor."

"Deve ser. Mas agora não pode mais ir."

Regina Ceroni não disse nada.

"Quer falar sobre isso? Sei que nós não estamos na *questura* e que a senhora não conta com a presença do seu advogado, mas queria entender por quê."

"Como policial ou como pessoa?"

Ele suspirou. "Acho que já não faz diferença."

A bela mulher olhou para ele, não devido às palavras, mas ao suspiro. "O que vai acontecer?"

"Com a senhora?"

"Sim."

"Depende do...", ia dizer que dependia do motivo que a movera. Mas se lembrou de que eles eram três, de modo que não seria assim. O motivo quase não teria importância para a Justiça, não com três homens assassinados, todos aparentemente a sangue frio. "Não sei. Coisa boa não há de ser."

"Eu não ligo", disse ela, surpreendendo-o com uma voz serena.

"Por quê?"

"Porque eles mereciam, todos eles."

Brunetti esteve a ponto de dizer que ninguém merecia morrer, mas se lembrou do vídeo e preferiu calar.

"Conte", pediu.

"O senhor sabe que eu trabalhava para eles?"

"Sei."

"Não, não se trata do trabalho que vinha fazendo ultimamente. Eu me refiro a anos atrás, logo que cheguei à Itália."

"Para Trevisan e Favero?"

"Não, para eles não, mas para gente como eles, os homens que dirigiam o negócio antes de vendê-lo a Trevisan."

“Quer dizer que ele o comprou?”, surpreendeu-se Brunetti ao ouvi-la referir-se ao assunto como se se tratasse de um armazém de secos e molhados.

“Sim. Não sei como foi. Mas agora eu faço o que faço porque, um dia, os homens que dirigiam o negócio deram o fora, e Trevisan passou a ser o meu novo patrão.”

“E a senhora era...?”

“Eu era o que se poderia chamar de ‘*middle management*’.” Ceroni usou a expressão em inglês, a voz carregada de ironia.

“O que significa isso?”

“Significa que eu já não girava a bolsa na rua.” Olhou-o de relance para ver se o havia chocado, mas Brunetti lhe endereçou um olhar tão calmo quanto sua voz quando perguntou: “Quanto tempo a senhora se dedicou a isso?”.

“À prostituição?”

“É.”

“Eu vim para cá para isso, para me prostituir”, disse ela. “Não, não é verdade. Vim para cá muito jovem e muito apaixonada pelo meu primeiro amante, um italiano que me prometeu o mundo se eu abandonasse o meu país e viesse com ele. Fiz a minha parte, mas ele não.”

“Eu já lhe contei que sou de Mostar. Isso significa que a minha família é muçulmana. A verdade é que os meus parentes nunca entraram numa mesquita, com exceção de um tio, mas todo mundo o considerava louco. Eu cheguei a estudar em colégio de freiras, meus pais achavam que a educação lá era melhor: fiquei doze anos em escolas católicas.”

Brunetti notou que estavam passando pelo lado direito do canal entre Veneza e Pádua, a estrada das vilas palladianas. Bem quando ele reconheceu a estrada, uma das vilas apareceu no outro lado do canal, seu contorno apenas visível ao luar, uma única janela acesa no primeiro andar.

“A história é um clichê, portanto não vou contá-la. Eu estava apaixonada, vim para cá e, poucos meses depois, fui parar na sarjeta. Sem passaporte, sem namorado italiano; mas tinha tido seis anos de latim com as freiras, sabia todas as orações, de modo que foi fácil aprender italiano. Também foi fácil aprender o que fazer para ter sucesso. Sempre fui muito ambiciosa, e não via razão para não ter sucesso nisso."

"E o que fez?"

"Eu era ótima no trabalho. Sabia ser limpa e me tornei útil aos homens que nos controlavam."

"Útil como?"

"Falava sobre as outras garotas. Delatei duas vezes umas que estavam se preparando para fugir."

"Que aconteceu com elas?"

"Foram espancadas. Acho que quebraram os dedos de uma delas. Eles raramente nos machucavam a ponto de não podermos trabalhar. Isso dava prejuízo."

"No que mais a senhora era útil?"

"Descobria o nome dos clientes, e acho que alguns eram chantageados. Eu sabia detectar os mais nervosos, e fazia perguntas sobre sua vida, e, cedo ou tarde, eles acabavam falando na esposa. Quando pareciam ser bons otários, eu tratava de descobrir o nome e o endereço. Era fácil. Os homens são muito fracos. Deve ser por causa da vaidade."

Após alguns momentos de silêncio, Brunetti perguntou: "E depois?".

"Depois eles me tiraram da rua. Perceberam que eu era muito mais útil no papel de *manager*." Ceroni voltou a empregar o termo em inglês, quase sem sotaque, passando de um idioma para outro com a facilidade com que uma foca entrava e saía da água.

"O que a senhora fazia na qualidade de *manager*?", indagou ele, pronunciando a palavra tão bem quanto ela.

"Conversava com as garotas novas, explicava as coisas e aconselhava que fizessem o que os caras mandassem." Ela acrescentou sem afetação: "Aprendi espanhol rapidamente, e isso me ajudou muito".

"Dava dinheiro?"

"Sim, à medida que fui subindo na organização, passei a ganhar mais. Em dois anos, tinha economizado o suficiente para comprar uma agência de viagens."

"Mas continuou trabalhando para eles?"

Ela o encarou antes de responder. "Quem começa a trabalhar para eles nunca mais pára." Deteve-se num sinal fechado, mas não olhou para Brunetti. Segurando o volante com firmeza, ficou com os olhos no semáforo.

"Essas coisas que a senhora fazia não a incomodavam?"

Regina Ceroni deu de ombros; quando o sinal abriu, engatou a marcha e seguiu viagem.

"O negócio estava se expandindo muito. Todo ano chegavam garotas novas, todo mês até. Nós as trazíamos..."

"Era para isso que servia a agência de viagens?"

"Exatamente. Mas, depois de algum tempo, não foi mais necessário importá-las, tantas eram as que chegavam do Leste e do norte da África. E nós modificamos a organização para nos adaptarmos à nova situação. Simplesmente as pegávamos quando desembarcavam. Isso reduziu muito o custo. E era muito fácil fazer com que entregassem o passaporte. Muitas nem o tinham." Sua voz ficou afetada, quase cerimoniosa. "É muito fácil entrar neste país. E ficar."

Outra vila surgiu à direita, mas Brunetti mal reparou nela. "E os vídeos?", lembrou.

"Ah, sim, os vídeos. Eu soube deles meses antes de vê-los. Ou seja, sabia deles teoricamente, sabia que estavam chegando da Bósnia, mas não sabia o que havia neles. Trevisan, Favero e Lotto se entusiasmaram com o lucro que teriam. Bastava pagar alguns milhares de liras por uma fita virgem e reproduzi-los; depois, pelo menos nos Estados Unidos, dava para vendê-los por vinte ou trinta vezes o que eles tinham pagado pela fita. No começo, vendiam apenas o vídeo original. Acho que cobravam alguns milhões de liras por fita, mas logo resolveram entrar na própria distribuição; diziam que era lá que estava o dinheiro.

"Trevisan pediu minha opinião. Eles sabiam que eu tinha jeito para o negócio, por isso me consultaram. Eu disse exatamente o que pensava, que não podia opinar sem ver os filmes. Na época, concebia-os como uma mercadoria e achava que tudo se resumia a um problema de *marketing*." Ceroni olhou rapidamente para ele. "Era nesses termos que eu pensava: mercadoria, *marketing*." Suspirou. "Então Trevisan conversou com os outros dois, e eles concordaram em me mostrar alguns vídeos. Mas fizeram questão de estar presentes; não confiavam em mim, não entregavam os originais a ninguém, muito menos depois de perceber o quanto valiam."

"E a senhora os viu?", perguntou Brunetti, achando que ela não ia prosseguir.

"Ah, sim, claro que os vi. Assisti a três."

"Onde?"

"No apartamento de Lotto. Era o único que não morava com a mulher, e nós fomos para lá."

"E?"

"E assistimos aos vídeos. Foi aí que eu tomei a decisão."

"Que decisão?"

"De matá-los."

"Os três?"

"Claro."

Depois de algum tempo, ele perguntou: "Por quê?".

"Porque eles gostavam demais daqueles filmes. Favero era o pior dos três. Ficou tão excitado ao assistir ao segundo que teve de sair da sala. Não sei aonde foi, mas só voltou no fim."

"E os outros dois?"

"Também ficaram excitados, mas já tinham visto todos os vídeos, de modo que conseguiram se controlar."

"Os vídeos eram todos como o que eu vi?"

"Matavam a mulher?"

"Matavam."

"Então era a mesma coisa. Eles a estupram, geralmente várias vezes, e depois a matam." A julgar pela emoção em sua voz, a sra. Ceroni podia estar falando de filmes de treinamento de comissários de bordo.

"Quantas fitas havia?", quis saber Brunetti.

"Sei lá. Acho que pelo menos sete, fora as três a que assisti. Mas aquelas foram vendidas diretamente. As outras três é que eles queriam reproduzir e distribuir."

"O que a senhora disse quando assistiu aos filmes?"

"Pedi um ou dois dias para pensar. Disse que conhecia uma pessoa, em Bruxelas, que talvez se interessasse em comprar cópias para o mercado da Bélgica e da Holanda. Mas já estava decidida a matá-los. Era só questão de encontrar a melhor maneira de fazê-lo."

"Por quê?"

"Por que o quê? Por que eu esperei ou por que decidi matá-los?"

"Por que decidiu matá-los?"

Ela diminuiu a velocidade por causa de um automóvel, à frente, que se preparava para entrar à direita. Quando as lanternas do outro carro desapareceram, olhou para Brunetti. "Eu pensei muito nisso, comissário. Acho que o que me fez tomar a decisão foi ver que eles gostavam muito daqueles vídeos; isso me surpreendeu. E, quando estava vendo os três, percebi que eles não viam nada de errado: nem em assistir aos vídeos nem em encomendá-los."

"Eles os encomendavam?"

Regina Ceroni voltou a olhar para a estrada. "Ora, comissário, não seja burro. Se não houvesse mercado para essas coisas, ninguém as faria. Trevisan e seus amigos criaram um mercado e providenciaram seu abastecimento. Antes de assistir às fitas e de saber o que havia nelas, eu ouvi Trevisan e Lotto falarem em mandar um fax a Sarajevo para pedir mais. Falavam com a naturalidade de quem estivesse propondo encomendar uma caixa de vinho ou mandando o corretor comprar ou vender algumas ações. Para eles, era apenas um negócio."

"Quer dizer que a senhora assistiu aos vídeos?"

"Sim. Quer dizer que eu assisti aos vídeos."

"Não lhe ocorreu que era errado matá-los?"

"É justamente isso que estou tentando dizer, comissário. Não foi errado. Eu fiz bem. Nunca questionei isso, nunca. E, antes que o senhor pergunte, a resposta é sim: eu os mataria de novo."

"Pelo fato de as mulheres serem bósnias? Muçulmanas?"

Ela emitiu um som parecido com um riso abafado. "Pouco importa quem são as mulheres. Ou melhor, quem eram. Agora estão mortas, coitadas, portanto, o que acontece não faz nenhuma diferença para elas." Passou algum tempo pensando na pergunta de Brunetti. "Não, isso não fez a menor diferença." Tirou os olhos da pista e o encarou. "Fala-se muito em humanidade e em crimes contra a humanidade, comissário. Os jornais estão repletos de editoriais, e os políticos não param de discursar sobre isso. Só que ninguém faz nada. Muito blablablá e muitos sentimentos nobres, mas essas coisas continuam acontecendo; as mulheres são estupradas e assassinadas, e agora nós as filmamos e vemos acontecer." O ódio era perceptível em sua voz, mas fazia com que ela falasse mais devagar, não mais depressa. "Por isso resolvi detê-los. Porque ninguém mais o faria."

"Podia ter avisado a polícia."

"Para quê, comissário? Prendê-los por quê? Acaso o que eles faziam é crime?"

Brunetti não soube responder, coisa que o envergonhou.

"É?", insistiu Ceroni.

"Não sei", respondeu. "Mas a senhora podia tê-los exposto, denunciando seu negócio com o lenocínio. Isso os teria detido."

Ela soltou uma gargalhada. "Como o senhor é tolo, comissário. Eu não queria parar com a prostituição de jeito nenhum. Ganho muito bem com ela. Por que ia parar?"

"Pelo que fazem com as mulheres, a mesma coisa que fizeram com a senhora."

Regina Ceroni passou a falar mais depressa, com irritação, não com raiva. "Isso lhes aconteceria em qualquer lugar. Todas elas já eram prostitutas e vítimas em seus países."

"Algumas não são assassinadas?"

"O que o senhor quer que eu faça, comissário, que saia por aí vingando todas as prostitutas assassinadas do mundo? Eu não. Só estou tentando explicar por que fiz o que fiz. Se eles fossem presos, tudo acabaria sendo revelado. Eu também iria para a cadeia. E o que aconteceria? Alguns meses de prisão enquanto eles esperavam o julgamento, e depois? Uma fiança? Um ano de reclusão? Dois? O senhor acha suficiente em comparação ao que eles fizeram?"

Demasiado cansado para discutir ética com aquela mulher, Brunetti preferiu ater-se aos fatos. "Como a senhora os matou?"

"Eu sabia que Trevisan e Favero iam jantar juntos e sabia em que trem Trevisan costumava retornar. Tomei o mesmo. Os vagões ficam vazios no fim da viagem, de modo que foi fácil."

"Ele a reconheceu?"

"Não sei. Foi tudo muito rápido."

"Onde a senhora conseguiu a arma?"

"Com um amigo", foi a única explicação que ela deu.

"E Favero?"

"Durante o jantar, ele foi ao banheiro, e eu coloquei uma droga em seu vinho, um *vin santo*. Mandei-o pedir meia garrafa depois do jantar porque era adocicado e encobriria o sabor do entorpecente.

"E na casa dele?"

"Ele ficou de me levar à estação ferroviária para que eu voltasse a Veneza. Mas, no caminho, dormiu no sinal fechado. Eu o empurrei, troquei de lugar com ele e levei o carro à sua casa. Favero estava com o controle remoto da porta da garagem, então eu entrei e deixei o motor ligado, depois tornei a colocá-lo ao volante e apertei o botão para fechar a porta. Saí da garagem quando ela estava se fechando."

"E Lotto?"

"Lotto me telefonou dizendo que estava preocupado, queria conversar comigo sobre o que tinha acontecido." Brunetti ficou olhando para o perfil dela, que aparecia e desaparecia à luz dos faróis dos poucos carros que passavam. Apesar de tudo, sua expressão continuava serena. "Eu disse a ele que era melhor conversarmos fora da cidade, e combinamos um encontro em Dolo. Cheguei lá mais cedo e, quando ele estacionou, saí do meu carro e fui para o dele. Lotto estava apavorado. Achava que sua irmã tinha matado Trevisan e Favero e queria saber a minha opinião. Temia que ela também o matasse. A fim de ficar com o negócio só para ela e o amante."

Parou no acostamento e aguardou que o carro de trás passasse. Então fez o balão e tomou o caminho de volta.

"Eu garanti que ele não tinha nada a temer de sua irmã. Isso o tranqüilizou. Não lembro quantas vezes atirei nele. Depois peguei o meu carro e retornei à piazzale Roma."

"E a arma?", quis saber Brunetti.

"Está no meu apartamento. Não queria jogá-la fora enquanto não tivesse terminado."

"Como assim?"

A sra. Ceroni o fitou. "Os outros."

"Que outros?"

Ela não respondeu, sacudiu a cabeça numa negativa que ele percebeu que era absoluta.

"Não achou que, cedo ou tarde, acabaria sendo descoberta?"

"Não sei. Não pensei nisso. Mas, no dia em que o senhor apareceu lá na agência, eu cometi a besteira de dizer que não sabia dirigir; depois comecei a pensar em todas as outras coisas erradas que tinha feito, fora os óculos. Acho que fui vista no trem e que o homem da garagem sabia que eu saí de carro na noite em que Lotto morreu. E ontem entendi que estava tudo acabado. Achei que conseguiria fugir. Ou melhor", corrigiu-se ela, "tive esperança de fugir."

Decorrido algum tempo, Brunetti se deu conta de que estava passando pela primeira vila que tinha visto, posto que agora se achasse do seu lado da estrada. Súbito, Regina Ceroni quebrou o silêncio: "Os caras vão me matar, sabia?".

Ele estava quase cochilando no calor do automóvel e ao embalo do movimento. "O quê?", perguntou, sacudindo a cabeça e endireitando o corpo no banco.

"Quando souberem que eu fui presa, quando souberem que os matei, vão ter de me eliminar."

"Não entendi."

"Eu sei quem são, pelo menos alguns deles, os que eu não matei. E eles não vão querer que eu bata com a língua nos dentes."

"Quem?"

"Os homens que fazem os vídeos — Trevisan não era o único — e exploram a prostituição. Não, não me refiro aos pés-de-chinelo da rua, aos que fazem as garotas trabalharem e recolhem o dinheiro. Eu conheço os que dirigem tudo, a importação e exportação de mulheres. O problema é que não há muito que exportar. Só as fitas mesmo. Não sei quem são, mas sei muita coisa a respeito deles."

"Quem são?" Brunetti pensava na máfia e nos bigodudos com sotaque sulista.

A mulher mencionou o prefeito de uma cidade grande da Lombardia e o presidente de uma importante indústria farmacêutica. Quando ele virou a cabeça para encará-la, ela abriu um sorriso sombrio e acrescentou o nome de um dos vice-ministros da Justiça. "É uma empresa multinacional, comissário. Não se trata dos velhinhos que ficam nos bares tomando vinho ordinário e falando em putas; trata-se de salas de reuniões, iates, jatinhos e ordens que vão e vêm por fax ou telefone celular. Trata-se de homens que têm poder de verdade. Como o senhor acha que deram sumiço nas anotações da autópsia de Favero?"

"Como a senhora sabe disso?"

"Lotto me contou. Não queriam que continuassem investigando a morte de Favero. Havia muita gente envolvida. Não sei os nomes, mas sei muita coisa deles." Seu sorriso desapareceu. "É por isso que vão me matar."

"Nós providenciaremos proteção especial para a senhora", prometeu Brunetti, já pensando nas medidas a tomar.

"Como para Sindona?", perguntou ela com sarcasmo. "Quantos guardas ele tinha na prisão? Quantas câmeras apontadas para ele vinte e quatro horas por dia? E, mesmo assim, envenenaram seu café. Quanto tempo o senhor acha que vai demorar?"

"Nada disso vai acontecer", afirmou Brunetti com veemência, mas logo percebeu que não tinha por que acreditar nessas palavras. Sabia que ela matara três homens, sim, mas muito ainda precisava ser provado, principalmente aquela conversa sobre o complô para matá-la.

Percebendo sua mudança de estado de espírito, a sra. Ceroni parou de falar. Seguiram viajando na noite, e ele se voltou para a direita a fim de contemplar as luzes refletidas no canal.

No momento seguinte, sobressaltou-se com ela sacudindo seu ombro, e, ao abrir os olhos, deparou com uma parede bem a sua frente. Instintivamente, ergueu os braços para proteger o rosto e encostou o queixo no peito. Mas não houve colisão nem estrondo. O carro estava parado; o motor, desligado.

"Já chegamos", disse Regina Ceroni.

Brunetti baixou as mãos e olhou a sua volta. A parede era a da garagem; havia carros estacionados em ambos os lados.

Ela soltou o cinto de segurança. "Imagino que o senhor queira me levar à *questura*."

Ao chegar ao *embarcadero*, Brunetti viu que o barco número 1 acabava de zarpar. Consultando o relógio, admirou-se com o avançado da hora: passava das três da madrugada. Não tinha telefonado para Paola, não ligara para a *questura* a fim de avisar o que ia fazer.

A moça examinou o horário dos barcos. Com dificuldade para lê-lo, pôs os óculos. Então se voltou para ele e disse: "O próximo é só daqui a quarenta minutos".

"Vamos a pé?", propôs Brunetti. Estava muito frio para ficar ao ar livre no *embarcadero*, e a caminhada pelo menos os manteria aquecidos. Podia telefonar para a *questura* e solicitar uma lancha, mas seria mais rápido ir a pé.

"Vamos", concordou ela. "É minha última oportunidade de ver a cidade."

Embora achasse tais palavras um tanto melodramáticas, Brunetti não disse nada. Virando à direita, os dois seguiram ao longo da margem. Ao chegar à primeira ponte, Ceroni disse: "Tudo bem se a gente for pela Rialto? Eu não gosto da Strada Nuova".

Sempre calado, ele seguiu pela margem até chegar à ponte que dava em Tolentini e no caminho da Rialto pelas ruas secundárias da cidade. A moça caminhava devagar, sem dar muita atenção aos edifícios pelos quais passava. Às vezes, Brunetti se adiantava com seus passos rápidos, mas parava numa esquina ou no início de uma ponte e aguardava. Saíram na lateral do mercado de peixes e continuaram em direção à ponte do Rialto. Lá ela se deteve um instante, examinou o Gran Canale agora deserto, sem trânsito. Do outro lado, atravessaram o *campo* San Bartolomeo. Um guarda-noturno com um cão pastor na coleira passou por eles, mas ninguém falou.

Eram quase quatro horas quando chegaram à *questura.* Brunetti bateu na pesada porta de vidro, e uma luz se acendeu à direita, na sala do corpo da guarda. Um policial apareceu, esfregando os olhos sonolentos, e espiou pelo vidro. Reconhecendo o superior, abriu a porta e o cumprimentou.

"*Buon giorno, commissario*", e olhou para a bela mulher que o acompanhava.

Brunetti agradeceu e perguntou se havia alguma policial feminina de plantão naquela noite. Como não havia nenhuma, mandou telefonar para a primeira da escala e convocá-la à *questura* imediatamente. Tendo dispensado o policial, conduziu a sra. Ceroni pelo saguão de entrada e subiu ao seu escritório. A calefação estava desligada, de modo que fazia frio no prédio, com muita umidade no ar. No alto do quarto lance de escada, abriu a porta do escritório e a convidou para entrar.

"Posso ir ao banheiro?", pediu a moça.

"Lamento, só quando a policial chegar."

Ceroni sorriu. "Tem medo de que eu me mate, comissário?" Como não obtivesse resposta, disse: "Acredite, não sou eu que vou fazer isso".

Brunetti lhe ofereceu uma cadeira e se postou atrás da escrivaninha, examinando uns papéis. Nenhum dos dois falou durante os quinze minutos que a policial tardou a chegar, uma mulher de meia-idade que estava na polícia havia anos.

Ao vê-la entrar no escritório, Brunetti olhou para a presa e perguntou: "A senhora quer depor? A policial Di Censo será testemunha".

Ela balançou a cabeça.

"Quer chamar seu advogado?"

Mais um gesto negativo.

Ele aguardou um instante, então se dirigiu à policial. "Por favor, leve a *signora* Ceroni a uma cela. A número quatro está aquecida. Se ela mudar de idéia, deixe-a telefonar para o advogado e para os parentes." Olhou para a detenta ao dizer isso, mas ela tornou a negar com a cabeça.

Voltando-se uma vez mais para a policial, Brunetti disse: "Não a deixe entrar em contato com ninguém da *questura* nem com ninguém de fora. Entendeu?".

"Sim, senhor", respondeu Di Censo. "Eu devo ficar com ela, comissário?"

"Sim, até que venham substituí-la." A seguir, ele disse a Ceroni: "Nós conversamos mais tarde, *signora*, no final da manhã".

A moça assentiu com um gesto, mas permaneceu calada; levantando-se, saiu escoltada por Di Censo, e Brunetti ficou escutando seus passos se distanciarem na escada: os da policial, uniformes e pesados, os de Ceroni, o mesmo toque-toque alto que o levara à *piazzale* Roma e à assassina dos três homens.

Ele escreveu um breve relatório com o essencial da conversa que tivera com a mulher, inclusive sua recusa a chamar o advogado e a prestar depoimento. Deixou-o nas mãos do policial da portaria, com ordens de que o entregasse ao *vice-questore* Patta ou ao tenente Scarpa quando um dos dois chegasse à *questura*.

Eram quase cinco horas quando se deitou ao lado de Paola. Ela se agitou, virou-se, estendeu o braço sobre seu rosto e murmurou algo ininteligível. Já pegando no sono, ele evocou não a lembrança da mulher agonizante, e sim a de Chiara segurando Bark. Que nome para um cachorrinho de pelúcia, pensou antes de adormecer.

28

Na manhã seguinte, quando Brunetti acordou, Paola já tinha saído, mas deixara um bilhete dizendo que Chiara parecia estar bem e fora à escola normalmente. Ainda que o aliviasse um pouco, isso não bastou para amenizar a dor persistente que sentia pelo sofrimento da filha. Tomou café, um demorado banho de chuveiro, mais café, porém não conseguiu se livrar do torpor no corpo e no espírito que provinha dos acontecimentos daquela noite. Lembrou-se do tempo em que não lhe custava quase nenhum esforço enfrentar noites em claro ou cenas horrendas, do tempo em que conseguia passar dias e dias perseguindo a verdade ou o que ele considerava justo. Já não era assim, muito pelo contrário. Posto que agora o espírito que o guiava fosse mais impetuoso, não havia como negar a decaída de seu vigor físico.

Apartando de si esses pensamentos, saiu de casa satisfeito com o ar gelado e com o movimento nas ruas. Ao passar por uma banca de jornal, muito embora soubesse que era impossível, examinou as manchetes em busca de uma referência à prisão da madrugada anterior.

Eram quase onze horas quando chegou à *questura*, onde recebeu as saudações e os acenos habituais, e, caso tenha ficado frustrado porque ninguém lhe deu os parabéns por ter prendido sozinho a assassina de Trevisan, Favero e Lotto, não o demonstrou.

Na escrivaninha, encontrou dois bilhetes da srta. Elettra, ambos avisando que o *vice-questore* queria falar com ele. Desceu imediatamente e encontrou a secretária a sua mesa.

"Ele está aí?"

"Está", disse ela, fitando-o, mas sem sorrir. "E de péssimo humor."

Brunetti teve vontade de lhe perguntar se alguma vez tinha visto Patta de bom humor, mas se conteve. "Por quê?"

"Por causa da transferência."

"O quê?", indagou ele, menos por estar interessado do que para adiar o encontro com o *vice-questore*; fazia pouco tempo que descobrira que alguns minutos em companhia de Elettra eram a maneira mais agradável de fazê-lo.

"Por causa da transferência", repetiu a moça. "Da mulher que o senhor prendeu nesta madrugada." Desviou a vista para atender ao telefone. "*Sì*", disse e, a seguir, às pressas, "Não, não posso." E, desligando sem se despedir, tornou a olhar para Brunetti.

"O que aconteceu?", perguntou ele em voz baixa, suspeitando que Elettra estivesse ouvindo as fortes batidas de seu coração.

"Telefonaram para cá hoje cedo. Do Ministério da Justiça. Disseram que ela era da jurisdição de Pádua e tinha de ser levada para lá."

Brunetti se inclinou e, espalmando as duas mãos na escrivaninha da secretária, nelas apoiou o peso do corpo. "Quem atendeu ao telefone?"

"Não sei. Um dos homens lá embaixo. Eu ainda não tinha chegado. E, lá pelas oito horas, uns agentes do Setor Especial apareceram aqui com os papéis."

"E a levaram?"

"Sim. Para Pádua."

Horrorizada, Elettra viu-o cerrar os punhos, suas unhas a deixarem longos arranhões na superfície polida da mesa.

"Qual é o problema, comissário?"

"Ela já chegou lá?"

"Eu não sei", respondeu a secretária, consultando o relógio. "Saíram daqui há pouco mais de três horas. Já devem ter chegado."

"Ligue para lá", ordenou Brunetti roucamente.

Como ela não obedecesse e se limitasse a encará-lo, assombrada com seu estado, ele repetiu mais alto: "Ligue para lá. Telefone para Della Corte". E, sem esperar mais, pegou o aparelho e digitou os números.

Della Corte atendeu ao terceiro toque.

"Aqui é Guido. Ela está aí?", perguntou Brunetti sem dar maiores explicações.

"*Ciao*, Guido", cumprimentou-o o capitão. "Quem está onde? Não sei do que você está falando."

"Eu prendi uma mulher nesta madrugada. Foi ela que matou os três."

"Ela confessou?"

"Sim. Os três."

Della Corte deixou escapar um assobio de admiração. "Eu não soube de nada", disse enfim. "Por que está me telefonando? Onde você a prendeu?"

"Aqui. Em Veneza. Mas uns caras do Setor Especial vieram buscá-la de manhã cedo. O Ministério da Justiça os mandou para cá. Dizem que ela tem de ficar presa em Pádua."

"Isso é absurdo! Ela tem de ficar no lugar em que foi presa até ser formalmente indiciada. Qualquer um sabe disso." Calou-se um instante e então perguntou: "Ela foi indiciada?".

"Sei lá", disse Brunetti. "Duvido; não deu tempo."

"Deixe-me ver o que eu consigo descobrir", propôs Della Corte. "Ligo para você assim que souber de alguma coisa. Qual é o nome dela?"

"Ceroni, Regina Ceroni." O capitão desligou sem se despedir.

"Qual é o problema?", quis saber a srta. Elettra. Estava assustadíssima.

"Eu não sei", disse ele. E, dando meia-volta, bateu na porta de Patta.

"*Avanti.*"

Brunetti abriu a porta e entrou rapidamente no gabinete. Tratou de ficar calado para ter uma idéia do estado de espírito do *vice-questore* antes que fosse obrigado a lhe dar explicações.

"Que história é essa de transferirem a mulher para Pádua?", perguntou Patta.

"Não sei de nada. Eu a prendi nesta madrugada. Ela confessou ter matado os três: Trevisan, Favero e Lotto."

"Onde ela confessou?"

"No carro dela."

"No carro dela?"

"Eu a segui até a piazzale Roma. Fiquei muito tempo com ela e, depois, trouxe-a de volta para cá, para Veneza. Ela me contou que os matou. E por quê."

O *vice-questore* não mostrou nenhum interesse pelo resto. "Você obteve uma confissão? Com testemunhas?"

Brunetti sacudiu a cabeça. "Nós chegamos aqui às quatro da madrugada, e eu lhe perguntei se queria chamar seu advogado. Ela não quis. Perguntei-lhe se queria depor, mas ela se recusou, então a mandei para a cela. A policial Di Censo a levou para o setor feminino."

"Sem ter confessado nem deposto?", insistiu Patta.

Não havia como negá-lo. "Exatamente. Deixei para fazer isso agora de manhã."

"Deixou para fazer isso agora de manhã", cantarolou com malícia o *vice-questore.*

"Sim."

"Pois não vai ser possível, vai?", perguntou ele sem dissimular a raiva. "A mulher foi transferida para Pádua..."

"Já chegou lá?"

Com ar fatigado, o *vice-questore* desviou a vista. "Se você tiver a bondade de me deixar terminar, comissário..."

Brunetti fez que sim e silenciou.

"Como eu ia dizendo", Patta fez uma longa pausa antes de retomar a frase interrompida, "a mulher foi transferida para Pádua hoje cedo. Antes que você fizesse o grande obséquio de vir para cá e antes que ela confessasse, uma prática que, como eu imagino que você saiba, comissário, é essencial em qualquer procedimento rotineiro da polícia. Mas ela foi transferida para Pádua, e espero que você saiba o que isso significa." Calou-se nesse ponto, dramático e irônico, aguardando que o subordinado reconhecesse a vastíssima extensão de sua incompetência.

"Então o senhor acha que ela está em perigo?"

Confuso, Patta fez uma careta e inclinou a cabeça para trás. "Em perigo? Não entendo o que você quer dizer, comissário. O único perigo que eu vejo é o de Pádua ficar com o crédito dessa prisão e da confissão da mulher. Ela matou três pessoas, duas delas ocupavam altas posições na comunidade, e agora quem vai ficar com o crédito da sua captura é Pádua."

"Quer dizer que ela está lá?", perguntou Brunetti com esperança na voz.

"Não sei onde ela está e, francamente, não quero saber. Assim que ela foi retirada da nossa jurisdição, deixou de me interessar. Nós podemos suspender a investigação dos homicídios — pelo menos isso —, mas todo o crédito de sua captura vai ficar para Pádua." Irritadíssimo, o *vice-questore* pegou uma pasta de arquivo que estava na escrivaninha. "Isso é tudo, comissário Brunetti. Com toda a certeza você tem o que fazer." Abriu a pasta, inclinou a cabeça e começou a ler.

De volta ao escritório, Brunetti cedeu ao impulso de discar o número de Della Corte. Ninguém atendeu. Ele se sentou. Levantou-se. Foi até a janela. Depois voltou à mesa. O tempo passou. O telefone tocou e ele atendeu.

"Guido, você já está sabendo?", perguntou o capitão com voz cautelosa.

A mão de Brunetti estava escorregadia de suor. Ele passou o fone para a outra e a enxugou na perna da calça. "Sabendo do quê?"

"Ela se enforcou. Trouxeram-na para cá há uma hora, puseram-na numa cela e foram buscar um gravador para colher a confissão. Não tiveram o cuidado de tirar as coisas dela e, quando voltaram, deram com ela enforcada com a meia-calça no cano da calefação." Della Corte parou de falar, mas Brunetti permaneceu calado.

"Guido? Você está me ouvindo?"

"Estou, estou", disse ele enfim. "E os homens do Setor Especial?"

"Estão preenchendo os formulários. Quando estava a caminho daqui, ela admitiu que matou os três."

"Por quê?"

"Por que admitiu que os matou?", quis saber o capitão.

"Não. Por que os matou?"

"Disse que teve caso com todos eles, no passado, e fazia anos que os chantageava. Ultimamente, os três resolveram parar de pagar, e ela os matou."

"Sei", disse Brunetti. "Matou os três?"

"Foi o que eles disseram."

"Quantos são?"

"Os homens do Setor Especial?"

"É."

"Três."

"E os três dizem a mesma coisa? Que ela os matou porque já não podia chantageá-los?"

"Exatamente."

"Você chegou a conversar com eles?"

"Não. Quem me contou foram os guardas que a encontraram morta."

"Quando foi que eles começaram a dizer que ela confessou?", indagou Brunetti. "Antes ou depois do suicídio?"

"Não sei", respondeu Della Corte. "Isso tem alguma importância?"

Não, percebeu ele, não tinha importância nenhuma, pois os três agentes do Setor Especial iam narrar exatamente a mesma história. Adultério, chantagem, ambição e vingança: esses vícios explicariam adequadamente o que ela fez. Aliás, eram mais verossímeis que o ódio, o horror e a gélida volúpia da vingança. Era praticamente impossível contestar a palavra de três agentes do Setor Especial.

Brunetti agradeceu e desligou tranqüilamente. Ficou procurando retalhos, um fiapo qualquer de prova que levasse outra pessoa à verdade. Em face da confissão e do suicídio de Regina Ceroni, a única prova concreta era a quebra do sigilo telefônico dos escritórios dos mortos. E de que servia? Telefonemas a várias empresas legitimamente estabelecidas em alguns países, a um bar ordinário de Mestre. Era quase nada e, certamente, não bastava para justificar uma investigação. Ele tinha certeza de que Mara estava na rua outra vez, provavelmente em outra cidade. E Silvestri contaria qualquer história que as pessoas que lhe forneciam droga o mandassem contar. Ou podia perfeitamente ser encontrado morto de overdose. Brunetti ainda estava com o videoteipe, mas rastreá-lo até os Trevisan seria pedir a Chiara que falasse no assunto, que o recordasse, e isso ele não faria, fossem quais fossem as conseqüências de sua recusa.

Ceroni chegou a alertá-lo, mas ele não lhe deu ouvidos. Deu até o nome do sujeito que ia mandar matá-la. Ou talvez houvesse outro ainda mais poderoso envolvido na história, outro homem de bem que, tal como o centurião da Bíblia, só precisava dizer "Vá" para que alguém fosse. Ou três desses lacaios se encarregariam da tarefa.

De memória, discou o número do telefone de um amigo que era coronel da Guardia di Finanza e explicou rapidamente o caso de Trevisan, Favero e Lotto e do dinheiro que, havia anos, eles recebiam e escondiam. O coronel prometeu analisar as finanças da sra. Trevisan assim que tivesse tempo e pessoal disponível. Ao desligar, Brunetti não se sentia melhor. Apoiando os cotovelos na escrivaninha, mergulhou o rosto nas mãos e assim ficou um bom tempo. Ele a levara à *questura* antes do amanhecer, mas, às oito horas, os agentes do Setor Especial já tinham ido buscá-la.

Brunetti se levantou e desceu os dois andares até a sala dos policiais. Queria saber de Preside, o homem que estava de plantão quando ele chegou com a sra. Ceroni.

Preside tinha encerrado o expediente às oito, mas escrevera no diário: “6h18, ten. Scarpa assume o turno diário. Relatório do com. Brunetti ao ten. Scarpa”.

Saindo da sala, ele parou um momento no corredor. Não demorou muito para se sentir inteiramente recomposto. Virou-se e, esforçando-se para deixar de pensar nas coisas que largara por lá, foi para a escada que o levaria para longe da *questura*. Começou a descer, pensando na bela Regina Ceroni e na estranha viagem que tinham feito na madrugada. Deu-se conta de que jamais entenderia por que ela fizera aquilo. Talvez só uma mulher entendesse. Era melhor perguntar a Paola. Ela sempre compreendia as coisas. Esse pensamento o reanimou. E ele saiu da *questura* e foi para casa.

Série Policial

Réquiem caribenho
Brigitte Aubert

Bellini e a esfinge
Bellini e o demônio
Bellini e os espíritos
Tony Bellotto

Os pecados dos pais
O ladrão que estudava Espinosa
Punhalada no escuro
O ladrão que pintava como Mondrian
Uma longa fila de homens mortos
Bilhete para o cemitério
O ladrão que achava que era Bogart
Quando nosso boteco fecha as portas
O ladrão no armário
Lawrence Block

O destino bate à sua porta
Indenização em dobro
James Cain

Post-mortem
Corpo de delito
Restos mortais
Desumano e degradante
Lavoura de corpos
Cemitério de indigentes
Causa mortis
Contágio criminoso
Foco inicial
Alerta negro
A última delegacia
Mosca-varejeira
Patricia Cornwell

Edições perigosas
Impressões e provas
A promessa do livreiro
John Dunning

Máscaras
Passado perfeito
Leonardo Padura Fuentes

Tão pura, tão boa
Correntezas
Frances Fyfield

O silêncio da chuva
Achados e perdidos
Vento sudoeste
Uma janela em Copacabana
Perseguido
Berenice procura
Espinosa sem saída
Na multidão
Luiz Alfredo Garcia-Roza

Neutralidade suspeita
A noite do professor
Transferência mortal
Um lugar entre os vivos
O manipulador
Jean-Pierre Gattégno

Continental Op
Maldição em família
Dashiell Hammett

O talentoso Ripley
Ripley subterrâneo
O jogo de Ripley
Ripley debaixo d'água
O garoto que seguiu Ripley
Patricia Highsmith

Sala dos Homicídios
Morte no seminário
Uma certa justiça
Pecado original
A torre negra
Morte de um perito
O enigma de Sally
O farol
Mente assassina
P. D. James

Música fúnebre
Morag Joss

Sexta-feira o rabino acordou tarde
Sábado o rabino passou fome
Domingo o rabino ficou em casa
Segunda-feira o rabino viajou
O dia em que o rabino foi embora
Harry Kemelman

Um drink antes da guerra
Apelo às trevas
Sagrado
Gone, baby, gone
Sobre meninos e lobos
Paciente 67
Dança da chuva
Coronado
Dennis Lehane

Morte em terra estrangeira
Morte no Teatro La Fenice
Vestido para morrer
Morte e julgamento
Donna Leon

A tragédia Blackwell
Ross Macdonald

É sempre noite
Léo Malet

Assassinos sem rosto
Os cães de Riga
A leoa branca
O homem que sorria
Henning Mankell

Os mares do Sul
O labirinto grego
O quinteto de Buenos Aires
O homem da minha vida
A Rosa de Alexandria
Milênio
O balneário
Manuel Vázquez Montalbán

O diabo vestia azul
Walter Mosley

Informações sobre a vítima
Vida pregressa
Joaquim Nogueira

Revolução difícil
Preto no branco
No inferno
George Pelecanos

Morte nos búzios
Reginaldo Prandi

Questão de sangue
Ian Rankin

A morte também freqüenta o Paraíso
Colóquio mortal
Lev Raphael

O clube filosófico dominical
Alexander McCall Smith

Serpente
A confraria do medo
A caixa vermelha
Cozinheiros demais
Milionários demais
Mulheres demais
Ser canalha
Aranhas de ouro
Clientes demais
A voz do morto
Rex Stout

Fuja logo e demore para voltar
O homem do avesso
O homem dos círculos azuis
Fred Vargas

A noiva estava de preto
Casei-me com um morto
A dama fantasma
Cornell Woolrich

ESTA OBRA FOI COMPOSTA PELO GRUPO DE CRIAÇÃO EM GARAMOND
E IMPRESSA PELA GEOGRÁFICA EM OFSETE SOBRE PAPEL PAPERFECT
DA SUZANO PAPEL E CELULOSE PARA A EDITORA SCHWARCZ
EM JANEIRO DE 2008